講談社文庫

# 欠落

今野 敏



講談社

# 目次

欠落……5
解説　西上心太……380

欠落

## 1

他の役所と同じで、警視庁でも四月の人事異動を前にして、いろいろな噂《うわさ》が飛び交う。三月半ばともなれば、そうした噂がかなり確かな情報に変わってくる。

宇田川亮太《うだがわりようた》は、落ち着かない気分だった。多くの人事異動の中で、特に二つの情報が気になっていた。宇田川にとっては喜ばしい話だった。

一つは、かつて月島《つきしま》署の特捜本部でいっしょになった下谷《したや》署の土岐達朗《ときたつろう》が、警視庁刑事部第一課にやってくるという情報だった。

土岐と組んで捜査をして、ずいぶんといろいろなことを教わった。彼は、特命捜査対策室に配属されるということだ。

特命捜査対策室は、主に未解決事件の継続捜査を担当するために、二〇〇九年に設置された。特命捜査第一から第四までの係がある。土岐は、第四係に来るらしい。

警視庁本部に来るからといって、いっしょに組んで仕事ができるかどうかはわからない。宇田川は、同じ捜査一課でも、殺人犯捜査第五係に所属している。刑事の第一線だ。

一方、土岐が配属される予定の特命捜査対策室は、継続捜査が主な任務だから、仕事で重なることはないかもしれない。それでも、土岐が身近にいるというだけで、心強い気がした。

宇田川にとってのもう一つの朗報は、初任科《しよにんか》同期の大石陽子《おおいしようこ》が、土岐同様に警視庁本部にやってくることだった。

大石は、同期の女性の中でも、長身で人目を引いた。初任科を卒業すると、宇田川は世田谷《せたがや》署に、大石陽子は牛込《うしごめ》署に配属になった。

宇田川が警視庁本部に来てから、あまり会っていない。だが、初任科時代や所轄勤務の頃には、蘇我和彦《そがかずひこ》と三人で食事をしたり、飲みに行ったりしたものだ。三人は、不思議と馬が合った。

蘇我和彦は、碑文谷《ひもんや》署勤務の後に、警視庁本部の公安部公安総務課に配属になった。ある時、突然、懲戒免職《ちようかいめんしよく》になったのだが、実は本当にクビになったわけではないらしい。

公安部というのは、警察官の宇田川にもよくわからない部署だ。そこには、大小さまざまな秘密があるようだ。

蘇我にはなかなか会えない状況になってしまった。そんなときに、大石がやってくるのはありがたい。

　彼らは、四月一日から配属になる。いつもそうだが、三月の下旬ともなれば、庁内は落ち着かない雰囲気になってくる。異動する者もしない者も一様に人事を気にするのだ。

　事案が一段落した翌日の午後、宇田川は溜まった書類仕事に追われていた。警視庁本部の刑事は、一般の人が思っているよりも、ずっと書類仕事をしている時間が長い。

　ノートパソコンに向かっていると、それまで席をあけていた植松義彦《うえまつよしひこ》が戻ってきて声をかけてきた。植松は、五十二歳の警部補で、宇田川と組んで仕事をしている。

「なんだ、機嫌よさそうじゃないか」

「ようやく事案が明けましたからね」

「それだけじゃないだろう。おまえにとって四月の人事は、なかなかけっこうなんじゃないのか？」

「また土岐さんに会えるのはうれしいですね」

「土岐……？　あんなやつに会うのがうれしいのか？」

「月島署の特捜本部のときは、世話になりましたからね。植松さんだって、まんざらじゃないんでしょう？」

「俺が、土岐のことで、喜んだり悲しんだりするわけないだろう」

植松と土岐は、同期だ。特捜本部では、阿吽《あうん》の呼吸だった。

「そうですか？」

「土岐のことじゃないよ。おまえさんの同期の女性警官がやってくるだろう？」

宇田川は驚いた。

「大石と自分が同期だってこと、どうして知ってるんですか？」

「そんなもん、すぐにわかるじゃないか。その女性警察官は、今、注目の的だしな」

「大石が、ですか？」

「そうだよ。なんせ、指定捜査員制度で吸い上げられたんだからな」

「ああ、そのことですか……」

別に女性としての魅力で注目を集めているわけではないということだ。

「おまえも、うかうかしていられないぞ。なにせ、全所轄の中から選ばれたことになるんだからな」

女性警察官指定捜査員制度は、所轄の女性警察官を対象としている。各署、最低でも一名を指定し、誘拐事件などが起きたときに、指揮本部に派遣するのだ。

年に二回程度の訓練を経て、大石のように、警視庁本部に配属になることもある。指定捜査員制度は、人材発掘の場でもある。

配属先は、捜査第一課の特殊犯捜査第一係だ。

警視庁本部の長ったらしい部署名は、なんとかならないものかと、宇田川はいつも思う。マスコミでは、最近、特殊犯捜査係のことを、SITと呼ぶこともある。

警備部のSATがすっかり有名になったので、その影響もあるだろう。ちなみに、SATは、スペシャル・アサルト・チームの略で、SITは、スペシャル・インベスティゲーション・チームの略だと、一般に思われているが、実は、SITのほうは、もともと捜査のS、一課のI、特殊犯のTだったのだそうだ。

誘拐事件に対処するために、捜査一課内に作られたのだが、今では、四つの係があり、そのうちの特殊犯捜査第一係が、誘拐、人質立てこもり、および、ハイジャック事件を担当している。

捜査一課の花形は、何と言っても殺人犯係だが、最近では、SITの注目度が高まっている。

立てこもり事件やバスジャック事件などで、その姿が報道される機会が何度かあったからだろう。

それらの事案で、犯人との交渉や突入・制圧に当たるのは、SITの表部隊だ。そして、女性は裏部隊だと言われている。誘拐などのときに、被誘拐者の母親や妻などを装って捜査する必要があるからだ。

女性警察官の人数は限られているので、SITでは、マスコミなどに彼女たちの顔が出ること、いわゆる面割れを極端に嫌がる。

大石も、そうなるのだろうな……。

宇田川はそんなことを思っていた。

2

四月一日、あちらこちらで、拝命・着任の挨拶《あいさつ》が見られた。春の幹部の異動は、だいたい二月と三月なので、四月一日付の拝命・着任は、ほぼ、現場の人間に限られる。

事務方などは、さっそく今夜あたり、歓迎会をやるようだ。現場は、なかなかそうはいかない。

宇田川は、この日、当番だった。翌朝まで帰れない。

庁内は、朝から何かと落ち着きがなかったが、ようやく終業時間になった。宇田川たちの班は、これから朝まで、電話や無線の番をすることになる。

何もなければ、退屈な夜明かしだ。事件が起きたら、その対応に追われることになる。場合によっては、出動もありうる。

退屈するか、激務になるか、それは五分五分といったところだ。いや、春先は事件が多い。傷害事件も増えるし、性犯罪も増える。

動物にとっては、生殖の季節だ。生殖行為には暴力が付きものだ。動物の雄《おす》は、生殖の相手を得るために闘争しなければならない。それが、自然界の掟《おきて》だ。人間の遺伝子の中にも、その自然界の掟に従っていた時代の名残《なごり》があるに違いない。

そんなことをぼんやり考えていると、背後から声が聞こえた。

「よう、ボン。なんだか、しょぼくれて見えるぞ」

振り向くと、土岐が立っていた。土岐は、宇田川の隣の席にいた植松に眼を移した。

「この年になって、本部に呼ばれるとは思わなかったよ。せっかく、定年まで所轄でのんびりやろうと思っていたのにな……」

植松が言った。

「おまえが、のんびりやるってタマか」

「俺は、巡査部長のまま勤め上げればよかったんだ。それを、無理やり警部補の試験受けさせられて、二ヵ月間の研修だぞ。冗談じゃないよ、まったく……」

そういえば、初めて土岐と会ったときは、まだ巡査部長だった。おそらく、所轄にいる間に警部補試験に合格して、研修を受けることが、警視庁本部に吸い上げる条件だったのだろう。つまり、土岐は、それを承諾して試験に挑戦したということだ。

宇田川は言った。

「お言葉の割りには、まんざらじゃなさそうな表情ですね？」

「ふん、ボンも言うようになったな」

植松が、土岐に言った。

「こいつは、しょぼくれてなんかいないよ。同期の女性警察官が捜査一課にやってきたんで、そわそわしてるんだ」

宇田川は植松にではなく、土岐に言った。

「自分は、別にそわそわなんてしていませんからね」

「聞いてるよ。牛込署の強行犯係から、本部の特殊班に呼ばれたんだろう？」

SITを、昔ながらに特殊班と呼ぶ者は、まだ少なくない。

植松が土岐に言った。

「何だ、さすがに耳が早いな」

「自分といっしょに捜査一課に異動になった人間くらいは把握しているよ」

土岐が宇田川に尋《たず》ねる。「もう、会ったのか？」

「いえ、まだ会ってはいません」

特殊犯捜査係は、大部屋ではない。マスコミの眼を意識しているのだろう。大部屋からは、その部屋の出入り口をうかがえるだけだ。

植松が言った。

「特殊班は、隠密《おんみつ》行動が身上だからな。まあ、そのうち、各部署に挨拶回りに来るだろう」

「挨拶回りか……」

土岐が頭をかいた。「俺もやらされるんだよなあ。この年になって、まったく……」

この年、この年と、土岐は繰り返した。

たしかに若くはない。土岐は植松と一歳違いの五十一歳だ。捜査一課長の田端守雄《たばたもりお》よりも二歳上なのだ。

植松が土岐に尋ねた。

「今日は、もう上がりか？」

「初日からこき使われたんじゃたまらんよ。おまえたちは？」

「今日は、当番だよ」

「明日は、明け番か。どうだ？　明日の夕方から一杯やらないか？」

「明け番の日くらい、ゆっくり休ませろよ」

「じゃあ、明後日《あさって》だ」

相変わらず、土岐は飲むのが好きだ。宇田川は、植松に判断を任せることにした。

植松が言った。

「わかった。特別な事案がなければ行こう」

「特別な事案がなければ、なんて、刑事の間じゃ言いっこなしだよ」

植松が、宇田川を見た。

「ボンには、一つ、任務を与える」

「任務ですか？」

「男同士で飲んだって、むさ苦しいだけだ。おまえの同期の特殊班を連れてこい」

「いや、それは……」

「先輩の命令だ。黙って従うのが警察官だぞ」

宇田川は、「わかりました」と言うしかなかった。


夕食を済ませて、二時間ほど経つと、最初の倦怠《けんたい》の波がやってくる。捜査員たちの会話も極端に少なくなる。

ある者は、テレビを眺め、ある者はパソコンに向かっている。植松は、どこかに姿を消していた。別の部署へ行って、知り合いと話をしているのかもしれない。植松は、ベテランだけあって顔が広い。

宇田川は、ぼんやりと無線を聞いていた。午後九時過ぎに、長身の女性が特殊犯捜査の部屋から出てくるのが見えた。黒いパンツスーツを着ている。

かなり近づいてきて、ようやくそれが大石だと気づいた。

「宇田川君、久しぶり」

「大石か……。髪、切ったんだな。ずいぶん感じが変わったじゃないか」

「そう？」

「ああ、変わった」

かつてはかなり長かった髪を、今はばっさり切っていた。ショートカットだ。それだけではない。精悍《せいかん》な感じがする。全身からそれを感じる。

本部に来るまでに、ずいぶんと鍛えられたようだ。宇田川は、植松の言葉を思い出していた。

「おまえも、うかうかしていられないぞ」か……。

「こんな時間まで残っていたのか？」

「宇田川君もでしょう？」

「俺は、当番だよ」

「あら、私もなの」

「初日から当番か……。さすがにSITはえげつないな」

「それって、褒《ほ》め言葉よね」

「実は、俺、先輩からある任務を仰《おお》せつかっていてな……」

「任務……？」

「以前、特捜本部で世話になった人が、捜査一課に転属になったんだ。その人、俺が組んでいる先輩と同期でね。明後日、飲み会をやることになったんだけど、そこに、俺の同期のおまえも連れて来いって……」

「殺人班は、余裕あるのね」

「事件が起きたら、自動的にキャンセル。刑事の飲み会の鉄則だよ」

「いいわよ。参加するわ」

「よかった」

宇田川は、ほっとしていた。断られたなどと報告したら、植松に何を言われるかわからない。「久しぶりに、いっしょに飲めるな」

「ただし、条件がある」

「条件？」

「記者が夜回りをやっているような居酒屋はNG。本部庁舎から離れた場所で、できれば、個室がいい」

「なるほど、ＳＩＴの心得《こころえ》というわけか」

「そう」

「わかった。その条件で、考えてみる」

「じゃあ、楽しみにしてる」

大石は、廊下のほうに歩き去った。ふと、気づくと、同じ係の連中が宇田川に注目していた。

先輩の一人が言った。

「おまえ、彼女と知り合いだったのか？」

「ええ、初任科の同期です」

「何だか、ただならぬ雰囲気だったな」

「ただならぬ……？」

「ずいぶん親しそうだってことだよ」

「同期はみんなそうじゃないですか？」

先輩刑事は、顔をしかめた。

「俺には、女の同期なんていないからな……」

「女とか男に限らず、ですよ」

「警察では、女は特別なんだよ。特に本部ではな」

「彼女を特別だと思ったことはないですね」

その先輩は、ちょっと不愉快そうな顔になった。

「おまえがそう思わなくても、特別なんだよ」

そこに植松が戻ってきた。宇田川は、植松に言った。

「任務完了です」

「何のことだ？」

「飲み会に、俺の同期も出席するそうです」

「まったく、おまえは、俺が尻を叩いてやらなければ何もできないんだからな……」

「自分のために、彼女を誘えって言ったんですか？」

「決まってるだろう。感謝しろ」

宇田川は、あきれた気分だった。女だというだけで、どうしてまわりは変に気を使うのだろう。

それとも、俺が無頓着《むとんちゃく》なだけなのだろうか。宇田川は、そんなことを考えていた。

赤坂のベトナム料理店の個室を押さえた。ここならば、値段もそう高くないし、大石が要求した条件も満たしている。

植松や土岐の年代の好みに合うかどうか心配だったが、杞憂《きゆう》だった。彼らに言わせると、貧しい時代に育ったので、何でも食べられるし、若い頃にエスニック料理のブームを経験しているから、タイ料理だろうがベトナム料理だろうが、平気だということだった。

植松と土岐は、最初から酒のピッチが速い。刑事を長年やっていると、自然とそうなるようだ。

大石も酒は弱いほうではない。つられて、宇田川もペースが上がる。

「宇田川は、あんたが本部に来るってんで、そわそわしてたぞ」

酒が入り、いつもより陽気になった植松が、大石に言った。

「あら、そうですか」

大石は、笑顔で受け流す。

宇田川は言った。

「そわそわなんてしてませんよ。だいたい、自分と大石は、二人きりになったことなんてないんです。いつも、蘇我がいっしょでした」

「蘇我か……」

土岐がしみじみとした口調で言った。「今頃あいつは、何をやってるんだろうな……」

大石の表情が引き締まった。

「懲戒免職になったんですよね。どうしてそんなことになったのか、ご存じなんですか？」

土岐と植松が眼を合わせた。宇田川は黙っていた。

土岐が、大石に言った。

「そいつは、たぶんカク秘扱いだ」

「カク秘」は、警察の秘密扱いの最高位だ。最下位が、「取扱注意」、その上が「秘」、さらに「マル秘」「極秘」とあり、「カク秘」はその上だ。

大石が眉をひそめる。

「懲戒免職になった理由が、ですか？」

「いや、実際はもっと込み入っていてね……」

「教えてくれませんか？　宇田川君も言ったように、私たちは、いつも三人で行動していました」

たしかに、こうして大石と飲んでいると、何か大切なものが欠けているように感じる。それが蘇我の存在であることは間違いない。

植松が言った。

「まあ、それは公安のカク秘であって、俺たちのカク秘じゃない……」

宇田川は驚いた。

「警察の秘密ですよ。そんな言い分が通りますか……」

大石が宇田川に言った。

「あなたも知ってるのね？」

こたえにくかった。

「土岐さんといっしょの特捜本部で扱った事案と関わりがあるんだ」

「知ってて、教えてくれないの？」

「だから、カク秘だと……」

植松が大石に言った。

「絶対に秘密は守れるか？」

大石は、植松をまっすぐに見返して言った。

「私は、特殊犯捜査係です。どんな秘密も守ってみせます」

植松はうなずいた。それから、宇田川に言った。

「おまえから話すのが一番だ」

宇田川は、迷った。だが、植松が話していいと言っているのだ。こういうときは、上司や先輩に従っていればいい。

「俺も、ちゃんと事情を知っているわけじゃない」

大石に向かって、宇田川は言った。「……というか、たぶん、警察庁の警備企画課の担当者以外に、本当のことを知っている者はいないと思う」

「警察庁の警備企画課……」

大石の表情が、ますます曇《くも》ってくる。

「そうだ。蘇我は、そういう微妙な立場だ。俺が知っていることはただ一つだけ。彼は、表向きは懲戒免職になっているけれど、実際にはまだ警察の仕事をしている」

大石は、声を落とした。個室なので、その必要はないのだが、ついそうしたくなるのもわかる。

「つまり、潜入捜査をしているということ？」

宇田川はかぶりを振った。

「何をしているのか、わからない。これは本当だ」

「出向ならいざ知らず、懲戒免職なのよ。いったい、どういうこと……？」

「だから、俺たちにもわからないんだよ」

土岐が言った。

「そういうわけで、蘇我のことは置いといて、飲んで食おうじゃないか」

大石は、それ以上何も尋ねようとしなかった。植松と土岐の前なので、つとめて明るく振る舞っている様子だ。

それがなんだか、申し訳なかった。

3

瞬《また》く間に一ヵ月が過ぎた。その間、大石とは、時折すれ違う程度だったが、土岐は、しょっちゅう植松の席に遊びに来ていた。

四月三十日、午後三時二十五分、世田谷区上野毛《かみのげ》四丁目で、立てこもり事件が発生したとの無線が流れた。犯人は人質を取って、マンションの一室に立てこもっているという。

怪我人や死亡者が出たら、殺人犯捜査係も無関係ではない。宇田川は、無線の内容をメモした。他の係員たちも、同様にメモを取っている。

「特殊班の出番だな……」

隣の席の植松がつぶやくように言った。その言葉が終わらないうちに、ＳＩＴが出動するのが見えた。

その中に、大石もいる。

宇田川は、いつになく緊張していた。大石の緊張が伝染したのかもしれないと思った。彼女は、まっすぐに前を見つめて大部屋を進んで行った。その顔は、少し青ざめて見えた。

係員たちが、テレビの前に集まっていた。NHKの臨時ニュースを待つのだ。宇田川も、テレビの前に移動した。

まず、ニュース速報のテロップが入った。無線の内容と変わらない。人質の氏名などは発表されていない。警察でも確認していないのだから当たり前だ。

「住宅街か……」

誰かが言った。「長引くかもしれないな……」

別の声がする。

「犯人の人着《にんちゃく》は確認できたのかな……」

さらに別の声。

「そんなの、まだわかるわけないだろう」

「通報を受けて、所轄の地域係がまず現場を訪ねているはずだろう」

「だから、そういう情報は、まだ入って来ていないんだよ」

「通信指令センターの管理官なら何か知っているかもしれない」

「おまえ、電話して訊いてみるか？」

それきりしばらく誰も何も言わなかった。

外から大部屋に戻ってきた係員が言った。

「おい、航空隊のヘリが出たらしいぞ」

やがて、「番組の途中ですが……」という決まり文句で、臨時ニュースが始まった。現場の記者が、状況を説明するが、まだ詳しいことが取材できていない様子で、事件現場が住宅街であることくらいしかわからなかった。

「上野毛四丁目か……。いわゆる閑静《かんせい》な住宅街ってやつだな」

植松の声だった。いつの間にか、宇田川の隣にやってきていた。宇田川はこたえた。

「四階建てマンションの二階に立てこもっているようですね」

テレビカメラが、大型トラックを捉えた。何のマークも入っていないトラックだが、宇田川にはそれが何かすぐにわかった。いつも、警視庁の地下駐車場のかなりのスペースを占めているのだ。

それは、Ａ1と呼ばれるＳＩＴ専用の装備車だ。立てこもり事件やハイジャック事件のときだけに使用される。中に何が入っているのか、宇田川もよく知らない。だが、ＳＩＴが使用するありとあらゆる「道具」が積まれていることは明らかだ。

宇田川は、植松に言った。

「ＳＩＴは、フル装備ですね」

「人質を取った立てこもりだからな……」

「まずは、説得ですよね？」

「第一に説得。説得が不可能と見たら突入、それも無理なら狙撃《そげき》だ」

「説得で解決できるといいんですけどね……」

「おそらく、初めての現場がこれだろうな」

「え……?」

「お嬢だよ、おまえさんの同期の……。特殊班に来て、初めての現場だろう」

「そういうことですね」

大石がこの現場にいると思うと、気が気ではなかった。何事もなく帰って来てくればいいが……。

いや、必ず無事に帰ってくる。宇田川は、そう信じることにした。SITは、そのために厳しい訓練を行っているのだ。彼らは、誘拐事件、立てこもり事件、ハイジャック事件のプロだ。心配することなど何もないのだ。

「早期に解決しないとなると……」

植松が言った。「玉川《たまがわ》署に指揮本部ができるな」

「SATは出ますかね?」

「指揮本部ができた段階で、幹部が判断するだろうな」

テレビの記者は、先ほどから同じ内容の報道を繰り返している。

警察内部から情報を得る方法はないだろうか。宇田川は、そんなことを考えていた。だが、他部署の担当事案については、驚くほど情報が入ってこない。今さらながら、そのことに気づいた。

宇田川が警視庁本部にやってきてからも、何度か立てこもり事件は起きている。だが、そのときは、どこか他人事《ひとごと》だった。どうせ、ＳＩＴが対処してくれるだろうという思いがあった。

だが、今回は妙に気になる。やはり、同期の大石がその現場にいるからだろう。警察官も人間だ。事案や立場によって、個人的な思い入れは違う。

現場からの中継はまだ続いていた。記者が、新たな情報を告げた。

「人質となっているのは、マンションに住んでいる主婦と見られています。犯人は、刃物を持っていることが確認されています。現在、警視庁の捜査員による説得が続けられている模様です。なお、犯人の要求等については、まだ明らかになっていません」

テレビの前に集まっていた係員たちの何人かが、同じ方向に視線を走らせた。宇田川もそちらを見た。

田端捜査一課長が出かけて行く。

係員の一人が言った。

「指揮本部だな……」

別の係員が言う。

「……ということは、長期戦覚悟ということか……」

そこに、名波《ななみ》係長がやってきた。今まで、田端課長と話し合っていたらしい。係員たちは、名波係長のためにテレビの前をあけた。

「どうだ？　テレビではどこまで報道している？」

その係長の質問にこたえたのは、植松だった。

「人質は主婦。おそらく、犯人が立てこもっている部屋の住人。犯人は、道具を持っています。刃物らしいのですが、詳細は不明。要求についても、今のところ不明です」

名波係長はうなずいてから言った。

「それで、みんなは、いつまでこうしてテレビにかじりついているつもりかな？」

自分の仕事をしろと言いたいのだ。名波係長は、時折こうした皮肉めいた言い方をする。係員たちは、席に戻ろうとした。

名波係長に、植松が言った。

「こんな事件が起きたんじゃ、気になって仕方がないですよ。しばらく成り行きを見ていてもいいでしょう？」

植松は五十二歳、名波係長は四十六歳だ。階級は係長が一つ上の警部だが、年齢は植松のほうがずっと上だ。係長にずけずけとものを言える部下は植松くらいのものだ。

名波係長は、間違いなく優秀な警察官だ。だから、係長になったのだが、優秀であろうとする気持ちが強すぎるかもしれない。

優秀な捜査員であると同時に、優秀な上司でもありたいと考えているのだ。

「君らがテレビを見ていても、事件が解決するわけじゃない。やるべきことがあるだろう」

「じゃあ、こうしたらどうです？」

植松が言う。「ボンに、テレビ番をやらせて、何か動きがあったら、すぐに報告させるってのは……」

宇田川は、驚いて植松を見た。名波係長は、宇田川を見ていた。

「宇田川は、そんなに暇《ひま》なのか？」

「暇な刑事がいるわけないでしょう」

植松が言った。「俺がボンの分をカバーしますよ」

「立てこもりは、特殊班の仕事だ。我々には我々の仕事がある」

「そりゃそうですが、現在進行している事案は、どうしても気になります。あまり考えたくはないですけどね、人が死んだら、俺たちにだってお鉢《はち》が回ってくるかもしれない。それに、犯人を検挙したあと、特殊班は取り調べなんかはやらないじゃないですか」

植松の言っていることは、こじつけかもしれない。宇田川はそう思った。間違いではない。SITは、犯人を検挙したあとは、すぐに次の緊急事案にそなえて待機状態になる。取り調べ、送検、その後の検事捜査には関わらないのだ。だが、おそらく植松は宇田川に気を使っているだけなのだ。大石のことがあるからだろう。

「わかった」

名波係長が折れた。「宇田川は、テレビだけではなく、ラジオ、インターネット、すべての情報に気を配っておけ。何かあったら、すぐに知らせろ」

それだけ言うと、席に戻った。

係員たちも、席に戻らざるを得なくなった。宇田川だけが、テレビの前に残った。

その場を去ろうとしている植松に声をかけた。

「すいません。でも、自分はそんなに心配していませんから……」

「何のことだ？」

植松が言った。「係で、ボンが一番下《した》っ端《ぱ》だからテレビ番をやらせろと言っただけだ。係長に言われたことを、しっかりやれ」

「わかりました」

植松は自分の席に戻って行った。

テレビの周囲には椅子が三脚置いてある。宇田川は、ノートパソコンを持ってきて、椅子の一つに腰を下ろした。

テレビを見つつ、パソコンでニュースサイトをチェックしていく。まだ、ウェブサイトでも詳しいことは発表されていない。

事件発生の無線が流れてから、すでに一時間が経過している。

大石は、現場で何をしているのだろう。

ふとそんなことを考えて、宇田川は自分を戒《いまし》めた。

いや、心配すべきは大石のことではなく、人質の安否だ。

臨時ニュースでは、ＳＩＴが犯人と連絡を取り、説得に当たっていることを報じていた。

宇田川は、ＮＨＫだけでなく、民放各局もチェックしてみた。記者やキャスターが述べる内容は、ＮＨＫとほとんどいっしょだ。現場で、情報がしっかりと管理されているということだ。

「車両だ。トラップ付きの……」

大部屋のどこかでそんな声がした。

犯人から要求があったのだろう。まだ、報道はされていないが、指揮本部から警視庁本部に連絡が入ったに違いない。

犯人が、逃走用の車両を要求したということだ。トラップ付きの車両というのは、こういう場合のために用意された特別なものだ。リモートコントロールで、強制的に停車させることができる。

さらに、ドアをすべてロックして、中から開かないようにできるので、その車両に乗った犯人を確保することができる。

その車両が役に立つといいが……。

そう思いながら、テレビの画面に眼を戻した。それから、十分ほど経って、中継に変化があった。記者が原稿を見ながら報告した。

「犯人から要求があった模様です。現金一千万円と、逃走用の車を用意しろ。それが要求のようです。繰り返します、犯人から要求が……」

報道陣も必死で情報をかき集めているようだ。

宇田川は、係のみんなに報告した。

「要求があったことが報じられました。現金一千万円と逃走用車両です」

植松がテレビの前にやってきた。それにならって、何人かが係長の顔色をうかがいながら、近づいてきた。

植松が言った。

「今どき、一千万とは、なんだか中途半端な気がするな……」

別の係員が言う。

「でも、現実的な線ですよ。億単位の金なんて、すぐに用意はできないし……」

係員たちは、画面を見つめていた。宇田川も同様だった。犯人からの要求があったことが、繰り返し報じられる。

またしばらく、動きはなかった。

指揮本部では、犯人の身元の割り出しを急いでいるはずだ。だが、まだ警視庁本部にもその知らせは届いていないようだ。ＳＩＴは、ありとあらゆる方法で、犯人が立てこもっている部屋の、内部の様子を知ろうとする。

コンクリートマイクを使って音声を拾ったり、潜望鏡と呼ばれる特殊なレンズを使って撮影を試みたり、ファイバースコープで映像を拾おうとするのだ。それでも、犯人の身元がわからないということは、前科がないか、まだ犯人の人着を確認できていないのかもしれない。

誰かが言ったとおり、一千万円の要求は、現実的かもしれない。犯人は、無茶な要求をするよりも、通りやすい要求を考えたのだろうか。

それからまた、しばらくは、現場の報道に変化はなかった。テレビの前に立っていた係員たちも、一人去り、また一人去りと、自分の席に戻って行った。

宇田川と植松だけが残った。

「時間がかかりそうだな。人質の健康状態も気になってくる……」

植松が言った。宇田川は、画面を見つめたまま、「そうですね」とこたえた。

いつの間にか、終業時間が近づいていた。宇田川は帰宅する気にはなれなかった。

この件で、宇田川の係が出動することは、まずないだろう。だが、警視庁本部で成り行きを見守っていたいと思った。

現場の状況がはっきりしないことに、苛立《いらだ》った。警視庁にいるのに、今はテレビなどの報道を頼りにするしかない。それが、ひどく皮肉な気がした。

知り合いの記者に電話してみようかとも思ったが、やめておくことにした。藪蛇《やぶへび》になりかねない。記者から質問攻めに遭《あ》うのは目に見えている。

終業時間になったが、係の者は誰も帰ろうとしない。宇田川と同じ思いのようだ。係長も残っている。

「今、新たな情報が入りました」

テレビの記者が告げた。宇田川は、画面に集中した。

「警察側が人質の身代わりを申し入れ、犯人が同意した模様です。なお、身代わりとなるのは、女性警察官と見られています」

「人質の身代わりか……」

植松が言った。「犯人は、よくのんだな……」

宇田川は、まさか、と思っていた。

人質の身代わりになる女性警察官。大石じゃないだろうな。

配属したばかりの大石に、そんな重要な役割を与えるだろうか……。

いや、SITならやりかねない。しかも、大石は、SITに来る前に、指定捜査員制度で何度も研修を受けているはずだ。

「ボン、考えていることはわかるぞ」

「いや、自分は何も……」

「現場に、何人の女性警察官がいるかはわからない。だが、可能性はある。それが、SITの仕事だ」

言い返そうと思ったが、何も言葉が見つからなかった。ただ、テレビの画面を見つめているしかなかった。

当然ながら、テレビカメラは、現場から離れている。マンションの建物が辛うじて映っているだけだ。捜査員たちと犯人とのやり取りなどまったく映っていない。時折、空撮が入るが、それでも、現場の動きは見て取ることができない。

「心配するな」

植松が言った。「特殊班は、勝負に出るぞ」

「勝負……?」

「人質と身代わり警官を交換するときがチャンスだ。特殊班が、そのチャンスを逃すはずがない」

「その瞬間に、確保ですか?」

「そうだ。だから、もし身代わり警官が、あのお嬢でも、人質として連れ去られることはない」

宇田川はうなずいた。

そうであってほしい。切実にそう思っていた。

4

「再び、現場からです」

記者の声が、テレビから流れてくる。宇田川と植松は、画面を見つめていた。

「間もなく、人質と身代わりの警察官の交換が行われる模様です。繰り返します、間もなく、人質と……」

それから、何度か同じ言葉が繰り返された。画面には、人質と身代わりの交換の様子は映し出されない。

マンションの壁と他局のカメラやライト、記者、レポーターの姿が見えるだけだ。

普段は現場から報道陣を遠ざけようとする立場だが、こうして中継を見ていると、様子がよくわからないことに、宇田川は苛立った。

植松が言った。

「特殊班の作戦は、三段構えのはずだ」

「三段構え？」

「ああ。まず、人質と身代わりの交換の瞬間。それで確保できない状況だったら、第二段階は、犯人がトラップ付き車両に乗り込もうとするとき。それでもだめなら、トラップ付き車両をリモコンで、停止させたときだ。当然ながら、後になればなるほど、身代わりになった警察官の危険は増す」

身代わりが、大石でなければいいが。

宇田川は、祈るような気持ちだった。警察官なのだから、危険は付きものだ。だが、SITに配属されたばかりで、人質の身代わりは、あまりに過酷だ。

当然、上司もその点は考慮しているはずだ。宇田川は、そう思いたかった。

現場の記者は、再び同じ言葉を繰り返した。新たな情報が届いていないのだ。

宇田川は時計を見た。午後六時を過ぎたところだ。第一報から、二時間半以上が経過した。まだ、係員は誰も帰ろうとしない。

「現金待ちなんだろう」

ぽつりと、植松が言った。「一千万円をすぐに用意できるわけではない」

誘拐や立てこもり事件の現場は、常に綱渡りだと聞いたことがある。一瞬の判断ミスが取り返しのつかない事態につながる。

宇田川は言った。

「指揮本部の情報を、何とか入手できませんかね？」

「おまえ、捜査本部にいて、外部の人間に情報を洩《も》らそうなんて思うか？」

もちろん、思わない。同じ警察内にいても、担当していない事案の捜査状況というのは、ほとんど伝わってこない。マスコミの報道を通じて知るしかないのだ。

「だが、まったく知る術《すべ》がないわけじゃない」

植松が言った。宇田川は、植松の横顔を見た。

「どうやって？」

「通信指令本部では、指揮本部の無線を傍受《ぼうじゅ》しているはずだ。署活系の無線は届かない場合もあるが、本部系を使ったやり取りは傍受できる」

指揮本部では、主に署活系の無線を使用するはずだ。本部系を使うのは、ごく限られたやり取りに過ぎない。それでも、断片的な情報から、何かわかるかもしれない。

宇田川は、通信指令本部に飛んでいきたい気分だった。それを読み取ったように、植松が言った。

「あせるなよ、ボン。今頃、係の誰かが行っているはずだ。万が一のときは、俺たちにもお鉢が回ってくるかもしれないからな」

万が一のときというのは、誰かが死んだ場合のことだ。

中継画面に変化はない。いつの間にか、またテレビの周辺に係員たちが集まっていた。

誰かの声がした。

「おい、人質の身代わりは、SITの新人らしいぞ」

宇田川は、その声のほうを見た。同じ係の刑事だった。宇田川より早く、植松が言った。

「新人？　この春配属という意味か？」

「そうらしいです。女性警察官です」

「どこからの情報だ？」

「通信指令本部からです。指揮本部の無線を傍受したと……」

「傍受内容は？」

「はっきりしたことはわかりません。ただ、新顔の女性警察官が、当該の重要な任に着いたと……」

「それだけじゃ、何のことかわからん」

植松は、吐き捨てるように言ったが、言葉とは裏腹に、人質の身代わりが大石であることを確信しているはずだ。宇田川も、もはやその事実に疑いはないと思っていた。

ＳＩＴは、大石の初陣《ういじん》に、とんでもない大役を与えたということだ。

「ボン、もう一度言うが、心配することはないぞ。特殊班は、立てこもり事件の専門家だ。人質もお嬢も無事で、事件は解決するはずだ」

「ええ」

宇田川は言った。「自分もそう信じています」

「何の話をしているんだ？」

その声に、宇田川と植松は振り返った。名波係長が、係員に混じって立っていた。

植松がこたえた。

「人質の身代わりになったのは、どうやら、ボンと同期の女性警察官らしいんですよ」

名波係長が宇田川を見て尋ねた。

「親しかったのか？」

宇田川は、どうこたえるべきか考えた。

「はい。蘇我と三人で、よく食事をしたり、飲みに行ったりしました」

「蘇我と三人で……」

名波係長は、確認するように宇田川の言葉を繰り返した。それから、植松に言った。

「それで、ボンにテレビ番をさせる、なんて言ったんだな？」

「いや、お嬢が現場にいることはわかっていましたが、まさか、人質の身代わりになるとは思ってませんでした」

「難儀なことだ……」

名波係長は、鼻から息を吐いた。「だが、特殊班に任せるしかないんだ」

「ええ」

植松がうなずいた。「それは、わかってます」

名波は、何事か考えている様子だった。しばらくして、彼は言った。

「待ってろ。庁内待機している特殊班の係に、情報が入っているだろう。何か聞き出せるかもしれない」

名波係長が、ＳＩＴの部屋に向かった。宇田川は、その後ろ姿を見つめていた。

植松が、一瞬だけ笑みを洩らした。

「係長も、いいところがある」

「自分のために、申し訳ないです」

「勘違いするなよ、ボン。係長は、おまえさんのために情報をもらいに行ったわけじゃない。係のみんなが事件のことを気にしているからだ」

「はい」

それでも、ありがたいと思った。

テレビから緊迫した声が聞こえてきた。

「今、何か動きがあった模様です。犯人が、姿を見せたようです。詳しい状況は、まだはっきりしませんが、犯人が、姿を見せたという情報が入ってきました」

係員たちが、またテレビの画面に集中した。記者は、同じ言葉を何度も繰り返した。

警察がどう動いたかは、報道されない。当然だ。事件は、今起きているのだ。殺人などのように、過去に起きた事件ではない。

犯人や、その仲間がテレビの報道を見ているかもしれない。警察の動きをリアルタイムで伝えるわけにはいかないのだ。それはわかっているが、どうにも、もどかしかった。

「第一段階だ」

植松がつぶやいた。宇田川は尋ねた。

「このタイミングで片がつくこともあるんですね？」

「ああ、それが理想だ」

中継現場の記者が言った。

「人質が解放された模様です。繰り返します。人質が解放された模様です」

スタジオからアナウンサーが呼びかける。

「人質解放が確認されたのですね？」

「はい。人質の無事が確認されたと、今発表がありました」

「犯人は逮捕されたのでしょうか？」

「いえ、その情報は、まだ入ってきておりません」

「わかりました。再び、現場の模様を伝えてください」

画面が、スタジオから中継現場に切り替わった。

「第一段階は、見送ったようだな……」

植松が言った。ほかの係員が続けて言う。

「最大のチャンスを失ったわけだ」

植松が、その声に対して言った。

「まだ、チャンスはある」

「わかってますよ」

宇田川は、その会話がどこか遠くから聞こえてくるような気分だった。テレビ画面を見つめて、考えていた。

人質は解放された。だが、犯人確保の知らせがまだない。ということは、大石が人質の身代わりとして、犯人といっしょにいるのだ。

SITは、なぜ第一段階で、犯人を確保しなかったのだろう。宇田川は、苛立たしさが募《つの》り、憤《いきどお》りさえ覚えた。

犯人確保のチャンスは、三回あると、植松が言っていた。最初の機会を逸したに過ぎない。だが、後になるほど、人質の危険は増すのだ。

二度目のチャンスをものにしてほしい。宇田川は、祈るような気持ちだった。

それから、またしばらく、動きがなかった。宇田川は、じりじりした思いで、中継を見つめていた。

そのとき、画面がにわかに騒々しくなった。事件現場のマンションの中で、いくつもの声が交錯《こうさく》している。

「確保か……」

誰かがつぶやいた。宇田川も、それを期待していた。

「おい……」

誰かがそう言ったので、振り向くと、名波係長が、急ぎ足でやってくるのが見えた。緊張した面持ちだ。何かあったに違いない。その表情を見ると、とてもいい知らせだとは思えなかった。

係員たちは、テレビから眼を離し、係長に注目した。

名波係長が立ち止まり、言った。

「犯人を取り逃がしたようだ」

「え……」

植松が言った。「現場の騒ぎは、犯人確保じゃないんですか？」

「犯人は、ベランダから部屋を出て、車両で逃走したということだ」

宇田川は、係長が何を言っているのか、ちゃんと理解できないでいた。いや、それは植松はじめ、他の係員も同様のようだ。

植松がさらに質問した。

「車両で逃走と言いましたね。車両のトラップが作動しなかったということですか？」

「別の車で逃げたらしい」

「ベランダから部屋を出た時点で、確保できなかったんですか？　当然監視していたはずでしょう？」

名波係長は、顔をしかめた。

「詳しいことは、わからないんだ。待機中の特殊班でも、事態をちゃんと把握できずにいるんだ」

「犯人の身代わりになったお嬢は？」

「新たな人質として、連れ去られたらしい」

植松が、宇田川のほうを見た。宇田川は、こんなときこそ、しゃんとしていなければならないと思った。だが、どうしてもおろおろしてしまう。

名波係長が係員全員に向かって言った。

「現状は、楽観視できない。だが、ＳＩＴが全力で捜査に当たっている。緊急配備も敷くだろう。犯人が立てこもっている状態が一番面倒なんだ。外に出たら、それだけ確保のチャンスが増える。さあ、ここにへばりついていても、仕方がないぞ」

係員たちは、テレビの前から離れていった。係長も席に戻る。

宇田川と植松だけが残った。ニュースの画面が、スタジオに切り替わった。人質の無事救出が話題の中心になっている。ＳＩＴとしては、犯人を取り逃がしたという悪印象を、少しでも軽減させたいのだろう。人質解放の情報を中心に、マスコミに流したに違いない。

　植松が言った。

「係長の言うとおりだ。人質が無事に戻って来たということで、臨時ニュースもじきに終了するだろう」

　宇田川は、うなずくしかなかった。本当は、通信指令本部か、SITの部屋に行って、どんなことでもいいから教えてくれ、と言いたかった。

　だが、下っ端の係員にそんなことができるはずもない。

　宇田川は、席に戻った。帰宅する気になれず、書類仕事を始めた。自宅にいるより、本部庁舎にいたほうが、より多くのことがわかるはずだ。しばらくして、植松が言った。

「うまく緊配にひっかかるかもしれない」

「そうですね」

　事態は、どんどん悪いほうに転がっているような気がした。「でも、どうして、第一段階、つまり、人質と身代わりが入れ替わるときに、犯人を確保しなかったのでしょう？」

　植松は、苦い表情になった。

「わからん。何か不都合があったんだろう。現場の判断だから、俺には何とも言えない」

「犯人は、大石を殺すでしょうか？」

植松がますます表情を曇らせる。

「そんなことはないと言いたいが、それもわからない。だが、殺すつもりなら、連れて逃げたりはしないだろう。まだ、利用価値があると、犯人が考える限りは無事でいるはずだ」

犯人の思惑次第ということだ。

怒りがふつふつと湧いてきた。配属になったばかりの女性警察官に、人質の身代わりというきわめて危険な任務を与えた上司は、いったい誰なのだろう。

その上司に向かって、必ず大石を無傷で取り戻せと言ってやりたかった。

大石が殉職《じゅんしょく》をしたら、どう責任を取るつもりだ、と……。

だが、自分にはそんな真似《まね》ができないことはわかっていた。宇田川は、ただ、情報を求めて、やきもきするしかないのだ。

パソコンに向かっていたが、仕事がまったく進まなかった。時々、テレビに眼をやるが、映像は、現場ではなくスタジオに変わっていた。

植松が気を使ってくれたのは、充分に理解している。係長までが、自らＳＩＴに赴《おもむ》いて、情報を持ってきてくれたのだ。

おそらく、彼らも、同じ思いをしたことがあるのだろう。警察官は、誰もが危険と隣り合わせだ。親しい同僚が、あるいは、自分自身が危険な目にあった経験が、何度もあるはずだ。

だからこそ、宇田川の立場を慮《おもんぱか》ってくれたのだ。

みんな他人事ではないのだ。

そうだ。他人事ではない。今は大石のことを心配しているが、いつ自分の身に危険が迫《せま》るかわからない。

俺たちは、そういう仕事をしている。

そう思うと、怒りがおさまってきた。大石の上司だって、彼女を人質の身代わりになどしたくなかったはずだ。彼女が、あの場で最適任者だったということなのだろう。

宇田川は、深呼吸をして、パソコンのディスプレイに集中しようとした。今度は、それなりに、仕事がはかどった。

今、立てこもり事件や誘拐事件のスペシャリストたちが、全力で犯人を追っているはずだ。

大石は、無事に帰ってくる。そう信じるしかない。

宇田川は、自分にそう言い聞かせていた。

眠ろうとしたが、やはり眠れなかった。帰宅してからも、ずっとテレビにかじりついてニュースを見ていたが、報道されるのは、人質が無事に解放されたということが中心だ。犯人は依然逃走中と報じられたが、大石のことには、どこの局も触れていない。

SITは、発表を見合わせているのかもしれない。あるいは、もっと上の判断だろうか。

# 5

翌日は、いつものとおり、午前八時頃に登庁した。席についても、大石のことが気になって、落ち着かなかった。

事件が長期化するのではないかと、宇田川は心配していた。その日のうちに解決しない重要事案は、ほとんどが長期化するのだ。指揮本部の捜査員たちも、それを覚悟しているかもしれない。

宇田川は、無線から何か情報が入ってこないかと、知らず知らずのうちに耳を澄ましていた。本部系の無線から、指揮本部の情報が入ってくるとは思えない。それでも、何か関連した通信が聞こえるのではないかと、期待してしまうのだ。

午前八時四十分頃、突然、無線から、クリアな音声が流れた。

「通信指令本部から、各局」

宇田川は、背もたれから身を起こした。他の係員たちも、同様に聞き耳を立てる。ゆったりと椅子にもたれたままなのは、植松だけだった。

狛江《こまえ》市元和泉《もといずみ》三丁目で、女性の遺体が発見されたという知らせだった。

宇田川は、すぐにパソコンの地図で確認した。元和泉三丁目は、多摩川《たまがわ》の河川敷を含む一帯だ。立てこもり事件が起きた世田谷区上野毛四丁目から直線距離で六キロほどだ。それほど遠くない。

まさか、大石が……。

宇田川は、そう思ってしまった。

「出動ですかね？」

宇田川は植松に言った。植松は、くつろいだ恰好《かっこう》のままこたえた。

「落ち着けよ。所轄からお呼びがかからなければ、出ることはないんだ。それに、俺たちの班が出張《でば》るとは限らない」

「それはそうですが……」

「考えていることはわかるよ」

「自分は、何も……」

「俺だって、気になる。だがな、まだ何もわからないんだ。わからないことを思い悩んでも仕方がない」

植松の言うとおりだ。だが、宇田川は、それほど割り切って考えることはできなかった。

発見された遺体が大石かどうかを確かめるために、現場に急行したかった。いや、正確に言うと、遺体が大石でないことを確かめたかったのだ。

すでに、機動捜査隊や所轄の捜査員、鑑識《かんしき》係による初動捜査が始まっているはずだ。捜査一課に出動要請があるかどうかは、所轄署の判断による。

宇田川は係長の様子をうかがっていた。しばらくして、係長が電話を取った。

出動だ。


現着は、午前九時二十分頃だった。

多摩川の河原だ。パトカーや捜査車両、機動捜査隊のマイクロバスや鑑識車が河原の脇の道に並んで駐まっている。ガードレールの向こうは、深い草が茂る湿原だった。そのさらに向こうに土が露出した河原がある。

マスコミが駆けつけている。所轄の地域係がテープの前に立ち、報道陣を整理していた。

植松が、顔見知りの機動捜査隊員をつかまえて話を聞いた。

「状況は？」

「遺体は、川辺にあった。発見者は、あそこにいる老人。犬の散歩に来て気づいたそうだ」

宇田川は、機捜隊員が示した方向を見た。犬のリードを手にした男が立っていた。機捜隊員は、老人と言ったが、そう呼ぶには少し若いような気がした。

機捜隊員の説明が続く。

「詳しい検視の結果を待たなければならないが、死後硬直があるので、死んでからまだそれほど経っていない」

死後硬直は、死後二時間ほどから徐々に始まり、約半日で全身に及ぶ。そして、九十時間ほど経つと、完全に解けてしまう。

立てこもりの現場から犯人が逃走したのが、昨夜の午後七時頃だから、被害者が大石であっても計算は合うと、宇田川は思った。

「被害者の身元は不明。身分証など身元を確認できるものは、何も所持していなかった。携帯電話も持っていない」

植松が尋ねた。

「所持品は、周辺からも出て来ていないのか？」

「今のところ見つかっていない。川の中だとしたら、やっかいだな……」

「あるいは、別の場所で殺害されて、ここに遺棄《いき》されたか……」

「頸部《けいぶ》に索条痕《さくじょうこん》が認められたので、事件性ありと判断された。年齢は、三十代から四十代。着衣に乱れは見られない」

名波係長たちが遺体の検分を始めている。宇田川も早く遺体を見たかった。その一方で、見たくないと思っている自分に気づいた。

確かめるのが恐ろしいのだ。

植松が、機捜隊員に礼を言って、遺体のほうに向かった。宇田川は、無言でそれに従った。鼓動が激しくなった。息苦しさを覚える。

係長が立ち上がり、場所を空けた。植松がそこにしゃがみこんで、遺体に手を合わせた。宇田川もその隣で、同じことをした。

植松がシートをめくる。宇田川は、脇から覗《のぞ》き込んだ。

仰向《あおむ》けの遺体。宇田川の位置からは顔が見えにくいが、服装はわかる。大石が出かけて行くときに着ていた服装とは違う。だが、現場で着替えた可能性もある。

遺体は、ジーパンに淡《あわ》いピンクのセーターという服装だ。

植松が、宇田川だけに聞こえる小声で言った。

「安心しろ。お嬢じゃない」

植松が場所を譲ったので、宇田川は移動し、顔を見た。

別人だ。全身から力が抜けるのを感じた。髪は、肩くらいまであり、ウエーブがかかっている。全体に肉付きがいい。

再び、植松の声が聞こえた。

「さあ、捜査に集中するんだ」

「はい」

ほっとしている場合ではなかった。殺人事件なのだ。植松が言うとおり、頭を早く切り換えなければならない。

宇田川は、遺体を素早く観察した。機捜隊員が言ったように、首に索条痕が見られる。ロープ状のもので首を絞められたのだ。防御創《ぼうぎょそう》もある。ロープなどを首から引きはがそうとして、自分の爪で皮膚を傷つけてしまうのだ。吉川線《よしかわせん》と呼ばれることもある。

皮膚はそれほどふやけていない。水に浸かっていた時間は長くはなさそうだ。完全に死後硬直している。

死後半日以上は経っていそうだ。だとすれば、この女性が死んだのは、上野毛四丁目の事件で、犯人が立てこもっている間ということになるかもしれない。

いけない、いけない……。

ずっと、テレビで中継を見ていたせいで、立てこもり事件のことが頭にこびりついている。立てこもりのことも、大石のことも、いったん忘れてしまわないと、妙な先入観につながる恐れがある。

所轄の捜査員や機捜隊員たちは、被害者の所持品や犯人の遺留品がないかと、あたりを探索している。草が生い茂る湿原のほうまで足を伸ばしている捜査員もいる。

きっと彼の靴は泥まみれだろうと、宇田川は思った。

植松が立ち上がった。そして、近くにいた鑑識係員に尋ねた。

「遺体があったのは、どの辺だ？」

カメラを手にした鑑識係員が川を指さした。

「あのあたりだね」

植松がそちらを見る。水際の線がゆるやかに湾曲している。

「行ってみよう」

植松が歩き出したので、宇田川はそれを追った。水辺で立ち止まると、植松は、じっと川を見つめた。岸の近くは水深がそれほど深くはない。

そこにも鑑識係員がいて、植松は彼に尋ねた。

「被害者の所持品は、見つかってないんだな？」

若い鑑識係員が顔を上げてこたえた。

「ええ、まだ見つかっていません」

「川の中にあるという可能性は？」

「もちろん、可能性はありますよ。でも、確率としては低いんじゃないですかね」

「どうしてそう思う？」

「被害者の足、見ましたよね」

宇田川は、しまったと思った。被害者が靴をはいていたかどうか、まだ確認していなかった。

植松がうなずいて言った。

「靴をはいていなかった」

「それだけじゃありません。両方の踵《かかと》に擦過創《さつかそう》と皮膚の剝離《はくり》が見られました。いずれも出血していません」

「死後にできた傷だということだな？」

「そうです」

植松が、宇田川に尋ねた。

「どういうことだと思う？」

「仰向けの状態から、両脇を保持されて、引きずられたら、そういう傷が残りますね」

「つまり、どこかから運ばれてきたということだな？」

鑑識係員がうなずいた。

「まだ、断言はできませんが、殺害場所は、ここではありませんね」

植松は、今度は、川に背を向けて道路のほうを見た。

「すっきりしないな……」

「何がです？」

「遺体を運んだとしたら、車を使ったに違いない」

「そうですね」

「道路からこの川っぺりに来るには、あの湿原を通らなきゃならない」

「ええ……」

「見てのとおり、湿原には草が生い茂っている。そこに遺体を遺棄すれば、川辺に捨てるよりも見つかりにくいかもしれない。湿原は、道路のすぐ脇だから、そっちのほうがずっと楽なはずだ」

「犯罪者が、楽な方法を選ぼうとしますかね？」

「楽で効果的な方法を選ぶはずだ。遺体を長時間ずるずる引きずっていたら、それだけ目撃される危険が増す」

宇田川は、湿原とその向こうのガードレールを見た。

たしかに植松の言うとおりだ。車を使用したとしたら、路上駐車をしなければならない。その時間が長くなればなるほど、車を目撃される危険性も高まる。

湿原では、まだ機捜隊員や所轄の捜査員たちが、捜索を続けている。証拠は、時間を追うごとに、どんどん少なくなっていく。誰かに持ち去られることもあるし、証拠を隠滅《いんめつ》される恐れもある。指紋や足跡などは、一雨降ればそれで終わりだ。

「長引きそうな事案だな……。

「帳場《ちょうば》が立つということですね？」

「ああ……」

植松は、疲れた声で言った。「そういうことだな」


その後、警視庁本部捜査一課の係員たちも、捜索に参加した。宇田川のスーツは、たちまち泥だらけになった。

出動服で来ればよかったと、心の中でぼやいていた。植松は、もくもくと捜索を続けている。湿原の草をかき分け、泥の中に歩を進める。宇田川も負けてはいられないと思った。

その結果、被害者の持ち物も犯人の遺留品らしいものも見つからなかった。河原や湿原に捨てられたゴミがほうぼうに固めて置いてあった。遺留品ではないと判断された物品だ。

捜査員たちは、所轄の調布署《ちょうふ》に引きあげた。大会議室に無線機や電話、ノートパソコンなどが運び込まれている。捜査本部の準備が始まっているのだ。

刑事部長は、早々と捜査本部の設置を決定したらしい。現場からの報告を聞き、早期解決が望めないと判断したのだろう。

捜査本部の体裁が整う前に、捜査員たちは情報の共有を始める。会議という形ではない。捜査一課第五係と調布署強行犯係の二人の係長を中心に、捜査員たちが輪を作り、それぞれに報告し合う。

被害者の身元は不明。年齢は、三十代から四十代の前半。死因は、首を絞められたこと。凶器はロープ状のものだ。

遺体や現場の状況から、発見現場で殺害されたのではなく、別の場所で殺害されて、発見現場に遺棄されたようだ。遺棄の瞬間を目撃したという情報は、まだない。不審者や不審な車両の目撃情報も今のところ、ない。付近に防犯カメラもなかった。

検視の報告があった。

死亡推定時刻は、昨日の午後五時から午後七時。

各担当の報告が出そろったところで、名波係長が言った。

「昨日の夕刻に殺害。人目に付かない時間、つまり、深夜に、発見現場に遺棄したというところだろう」

　調布署の強行犯係長がうなずいた。

「犬の散歩とか、ジョギングとか、あのあたりは、それなりに人通りがあります。すぐ脇に車道もあって、人の眼がありますからね……」

　調布署強行犯係長の名前は、綿貫修三《わたぬきしゅうぞう》。四十六歳の警部補だ。同年齢の名波係長に対して丁寧《ていねい》な言葉遣いなのは、階級が一つ下だからだろう。

　名波係長が、さらに言った。

「被害者の身元割り出しが、最優先だ。捜索願等を徹底して洗え。さらに、現場の聞き込みに力を入れるんだ。必ず目撃情報が得られるはずだ」

　警察には、捜索願だけではなく、失踪《しっそう》や行方不明《ゆくえふめい》に関するさまざまな相談や届けが寄せられる。ペットの失踪の相談も珍しくはない。

　その中で、正式に受理されるのは、肉親による捜索願だけなのだが、交番など地域係の現場ではその他の相談も無視できずに、記録に残すことがある。

　綿貫係長が質問した。

「写真を公開して、一般からの情報を集めてはどうでしょう？」

「マスコミへの対応は、上層部が考える。情報のコントロールも必要になってくるので、捜査本部が本格的に動き出すまで、写真公開等の情報流出は避ける」

「わかりました」

「では、捜査幹部の到着を待つとしよう」

捜査一課長の田端守雄が管理官を連れてやってくるはずだ。管理官は一人の場合もあるし、複数の場合もある。今回の捜査本部は、管理官一人ないし二人で、三十人態勢ほどの規模だろうと、宇田川は思った。

発足当初は、もっと人数が多いかもしれない。捜査本部の役割は短期集中で事件解決をはかることだ。

捜査が長引けば、それだけ証拠は減っていく。人々の記憶も曖昧《あいまい》になってくる。捜査本部の一期は、三週間を目処《めど》としている。初動の一期が過ぎれば、泊まり込みの応援部隊もいなくなり、捜査員は一気に減る。

原則として、捜査本部長は、警察本部の部長がつとめることになっている。東京都の場合は警視庁の部長だ。だが、刑事部長は、恐ろしく多忙なので、捜査本部に常駐することができない。

課長が捜査本部長となる場合もあるが、やはり、部長同様に課長も忙しい。そこで、実際に捜査本部で指揮を執《と》るのは、管理官クラスということになる。

これを便宜上《べんぎじょう》、捜査本部主任官、あるいは単に捜査主任と呼ぶこともある。

所轄の署長は、たいてい捜査副本部長をつとめる。そして、所轄の刑事課長が、主任官の補佐役になる。

今回も、そういう布陣だろうと宇田川は思った。

捜査幹部が到着するのは、いつになるかわからない。捜査本部長を務める部長、あるいは課長の都合で決まるのだ。

植松は、椅子に腰を下ろして、長机で頬杖《ほおづえ》をついている。退屈そうに見えるが、おそらく、頭の中ではこれまで知り得た事実をあれこれと考えているに違いない。

かつては、その見かけに騙《だま》されたものだ。植松は、いつもくつろいだ姿勢でいる。何も考えていないかのように見えてしまうのだ。

宇田川も、担当する殺人事件のことを考えようとした。だが、どうしても、大石のことが気になってしまう。

朝九時二十分頃に現着して、そのまま調布署に来たので、大石の事件がどうなったかわからない。大会議室には、テレビもあったが、今はスイッチが入っていない。

おそらく、昨日は、調布署でも立てこもり事件のことが話題になっていたはずだ。

だが、管轄内で殺人事件となると、それどころではない。

立てこもり事件のほうは、人質が無事に解放されたということで、かなり楽観視されているようだ。だが、事実は、とても楽観的とは言えない。

現職の警察官が、犯人に連れ去られているのだ。今後、どのように利用されるかわからない。

いや、問題は、人質としての利用価値がないと判断されたときだ。そのときは、ほぼ間違いなく消される。

大石は犯人の顔を見ているだろうし、もしかしたら、素性《すじょう》を知ったかもしれないのだ。

またしても落ち着かない気分になってきた。

こんなことではだめだ。

宇田川は、自分に言い聞かせていた。大石のことは、ＳＩＴに任せるしかない。今は、殺人事件の捜査に集中しなければならない。

植松の携帯電話が振動するのがわかった。彼は、のんびりとした動作で取り出した。

「はい、植松……」

それきり、相づちも打たずに、相手の言葉に耳を傾けていた。半眼《はんがん》で眠そうな顔のままだ。

植松は、突然携帯電話を宇田川に差し出した。

「え……？」

「土岐だ。おまえに代わってほしいそうだ」

　宇田川は、携帯電話を受け取った。

「宇田川です」

「ボン、今、捜査本部だってな？」

「ええ、まだ幹部は到着してませんが……」

「大石のことが気になって仕方がないんじゃないかと思ってな」

　一瞬、どうこたえようか迷った。素直に本心を話すべきだと思った。

「ええ、気が気じゃないというところです」

「まだ、犯人は逃走中だ。警察が用意したトラップ付きの車両ではなく、人質になった主婦の家の自家用車を使ったらしい」

「人質の自家用車……？　じゃあ、何のために、逃走用の車両を要求したのでしょう？」

「決まってるだろう。トラップ付きの車両を、文字通りトラップに使ったんだ。つまりさ、当然、捜査員たちは、犯人がその車を使うと思い込むだろう。誰もがトラップ付きの車に注目するはずだ。その隙《すき》に、犯人は別の車を使って逃走した」

「ＳＩＴは、マンションを取り囲んでいたのでしょう？　ベランダから逃走したと聞きましたが、どうしてそんなことが可能だったんでしょう？」

「犯人が、トラップ付きの車に乗り込む瞬間に賭けていたんだろう。そちらに人員を集中させて、ベランダ側には最低限の捜査員しかいなかったらしい。そこに隙ができたんだ」

「犯人が逃走したのは、人質だった主婦の自宅で普段使っていた自家用車なのですね？　だったら、ナンバーがわかるでしょう。Ｎシステムが使えるはずです」

「犯人は、その車をすぐに乗り捨てたらしい。別の車に乗り換えたのだと、ＳＩＴは見ているらしい。なあ、ボン、これがどういうことかわかるか？」

「え……？」

「今回の立てこもり事件は、場当たり的な犯行ではなかったということだ。かなり計画的で、しかも仲間がいた可能性が高い」

「仲間……？」

「まあ、今のところは、それくらいのことしかわからない」

「どうして土岐さんが、あの事件のことを……？」

「新しい部署が、ちょっと暇なんでな。いろいろと聞いて回ったんだ」

「自分のためですか？」

「ばか言え。どうして、ボンのために俺があれこれ調べ回らなきゃならないんだ。俺はな、一度いっしょに飲んで、大石が気に入ったんだ。だからさ、わかったことをついでに、ボンにも教えてやろうと思っているわけだ」

何と言っていいかわからなかった。

「ありがとうございます」

それしか言葉が思いつかない。

「俺は年の功でな、顔が広いのが取り得だ。何かわかったら、また知らせる。いいか、悲観的になるなよ」

宇田川は、もう一度言った。

「ありがとうございます」

携帯電話を返すと、植松は何も言わずに切った。

大石のことを心配している宇田川を、土岐や植松が気づかってくれている。それが、ありがたく、同時に申し訳ないような気がしていた。

## 6

捜査本部の体裁《ていさい》が整ってきた。部屋に長机が運び込まれ、窓際には無線機が並べられた。管理官らが座る机の島ができ、正面にはひな壇が作られた。

午後二時過ぎに、幹部がやってきた。ところが、刑事部長どころか、課長の姿もない。警視庁本部からは管理官が二人やってきただけだ。

池谷陽一《いけたによういち》と池田厚作《いけだこうさく》の二人だ。彼らは、「イケイケコンビ」と呼ばれている。宇田川たちが第五係だから、池谷管理官は、殺人犯捜査第四係から第六係までを受け持っている。

池田管理官は、第一強行犯捜査の管理官だ。強行犯第一と第二係、さらに科学捜査係が含まれる。強行犯第二係は、現場資料や初動捜査などを担当しており、昔はショムタンなどと呼ばれたらしい。庶務担当の略だ。今でも、年配の職員の口から時々その言葉が聞かれることがある。

調布署からは、強行犯係長、刑事課長、そして、署長も出席している。

捜査員たちは、長机に着席していた。宇田川は、隣にいる植松にそっと言った。

「部長も課長も来てませんね……」

「おそらく、立てこもり事件の指揮本部のほうだろう。現職の警察官が新たな人質として連れ去られたんだ。おおごとだからな」

宇田川は、また大石のことを思い出していた。今担当している殺人事件の捜査に集中しようとするのだが、どうしても大石のことが気になってしまう。何かあったら土岐が知らせてくれるはずだ。そう思って、今は大石のことを、頭から追い出すことにした。

捜査本部は、田端一課長がやってこないことを除けば、ほぼ宇田川の予想したとおりの陣営だった。

調布署長の挨拶があり、すぐに捜査会議が始まった。池谷管理官が司会進行役だ。すでに、捜査員の間では情報交換された事実だが、幹部に報告する必要がある。捜査員たちにとっては、聞き漏らした情報がないか、確認する意味もある。宇田川は、メモを見ながら、報告される事実に集中していた。

報告を聞き終わると、池谷管理官が言った。

「まずは、被害者の身元の割り出しだな。捜索願や行方不明者のリストから始めよう」

綿貫係長がこたえた。

「すでに手配済みです」

「法医学的な割り出しは？」

「司法解剖《しほうかいぼう》が済んでからになります。歯科治療跡から特定を試みることになるでしょう」

宇田川は、報告を聞きながら、何かひっかかるような気がしていた。自分が気になるようなことなら、植松も気づいているかもしれないと思い、そっと横顔をうかがった。

植松は、ただ管理官と係長のやり取りを聞いているだけだ。退屈しているように見える。眠そうですらある。

だが、それはおそらく見かけだけだ。最初は、この見かけによくだまされたものだ。

今のところ、何かに気づいた様子はない。宇田川は、メモに眼を戻して考えた。いったい、何がひっかかっているのだろう。

池谷管理官が言った。

「殺害現場は別の場所だということだな？　死亡推定時刻の頃に、異常な物音などの届け出がなかったかどうか洗ってくれ。遺棄するためには、車両が必要だったはずだ。現場付近で、不審な車両の目撃情報がないかどうか、聞き込みだ。他に何かあるか？」

捜査員たちを見回した。植松が挙手をした。

「何だ？」

植松は、大儀そうに立ち上がった。

「死体を遺棄した場所が、どうも気になるんです」

「どういうふうに気になるんだ？」

「どうして、川のほとりに遺棄したんでしょう？」

植松が、同じことを現場でも言っていたのを、宇田川は思い出していた。

「たしかに、発覚を恐れているんだったら、山に埋める例のほうが多いな……」

「状況としては、こうです。おそらく、犯人は、管理官が言われるように、車両で遺体を運んで来たはずです。そして、河原の脇の車道に駐車して遺体を運び出した……。車道の端にはガードレールがあり、それからすぐに草が茂った湿地帯があるんです。深い茂みですよ。俺たちが遺留品などを捜索するのに、えらい苦労したような場所です。車道からは、その湿地帯を越えなければ、川の近くには行けません。死体は、そこに遺棄されていたんです」

池谷管理官は、怪訝《けげん》な顔をして、池田管理官と顔を見合わせた。

植松に眼を戻すと、池谷管理官が尋ねた。

「つまり、犯人は、わざわざその湿地帯を越えて、死体を遺棄したということか？」

「ええ、理屈に合いませんよね。遺棄しているところを、人に見られたくないはずです。だったら、車を停めて、湿地帯に放り込めばいいんです。そのほうが見つかりにくかったはずです」

「遺体が発見されたのは、簡単に見つかる場所だったからだな？」

「そうです。川のすぐ脇は、地面が露出していました。湿地帯のように草が茂っていたわけではありません」

池田管理官が、眉《まゆ》をひそめたまま言った。

「たしかに、彼が言うとおり、理屈に合わないな……。湿地帯を越えて、地面が露出している場所に移動するには、かなりの労力と時間を費やしたということだ。何のために、時間をかけて、なおかつ苦労をしなければならなかったんだ？」

池谷管理官が、池田管理官と同じような表情で植松に言った。

「その疑問を解明することは、何かの手がかりになるかもしれない。調べてみてくれ」

「わかりました」

植松が、そうこたえて着席した。

報告が終了すると、班分けが発表された。捜査本部では、所轄と警視庁本部の捜査員が組まされることが多い。刑事は、それで知り合いが増えていき、独自の人脈ができていくものだと、植松から教わったことがある。

本部の捜査員の中には、所轄の係員のことを、道案内くらいにしか思っていないやつがいるが、とんでもないことだ、とも言われた。現場で経験を積んだ刑事をなめていると、ひどい目にあうと、植松は言うのだ。宇田川も、それはよく理解しているつもりだ。

捜査感覚というのは、警視庁本部にいようが、所轄にいようが、本人次第で磨《みが》かれるものだ。そして、本部の刑事は、所轄の連中よりも地域の事情に疎《うと》い。

さらに、宇田川は若手なので、ベテランと組むことが多い。それだけで勉強になる。だが、気をつけなければならないのは、所轄には、箸《はし》にも棒にもかからないような警察官がいるという事実だ。

昇進試験も受けず、仕事にも情熱を持っていない。ただ、月日が過ぎていき、定年を迎えるのを待っている。そんな連中だ。

それが悪いとは言わない。警察官にもいろいろな人がいる。役所仕事と割り切ってしまえば、社会に対する責任もそれほど考えなくて済むのかもしれない。

宇田川はそうなりたくはなかった。いまだに青臭いと、植松にも言われる。自分でもそう思う。だが、それの何が悪いのだ、と思う。若い刑事は、まだまだ経験もなければ、捜査感覚も知識も先輩たちには及ばない。腹もすわっていない。

青臭い情熱しか取り得はないじゃないかと、宇田川は思う。

今回、宇田川は、調布署の佐倉友道《さくらともみち》という名の刑事と組むことになった。鑑取《かんど》り班だ。

鑑取りというのは、敷鑑《しきかん》捜査のことで、被害者の人間関係を中心に洗うことだ。

佐倉は、五十五歳。あと、五年で定年だ。階級は巡査部長。宇田川と同じだ。植松よりも三歳年上ということになる。

それにしては、ずいぶんと老けて見えた。白髪頭のせいかもしれない。猫背で生彩がない。

鑑取り班が集まり、管理官から細かな指示を受けた。そのときも、佐倉はうつむき加減で、ただ話を聞いているだけだった。やる気のある捜査員は、メモを取ったり、管理官の眼を見つめたりするものだ。

宇田川は、佐倉がどんな人物か気になっていた。正直に言って、ただ定年を待っているだけの、やる気のない捜査員とは組みたくなかった。

だが、人は見かけだけではわからない。かつての事案の特捜本部で、最初に土岐と会ったときも、まるでやる気がなさそうに見えたのだ。ただ飲み屋をハシゴしているように見えて、土岐は、内側に情熱を秘めるタイプだった。

佐倉もそういうタイプなのかもしれない。そう期待するしかなかった。

被害者の身元がわからないと、鑑取り班の出る幕はない。したがって、鑑取り班は、被害者の身元割り出しを担当することになる。

まず、都内の百二の所轄署から、捜索願や失踪者の届けを取り寄せるところから始めた。

司法解剖の結果を待ち、歯の治療跡の資料を持って、歯科医院を回る班もある。宇田川と佐倉は、リストの洗い出しをやることになった。捜索願や失踪者の届け出は、すぐに入手できた。

年間、八万件もの捜索願が出されているのだそうだ。だが、それも実は失踪者全体から見れば氷山の一角だという。毎年、おびただしい数の人が、家出をしたり、夜逃げをしたり、路上生活者になったりと、行方をくらましているのだ。

当然のことながら、膨大《ぼうだい》な資料が捜査本部に届いた。それを、まず、性別と年齢で仕分けしていく。

十人の捜査員が、それにかかり切りになった。宇田川もその一人だ。実は、捜査本部の仕事というのは、こうした地味な作業がかなり多い。

割り当てられた資料の中から、それらしい人物を絞り込んでいく。宇田川は、隣の佐倉の様子を、そっとうかがった。

佐倉は、淡々《たんたん》と作業を続けている。無駄話などしない。だが、集中しているようにも見えない。目をしょぼしょぼさせながら、小さな字を追っている。

宇田川が十枚の書類を処理する間、佐倉はだいたい六、七枚といったペースだ。年齢からして、老眼なのは間違いない。

宇田川は、佐倉に声をかけた。

「字が小さくて辛いんじゃないですか？」

佐倉は、驚いたように宇田川を見た。

「ああ……」

宇田川のほうを見たことが、まるで間違いだったとでもいうように、佐倉は少しうろたえた様子で、眼を書類に戻した。「たしかに、こう字が小さいと疲れるな……」

「老眼鏡は使わないんですか？」

「持っているが、あまり使わないな……」

「なぜです？」

「別に理由はないよ」

その会話にも、気力が感じられない。宇田川は、仕事を再開した。それきり、佐倉とは会話をしなかった。彼がそれを望んでいないように感じたのだ。

こうして、捜索願や行方不明者のリストを見ていると、また、ふと何かひっかかりを感じた。

何だろう。宇田川は、眼を上げて考えた。植松は、何か気になることがあれば、徹底的にこだわれと教えてくれた。刑事が、何かひっかかるものがあると感じたら、必ず何かの手がかりになるというのだ。

自分が一人前の刑事かどうか、まだ宇田川にはわからない。だが、こういうときは、先輩の言うことに従うべきだ。手を止めて、考えてみた。

いったい、何が気になっているのだろう。最初に、ひっかかりを覚えたのは、捜査会議の最中だった。たしか、綿貫係長が、歯科治療跡の話をしているときだ。

リストに眼を戻す。そのとき、不意に思い出した。

三ヵ月ほど前のことだった。やはり、殺人並びに死体遺棄の事件があった。被害者は、女性だった。その被害者も、身元不明だった。

まだ、被疑者を確保していなかったはずだ。他の係の仕事だったので、あまり詳しくは知らない。新聞で記事を読んだし、遺体発見直後は、初動捜査の結果にも興味を持っていたが、時間が経つにつれて、記憶も曖昧になっていった。

次々と仕事が舞い込むので、三ヵ月も前の、他の係の事案について、細かく記憶していることなどできない。

捜査一課殺人犯係の仕事なのだから、把握しておくべきなのかもしれない。だが、宇田川には、まだまだそんな余裕はなかった。自分が担当する仕事だけで、精一杯なのだ。

被害者が、今回と同じく、身元不明の女性だった。それが、記憶の底の方から浮かび上がってきたのだ。

思い出したら、どうにも気になってきた。まだ、この共通点は話題になっていない。

もし、近くに植松がいたら、すぐに伝えただろう。だが、植松は今、外に聞き込みに出かけている。彼は、地取り班なのだ。現場周辺で、情報収集をする班だ。

迷った挙げ句に、宇田川は、また佐倉に声をかけた。

「あの……」

佐倉が、目を瞬《しばたた》いた。やはり目が疲れているようだ。

「何だね？」

「ちょっと、思い出したことがあるんですけど……」

「思い出したこと……？」

「三ヵ月ほど前の事案です。死体遺棄事件なんですが、その被害者がやはり、身元不明の女性だったんです」

佐倉は、不思議なものを見るような顔になった。

「それで……？」

「それでって……」

宇田川は、ちょっと驚いた。今回の事案との共通点に気づかないのだろうか。だとしたら、捜査能力に疑問を持たざるを得ない。「今回の被害者も、同様に女性だし、身元が不明です」

「遺体は、発見された時点ではたいてい身元不明だよ」

佐倉は、書類に眼を戻した。

たしかに、佐倉の言うとおりだ。だが、普通は、すぐに身元が判明する。なかなか身元がわからないことが問題なのだ。

佐倉が、会話を求めていないことは明らかだった。宇田川も口をつぐむべきなのかもしれない。

だが、どうしても黙ってはいられない気分だった。

「もしかしたら、三ヵ月前の事案と関連があるかもしれません」

佐倉は、しばらく無言で書類の文字を眼で追っていた。宇田川の視線を感じたのか、やがて、彼は言った。

「同じような事件は、年にいくつも起きているんだ。いちいち関連性を疑う必要はないさ」

相変わらず、書類を見ている。

「調べてみるべきだと思いませんか？　空振りなら、それでかまいません」

佐倉は、少しばかり顔をしかめていた。

「捜査本部ではね、言われたことをやっていればいいんだよ。余計なことをすれば、他の捜査員に迷惑をかけることだってあるんだ」

宇田川は、驚いた。

「他の捜査員に迷惑をかける？　それが問題ですか？　迷惑だろうが何だろうが、事件を解決することが第一じゃないですか?」

今度は、佐倉が驚いた顔をする番だった。

「俺ら捜査員はね、事件を解決することなんて考えなくていいんだ。それは、捜査幹部が考えることだよ。俺らはね、言われたことをきちんとこなせばいいんだ」

この発言を聞いて、佐倉がいっそう年老いて見えた。

捜査員の暴走は許されない。それは、宇田川にもわかっている。だが、捜査幹部だって絶対ではないのだ。

「捜査員が気づいたことを捜査幹部に伝えるべきじゃないですか?」

佐倉は困ったような顔をした。

「このリストを絞り込む。それが、与えられた仕事だ。それ以上のことは、余計なことなんだよ」

「管理官に伝えようと思うのですが……」

佐倉は、また驚いた顔になった。

「よしてくれ。俺らのほうから、管理官に何か言うなんて、とんでもない。俺らは、管理官に言われたことに従っていればいいんだ」

警視庁本部と所轄の感覚の差だろうか。いや、これは個人的な資質の問題だろう。

宇田川はそう思った。捜査に対する情熱の違いだ。

「自分は、時機を逸しないうちに、管理官に話しておいたほうがいいと思います」

佐倉は、眼をそらした。

「そんなことをしたら、後悔することになるよ」

「逆に、話さないと後悔すると思います」

佐倉は、書類を見たまま言った。

「ならば、好きにすればいい」

二人の管理官は、会議のときはひな壇にいたが、今は管理官席にいる。宇田川は、席を立って、そちらに近づいた。

池谷管理官が、宇田川に気づいて言った。

「何だ？」

宇田川は、気をつけをしてこたえた。

「三ヵ月ほど前に、殺人と死体遺棄の事案があり、その被害者が、やはり身元不明の女性だったと記憶しております。被疑者は、まだ確保されておらず、今回の事案との関連があるのではないかと思いまして……」

池谷管理官が池田管理官を見て言った。

「三ヵ月ほど前の事案……？　三鷹《みたか》署の事案だったな……」

池田管理官がうなずく。

「遺体は、井《い》の頭《かしら》公園内で発見された。三ヵ月経っても、被疑者どころか、被害者の身元もわかっていない……」

池谷管理官が宇田川に尋ねた。

「何か、その事案と今回の事案の共通点が見つかったのか？」

「いえ、今のところ、被害者が身元不明の女性だというだけで……」

池谷管理官は、顔をしかめた。

「だから、その身元の割り出しを急げと言ってるんだ。遺体発見から、まだ六時間しか経っていないんだ」

「はい」

佐倉が言ったとおりかもしれない。自分は出過ぎた真似をしてしまったのだろうか。宇田川はそんなことを思い、席に戻ろうとした。

「まあ、待て……」

池田管理官が言った。「井の頭公園の事案は、たしかに、今回のと似ているかもしれない。被害者は女性だが、着衣に乱れもなく、暴行の跡もなかった。手口は、今回と同じく絞殺《こうさつ》……。殺害場所は別のところで、公園内に遺棄されていた」

池谷管理官が、しばらく考えた後で言った。

「リストの絞り込みはどの程度進んでいる？」

「性別と年齢で、非該当者を弾いています。おそらく、夕方までに、数百人程度に絞れるかと……」

「わかった。三鷹署と連絡を取っておく。すぐに、そっちに向かって担当者から話を聞いてきてくれ。捜査一課の連中はもう引きあげているが、捜査本部はまだ残っているはずだ」

「了解しました」

「戻ってきたら、リストの絞り込みを再開しろ」

「はい」

宇田川は、上体を十五度折る、正式な敬礼をして、席に戻った。

佐倉に言った。

「三鷹署に出かけることになりました。いっしょに来てくれませんか？」

「三鷹署……？」

「さっき言った、三ヵ月ほど前の事案の担当が三鷹署なんです」

「管理官が行けと指示したのか？」

「そうです」

佐倉は、ちらりと管理官席のほうを見た。

「あんたが言われたんだろう？　俺は指示されていない」

「自分と組んでいるんじゃないですか」

「俺は、特別な指示がない限り、リストの洗い出しを続けるよ」

「じゃあ、自分はちょっと抜けますが、あとはよろしくお願いします」

佐倉は、顔を上げず「ああ」とだけこたえた。

7

宇田川は、調布署を出ると、三鷹署までどうやって行こうか考えた。直線距離では、それほど遠くはない。だが、電車の路線がうまくつながっていない。

調布署の最寄りの駅は、京王《けいおう》線の国領《こくりよう》で、三鷹署の最寄り駅は、JR中央線三鷹駅だ。京王線で、明大前《めいだいまえ》まで行き、井の頭線で吉祥寺《きちじようじ》に出て、さらにJRに乗り換えるとなると、ものすごく遠回りをすることになる。

西武多摩川線を使うと、距離は近いが、列車の本数が少なく、待ち時間が長くなる恐れがある。

車で行くのが一番なのだが、宇田川のような下っ端捜査員に、捜査車両が使えるはずもない。

結局、タクシーに乗ることにした。捜査本部の経費は限られているので、自腹になるだろう。

　空車を探していると、携帯が振動した。非通知の表示だ。一瞬、無視しようとしたが、すぐにぴんときた。

「はい、宇田川」

「久しぶりだな」

　聞き覚えのある声だ。

「やっぱり蘇我か」

「立てこもり事件で、若い女性捜査員が人質の身代わりになったと、ニュースで言っていた」

「ああ……」

「大石がＳＩＴに異動になったと聞いたんで、まさかと思って電話したんだが……」

「その、まさかだよ」

「人質が解放されてからのことがほとんど報道されていない。大石は無事なんだろうな？」

「わからない」

「わからない？　どういうことだ？」

「犯人が逃走したことは知ってるな？」

「ああ、ＳＩＴが取り逃がしたんだろう」

「犯人は、大石を連れて逃走したんだ」

電話の向こうで、蘇我が沈黙した。

宇田川は、続けて説明した。

「犯人が人質交換に応じた。それで、人質の主婦は無事に解放された。そこで、犯人を取り押さえる計画だったようだが、犯人は、警察が用意したトラップ付き車両ではなく、別の車で逃走したんだ。そのときに、大石も連れ去った」

蘇我は、まだ何も言わない。宇田川は、返事を待つことにした。やがて、蘇我の声がきこえてきた。

「まあ、大石のことだから、きっとだいじょうぶだよ」

蘇我らしい、のんびりとした口調に戻っていた。

「俺もそう思いたい」

「そう思いたい、なんて言い方するな。俺は無事だと信じている」

「おまえの、その楽観的なところ、本当にうらやましいよ」

「庁内にいれば、大石についての情報は、ある程度入ってくるんだろう？」

「それが、帳場が立っちまってな。俺は、それに参加しているんだ」

「多摩川の件か？」

「そうだ。身元不明の遺体だ」

また蘇我が沈黙した。ごく短い間だったが、宇田川は、それが気になった。

「そうか」

蘇我が言った。「大石の心配ばかりもしていられないよな……」

「でも、土岐さんが、最新の情報を伝えてくれることになっている」

「土岐さんが……？　どうして……」

「本部捜査一課の特命捜査対策室に異動になったんだ」

「ああ、そのことは、なんとなく知っているが……」

警察の人事を、「なんとなく知っている」などということはあり得ない。蘇我がまだ、警察の仕事に携《たずさ》わっていることを意味していると、宇田川は思った。

「暇だから、いろいろなところから、大石の情報を聞き出して伝えると言ってくれている」

「本部の捜査一課が、暇なわけないだろう」

「俺もそう思うがな……。一度、大石と土岐さんの歓迎会をやったことがある。俺と植松さんと四人でな。そんなこともあって、俺が大石を心配していると、植松さんも土岐さんも気づかってくれているんだと思う。ありがたいことだよ」

「おまえのことを気づかっているだって？　そいつは違うな」

「違う？」

「あのオヤジたちは、大石のことが気に入ったんだよ」

「一度飲んだだけだぞ」

「大石ってのは、そういうやつだ。たった一度で他人に好かれちまう独特の雰囲気を持っている。人なつこいというわけじゃないけど、それがかえっていいんだろうな」

「そういえば、土岐さんが、そんなことを言っていたな……。俺は大石が気に入ったから調べるだけだ、みたいなことを……」

「それ、きっと本音だよ。また、頃合いを見て連絡する」

「ちょっと待て、おまえ、何か知ってるんじゃないのか？」

「何のことだ？」

「多摩川の身元不明の遺体について、だ」

「そんなわけないだろう」

のんびりとした口調だ。だが、否定するのがちょっと早過ぎたように感じた。それは気のせいだろうかと、宇田川は思った。

「おまえは、今、どこで何をやってるんだ？」

「ただ、ぶらぶらしてるだけだ。その日暮らしさ。じゃあな」

電話が切れた。

蘇我は、人質の身代わりが大石だったのではないかと気になって電話してきただけだ。同期で、仲がよかったのだから、それについては、何の不思議もない。

彼が、殺人事件について、何か知っているなどということは、おそらくあり得ない。何の根拠もなく、宇田川がそう感じたに過ぎない。

捜査本部にいるから、いろいろなことを、担当している事件と関連付けて考えてしまう。ただそれだけのことだろう。宇田川は、そう思い、やってきた空車のタクシーに乗り込んだ。


三鷹署の捜査本部は、専従捜査員が四名残っているだけだった。

捜査本部の一期は、三週間を目処《めど》としている。それを過ぎると、泊まり込みの応援部隊も引きあげ、一気に人数が減る。逆にいうと、三週間の間に解決しない事案は、長期化して継続捜査の範疇《はんちゅう》に入れられるということだ。不名誉なことだが、迷宮入りすることもある。

狭い物置のような小部屋を与えられ、そこに段ボールが山積みになっていた。部屋の奥にはロッカーがあり、そこからワイシャツやらジャージやらがはみ出している。

部屋の中は、独特の臭いがした。警察署は、多かれ少なかれ同じような臭いがする。それを凝縮《ぎょうしゅく》させた感じだ。

汗とアドレナリンの臭いだ。体育会の部室の臭いに似ている。昔は、これに煙草の臭いも混じっていたというが、今は署内のほとんどが禁煙になっている。

「池谷管理官から、連絡をいただいております」

応対してくれたのは、三鷹署の沢渡哲彦《さわたりてつひこ》という名の捜査員だった。階級は、宇田川と同じ巡査部長、年齢も同じくらいだった。丸顔の童顔なので、もしかしたら、もう少し上かもしれない。

「被害者の身元が、今でも不明だということですね？」

「ええ……」

沢渡は、資料を差し出しながら言った。「当初は、楽観した見方もあったんです。死体遺棄事件というのは、比較的早期に解決することが多いので……。場所が井の頭公園ですから、きっと何らかの目撃情報が得られると踏んでいたんです。しかし……」

「目撃情報がなかったということですか？」

「市民から情報が寄せられました。しかし、いずれも無関係な情報で、捜査に役立つものではありませんでした」

「三ヵ月も経って、被害者の身元が割れないというのは、異例のことですよね」

「捜査本部に参加された一課の人も、そう言ってましたね。たいていは、失踪者の名簿から割り出されるものだ、と……」

「被害者に該当するような届けが出されていなかったということですね？」

「詳しくは、資料に書かれていますが、警察に記録がある、同年代女性の行方不明者については、つぶさに当たりましたが、該当するものはありませんでした」

「当然、被疑者についても、絞り込めなかったということですね？」

「絞り込めなかったというか……」

沢渡は、ひどく疲れたような表情で言った。「まったくお手上げ状態でしたよ。ご存じのとおり、殺人事件というのは、鑑取りが大きな役割を果たします。しかし、被害者の身元がわからない限り、鑑取りはできません」

「目撃情報が寄せられたと言いましたね？」

「ええ、しかし、大半が、路上生活者などに対する偏見《へんけん》をもとにした情報でした。つまり、怪《あや》しいやつが公園内をうろついていたから、あいつに違いない、というような通報です。捜査員が調べてみると、事件と関係はありませんでした」

宇田川は、資料の中にあった遺体の顔写真を見た。

死人の顔というのは、生きているときよりもずっと印象がよくない。表情がないせいもあるだろう。それでも、美人だとわかる写真だった。

年齢は、二十代の後半から三十代前半といったところだろうか。

「手口は、絞殺ですよね？」

「そうです」

「凶器はロープ状のものですか？」

「いえ、もっと太いものだろうと、鑑識や解剖を担当した医師が言っていました」

「もっと太いもの？」

「舌骨《ぜっこつ》が骨折していなかったんです」

宇田川は眉をひそめた。

舌骨というのは、下顎《したあご》と咽頭《いんとう》の間にあるU字形の骨で、文字通り舌の根もとに当たる。滅多に骨折することがなく、ここが骨折している場合は、絞殺を疑うとされている。

それが折れていないのに、絞殺というのは、どういうことだろう。宇田川の顔を見て、沢渡が説明した。

「ロープや紐《ひも》を使ったのではなく、腕を首に回して絞めたのだろうと、専門家は言っています。そうなると、ちょうど肘《ひじ》の内側の柔らかいところが舌骨や、喉仏《のどぼとけ》といわれる甲状軟骨《こうじょうなんこつ》に当たります」

プロレスのスリーパーホールドのような恰好ということだろう。似ているが、スリーパーホールドは、首を絞める行為、いわゆるチョーキングとは違う。頸動脈の血流を遮断《しゃだん》して、「落とす」のが目的なのだ。柔道の絞め技も同様だ。

　もちろん、スリーパーホールドの体勢でも、首を絞めて殺すことができる。犯人は、それをやったということだ。

「格闘技か何かの心得があるということでしょうか？」

「捜査本部では、その点も考慮に入れて捜査を進めました。しかし、結局は雲をつかむような話で……。世の中に、格闘技と名の付くものを修得している人がどれくらいいると思いますか？」

　宇田川は、その質問にこたえる必要はないと思った。

「今回の多摩川の事案では、同じ絞殺でも、ロープ状のものが使用されていました。手口が違うとも言えますね……」

　宇田川がそう言うと、沢渡がこたえた。

「実は、この井の頭公園の事案のさらに二ヵ月ほど前に、やはり同じような事件が起きているのです」

　それは初耳だった。

「……ということは、五ヵ月ほど前ということになりますね。自分の記憶にはありませんが……」

「警視庁の事案じゃありません。沖縄《おきなわ》県警の事案だったんです」

「沖縄……」

「那覇《なは》市内で起きた殺人及び死体遺棄事件でした。遺体は、波之上宮《なみのうえぐう》のそばの海岸に遺棄されていました。やはり、若い二十代から三十代の女性で、身元は不明。死因は、絞殺でした」

言われてみれば、そのような記事を読んだ記憶がかすかにあった。

「その事案と、井の頭公園の事案との関連は……？」

「何度か取り沙汰されましたが、結局、直接関連を裏付ける物証が何もありませんでした。沖縄県警とは、連絡を取り合っていましたが、こちらの事案でも捜査に進展がなくなり、いつしか、連絡も立ち消えになりました」

「今は、沖縄県警と連絡を取っていないのですか？」

「何か目新しい事実がなければ、こちらから連絡を取ることはありません。向こうも同様に考えているのでしょう」

「沖縄の事案の資料も、いただきたいのですが……」

「写真くらいしかありませんよ。詳しい資料が必要なら、沖縄県警に問い合わせてください」

捜査本部に、関連すると思われる事案の資料がないはずはない。おそらくは、積み上げられた段ボールの中に収まっているのだろう。今ここで、沢渡にそれを掘り起こせと言うのは、酷な気がした。

三つの事案に関連があるかどうか、まだわからない。宇田川は、関連があるような気がしているが、そうした判断は、管理官や本部の課長が下すものだ。

「では、その写真をいただけませんか？」

「待ってください。コピーを取ってきます」

しばらく待たされた。その間、宇田川は、手もとの資料をぱらぱらとめくっていた。捜査員たちの苦労が偲《しの》ばれる。同時に、いまだに解決の糸口がつかめずにいる無念さも……。

沢渡が戻ってきて、写真のコピーを渡された。やはり、遺体の写真だ。これも、生前はかなりの美人だったことが見て取れる。

沢渡が言った。

「沖縄の件も絞殺と言いましたが、これは首に索条痕もあり、舌骨が折れていました。ロープ状のものを使用したと思われます。当初、同じ絞殺でも、うちの事案は腕による絞殺で、沖縄のほうは、ロープを使用……。手口が違うという意見の捜査員もいたのですが……」

「多摩川の件が加わると、事情が変わってくるかもしれません」

沢渡は、うなずいた。

「何とか、進展することを期待しますよ」

その言葉に力はなかったが、宇田川は体の奥が熱くなるのを感じていた。

沢渡に礼を言って、再びタクシーで調布署の捜査本部に戻った。

外回りに出ていた捜査員たちが戻りはじめていた。鑑取り班は、まだ行方不明者リストの絞り込みに精を出している。

宇田川は、まっすぐに管理官席に向かった。

「三鷹署に行ってまいりました」

気をつけをして報告した。

池谷管理官が顔を向けて言った。

「それで……？」

「同様の身元不明の死体遺棄事件が、沖縄でも起きていることがわかりました」

池田管理官が言った。

「ああ、それは聞いている。だが、関連性があるかどうか、いまだに判明していないのだろう？」

「二件なら関連性に疑問もあるかもしれませんが、三件となると連続性を疑わなければならないのではないかと思います」

池谷管理官が宇田川を見据えて言った。

「連続殺人だというのか？」

「否定しきれないと思います」

池谷管理官と池田管理官は、顔を見合わせた。しばらく二人とも無言だった。

やがて、池谷管理官が言った。

「わかった。参考意見として聞いておく。だが、先ほども言ったが、今回の事案では、まだ被害者の身元の割り出しを始めたばかりだ。それに全力を尽くしてくれ」

宇田川は、「はい」とこたえるしかなかった。「それで、三鷹署からもらってきた資料はどうしましょう？」

池谷管理官が言った。

「それは君が保管していてくれ」

宇田川は何だか、肩すかしを食らったような気分だった。佐倉の隣の席に戻って、行方不明者リストの絞り込みを再開しようとした。

佐倉がぽつりと言った。

「無駄骨だったろう？」

宇田川は、何もこたえられなかった。黙って作業を始めた。

## 8

宇田川の読み通り、夕方までに、捜索願や行方不明者のリストは、三百人ほどに絞り込めた。それでも、膨大な数だ。

そのリストをもとに、所轄に確認を取ったら、さらに、百人ほどが削られた。行方不明だったが、その後、所在が確認された例が百件ほどあったのだ。

友人宅に滞在していた人や、病院に収容されていることがわかった人もいる。家庭内暴力を逃れて、関連施設に収容されていた人も少なくなかった。

「都内だけで、二百人以上の女性が行方不明なんだな……」

鑑取り班の一人が、誰に言うともなくつぶやいた。所轄の刑事だ。それに別の捜査員がこたえる。

「それも、二十代から四十代までの女性だ。もったいないというか、なんというか……」

公《おおやけ》にはできない発言だ。もったいないというニュアンスが、セクハラに解釈されかねない。

「所轄署には、定期的に確認を取ってくれ。捜索願や行方不明者については、次々と所在が確認されていくからな」

第五係の緒方澄夫《おがたすみお》警部補が言った。彼が鑑取り班の班長をやっている。四十七歳で捜査経験も豊富だ。

警部補は、所轄では係長だが、本部ではその下の主任だ。宇田川がいる第五係には、警部補が三人いる。植松もその一人だ。

捜索願のうち、何事もなく帰ってくる例は少なくない。誰かが姿を消すと、家族が慌《あわ》てて捜索願を出すからだ。届けを受理してから一週間以内に、半数以上の所在が確認される。

行方不明者のうち、犯罪が絡んでいる例は、一割ほどだといわれている。

ちなみに、捜査員たちは、今でも慣例的に「捜索願」と言っているが、平成二十二年四月に、「行方不明者届」と呼称が改められている。

二百人のリストの確認というのは、捜査本部にとっては楽な仕事だ。現在、鑑取り班十人が、行方不明者リストを当たっているので、一人当たり、二十人ほどのリストということになる。

所轄や家族から写真を入手して、被害者と照合すればいい。歯科医院を回る際にも、そのリストが手がかりになる。

宇田川は、三鷹署と沖縄県警那覇署の管内で起きた殺人・死体遺棄事件の、身元不明の被害者のことが気になっていた。

たしかに、今回の事案の被害者が特定されれば、類似《るいじ》の事件とは見なされなくなるだろう。だが、どうしても、すぐに身元が判明するとは思えなかった。

現場を見ればそれがわかる。被害者は、身元を示すものを何も身につけていなかった。実行犯が、周到に、被害者の身分を隠したのだとしか思えない。

植松が、外回りから戻って来た。所轄の若い刑事と組んでいる。宇田川は、蘇我から電話があったことを教えておいたほうがいいと思い、彼に近づいた。

「ちょっと、いいですか?」

「何だ、ボン」

「ちょっと、こちらへ……」

宇田川は、人がいない場所に、植松を誘った。植松は、何も言わずについてきた。

「蘇我から電話がありました」

「蘇我から……?」

植松は、さっと周囲を見回した。「それで、何を言っていた?」

「立てこもり事件で、人質の身代わりになったのが、大石かどうかを確認しました」

「身代わりがお嬢だと知って、蘇我は何か言っていたか?」

「大石のことだから、きっとだいじょうぶだ。無事だと信じている。そう言ってました」

「だいたい、あいつは今、何をやってるんだ？」

「ぶらぶらしていると言ってました。でも、大石や土岐さんの異動のことを知っていましたから、まだ、警察に関連する仕事をしているんじゃないかと思います」

「ふん、警察に関連する仕事か……。表向きは懲戒免職ということになっているんだから、警察官の身分ではない。……ということは、公安の覆面捜査官か何かだろうな……」

公安には、正式に発表されているよりも、ずっと多くの捜査員がいるといわれている。公表されていない捜査員は、潜入捜査や覆面捜査をしているのだ。

かつては、オウム真理教の信者として潜入したこともある。左翼のセクトに潜入したケースもあると聞いたことがある。

彼らは、普段は、その組織の人間になりきっている。捜査員として覚醒《かくせい》するときを、じっと待っているのだ。それ故に、彼らのことを、スリーパーと呼んだりもする。

「考え過ぎかもしれませんが……」

宇田川は言った。「蘇我が、ただ確認のためだけに連絡してきたとは思えないんですが……」

「どういうことだ？」

「まったく根拠はないんですが……」

宇田川は、そう前置きして言った。「あいつが、この殺人・死体遺棄事件について、何か知っているような気がしたんです」

「どうしてそんな気がしたんだ？」

「なんとなくです。会話のニュアンスで……」

「だが、根拠はないんだな？」

「ありません」

植松がうなずいた。

「わかった。また、連絡があったら教えてくれ」

「土岐さんにも、電話があったことを知らせようと思うんですが……」

「俺が電話しておく」

「お願いします」

宇田川は、三鷹署と那覇署の件を植松に相談してみようかと思った。

だが、すぐに考え直した。すでに、池谷管理官には報告してある。今さら、植松に相談したところで、どうにもならない。

そして、植松には地取り班としての仕事があるはずだ。

宇田川は、もとの席に戻り、ちらりと横にいる佐倉の横顔を見た。佐倉は、相変わらず話をしたくない様子だ。無愛想というのではない。無気力なのだ。空気が抜けてしまった紙風船のようだ。

宇田川と佐倉にも、行方不明者リストが割り当てられた。四十人ほどだ。計算どおりだ。このリストを、二人で洗うか、それとも一人一人に割り当ててしまうかは、それぞれの捜査員の判断に委ねられた。

「半分頼むよ」

佐倉が言った。二人でいっしょに捜査をする気はないらしい。それは、予想できたことだ。宇田川にとっても、そのほうが好都合だった。

やる気のない刑事に付き合わされるのはごめんだ。

捜査会議が始まり、池谷管理官が、地取り班の報告を求めた。

捜査一課第六係の鈴木係長が起立して言った。

「今のところ、有力な目撃情報はありません」

「不審車両の目撃情報もないのか？」

「ありません。現場付近は、夜になると極端に交通量が減るらしいのです」

「犯人はそれを知っていた、ということか？」

「そう考えていいと思います」

「遺留品は？」

「見つかっていません」

「妙だな……。どんな犯罪者でも、必ず何かは遺留するはずなんだが……」

池谷管理官は、考え込んだ。おそらく、考える振りをしているのだろうと、宇田川は思った。捜査員たちに無言の圧力をかけているのだ。

おまえら、もっとしっかり捜査しろ、と言いたいのだ。あからさまに、捜査員たちをどなりつける管理官もいる。だが、池谷管理官は、そういうタイプではなかった。

鈴木係長が言った。

「それについて、一つの見解がありまして……」

「見解……？」

「担当の者から説明させます」

鈴木係長が着席すると、やや間を置いて、植松が立ち上がった。

「犯人は、車を車道に停めて、遺体を運び出し、ガードレールを乗り越え、さらに湿原を通り越して、河原に死体を遺棄した……。当初、そのように考えていたわけですが、それは、どう考えても理屈に合わないような気がします」

植松が言うと、池谷管理官が眉間《みけん》に皺《しわ》を刻《きざ》んだ。

「昼の会議でも、その話題は出たな。それで……？」

「犯人は、川のほうから死体を遺棄したのではないかと思います」

「川のほうから……？」

「はい。ゴムボートなどを使用すれば、不可能ではないと思います」

「なるほど、それなら、遺留物がないことも説明がつくな……」

植松が着席すると、再び鈴木係長が立ち上がって言った。

「ゴムボートなどを使用したとなると、捜索の範囲が格段に広がります」

「しかし……」

池谷管理官が、思案顔で言った。「ゴムボートを使ったとしたら、それは何のためなんだ？」

鈴木係長がこたえた。

「川を渡るためでしょう」

それを聞いた池谷管理官は、苦い表情になった。多摩川の向こう岸は、神奈川《かながわ》県だ。

当然だな、と宇田川は思った。警視庁と神奈川県警の確執《かくしつ》については、一般にも広く知られている。仲が悪いというより、神奈川県警のほうが一方的に対抗意識を燃やしているのだと、宇田川は思っている。

とにかく、神奈川県警と合同で捜査するというのは、何かとやりにくいのは確かだ。池谷管理官は、それを思いやっているのだろう。

「ゴムボートを使うと、簡単に言うが……」

池田管理官が発言した。「膨《ふく》らませたりするのに、意外と手間取る。それを目撃されている可能性もある」

鈴木係長がこたえた。

「あらかじめ、膨らませておいて、トラック等に積み込んでいた可能性もあります」

池谷管理官が、苦い表情のまま言った。

「いずれにしろ、多摩川の向こう側だとしたら、神奈川県警の管内でのことだ……」

池田管理官が言った。

「課長に連絡を取って、必要な手配をしよう」

神奈川県警との合同捜査ということになれば、刑事部長や、捜査一課長も臨席しなければならないだろう。そうなれば、立てこもり事件の指揮本部に張り付いていることができなくなる。そちらの捜査能力が落ちるのではないかと、宇田川は、一瞬思った。

「そうそう……」

会議の終わり際に、池谷管理官が言った。「三鷹署管内の井の頭公園、それから、沖縄県警那覇署管内の海岸で、殺人ならびに死体遺棄があった。いずれも、被害者は、身元不明の女性で、死因は絞殺だ。年齢は、二十代から四十代」

　捜査員たちが、囁《ささや》きを交わした。それを打ち消すように、池谷管理官の言葉が続いた。

「今回の事案との共通点も見られるが、まだ、関連があると断定できる段階ではない。被害者の身元が割り出せれば、当然ながら、これら二件との関連は薄いということになる。まずは、全力で、被害者の身元の割り出しにつとめてくれ。以上だ」

池谷管理官はこう言ったが、宇田川は、おそらく身元は判明しないだろうと考えていた。現場を見れば、それがわかる。犯人は、周到で用心深い。

もし、今回の被害者の身元が判明しないということになれば、三鷹署、那覇署の事案との関連がクローズアップされてくるはずだ。その際には、捜査本部の態勢を立て直す必要があるだろう。

　そうならないうちに、立てこもりの事案が解決してくれればいいが、と宇田川は思った。

　土岐からの連絡はない。それは、おそらく大石がまだ無事だということなのだろう。宇田川は、そう考えることにした。はっきりしたことがわかるまで、あれこれ心配するのはやめよう。わからないことについて、悩むのはばかばかしい。自分にそう言い聞かせた。

佐倉が、席を立ってどこかに出かけていった。相棒である宇田川に、行き先も告げない。行方不明者リストの洗い出しに出かけたのだろう。

今は、それに専念することが大切だ。佐倉が言った。捜査本部では、上から言われたことに、ただ従っていればいいのだ、と。

その言い方には、納得できなかったが、上に言われたことを、ちゃんと遂行《すいこう》できないのは、もちろん問題だ。

宇田川も、リストを持って出かけることにした。

リストに載っている住所が、調布署の近くとは限らない。都内全域の情報を集めているのだ。

まず、担当の署に最新情報を尋ねる。それだけで、五件ほどをリストから削ることができた。新たに所在が確認できた人たちが、五人いたということだ。

こうして、行方不明情報というのは、刻々と変化している。

夜の九時を過ぎているので、あまり遠くまで足を伸ばすことはできない。近いものから順に攻めていくことにした。

行方不明者の肉親や関係者を訪ねて、遺体の写真を確認してもらう。気味の悪い思いをさせることになるが、仕方がない。

その日は、半分をリストから消すことができた。明日一日あれば、すべての確認が終わるだろう。

深夜十二時頃に、調布署に戻った。土岐に電話してみようかと考えたが、思いとどまった。何か進展があれば、必ず知らせてくるはずだ。せっついても仕方がない。

宇田川は、柔道場に敷きつめられた布団の一つにもぐり込んで眠った。


翌朝、七時過ぎに捜査本部に顔を出した。佐倉の姿がなかった。昨夜は、捜査本部に戻らなかったのだろうか。三人の捜査員が、テレビのニュースを見ていた。

大石のことが報じられていないだろうかと思い、宇田川もテレビの前に陣取った。

他の捜査員たちは、今担当している事案についてのニュースをチェックしているのだ。

宇田川だけが、他の事柄に気を取られている。不謹慎かもしれないが、仕方がないと、宇田川は思う。立てこもり事件の続報は流れなかった。

午前八時十五分。まだ、佐倉は捜査本部に顔を見せない。昨夜は自宅に戻ったのだろうか。捜査本部に参加した捜査員が、初日から自宅に戻るというのは、あまり例がない。

だが、佐倉ならやりそうな気がした。結局、彼は、捜査会議が始まる直前に、捜査本部にやってきた。宇田川の隣に着席した。いちおう、パートナーだという自覚はあるようだ。

「おはようございます」

宇田川は、尋ねた。「昨日は、帰宅されたんですか?」

「帰宅……?」

佐倉は、不機嫌そうな顔で言った。「何を寝言、言ってるんだ?」

彼は、懐《ふところ》から折りたたんだ行方不明者リストを取り出した。それを開いて、宇田川に見せた。

すべての名前が、赤い線で消されていた。すべてチェックしたということだ。宇田川は驚いた。

佐倉は、宇田川に言った。

「俺の分は終わったよ。そっちも、とっくに終わってるんだろうな……」

しまった、と宇田川は思った。

おそらく、佐倉は昨夜は深夜まで歩き回り、今日は早朝から出かけていたのだろう。

宇田川は、正直に言った。

「まだ、半分ほど残っています」

佐倉は、顔をしかめて舌打ちをした。

「三鷹署だかの事案に気を取られている暇があったら、自分の仕事をしたらどうだ」

返す言葉がなかった。たしかに、佐倉は、割り当てられた仕事を、きっちりとこなしたのだ。宇田川は、怠慢《たいまん》だと言われても仕方がない。

「すみません」

「今時の若いやつは、口ばっかりで、やるべきことをやらない。本部の教育は、どうなってるんだ。ご託《たく》を並べるのもいいが、俺の足を引っぱるのだけは、勘弁してくれ」

ただ聞いているしかなかった。

池田、池谷両管理官が入室してきた。捜査員たちは起立した。それで、ようやく佐倉の小言が終わった。

捜査会議が始まる。会議の内容が、頭に入ってこない。

佐倉を過小評価していたかもしれない。あなどっていた報《むく》いを受けたのだ。厭味《いやみ》を言われることくらいは、どうということはない。問題は、彼に優位に立たれてしまったことだ。

主導権を握られてしまったのだ。

これを挽回《ばんかい》するのは、なかなか難しい。しばらくは、佐倉に逆らうことができなくなりそうだ。佐倉は、なかなか油断ができない男だ。それがわかっただけでも、よしとするか……。

宇田川は、自分を慰《なぐさ》めていた。

9

佐倉の他にも、リストのチェックを終えた捜査員が何人かいた。今朝の時点で、被害者に該当する行方不明者は、まだ見つかっていない。

変死体の身元は、行方不明者届で判明することが多いので、二人の管理官は、今回もそれを期待していたようだ。まだ、結果は出ていないが、雲行きは怪しい。

池谷管理官が、苛立った様子で言った。

「司法解剖の結果は、まだなのか？」

その質問にこたえたのは、池田管理官だった。

「順番待ちだ。大学病院でも、人手が足りなくてね……」

行政解剖は、東京都監察医務院で行われるが、司法解剖は、大学の法医学教室などに依頼する。

法医学の専門家は限られており、どうしても手が足りなくなるのだ。大学の側からしてみれば、警察からの依頼にこたえるのは、ボランティアのようなものだという。

費用は支払っているのだが、大学側にしてみれば、まったく手間暇に見合わないほど小額なのだ。それでも、捜査本部の側から言えば、けっこうな金額だ。

異状死に対する司法解剖率は、全国平均で五パーセントほどに過ぎない。ちなみに、警視庁は、最低レベルの一・五パーセントだ。限られた捜査費用と、法医学者の不足が原因だ。

「司法解剖が済まないことには、歯科治療の跡による身元の割り出しもできないな……」

池谷管理官の言葉に、池田管理官がこたえた。

「せっついてみるよ」

「神奈川県警のほうは？」

「課長に報告してある。課長が部長に言って、部長が県警本部の刑事部長に連絡をする、という段取りだな……」

ひな壇にいる管理官同士の連絡業務を、捜査員たちが見つめるという、奇妙な会議になった。

それにしても、手間がかかるものだと、宇田川は思った。池田管理官が、神奈川県警本部に電話をして、それですべての段取りが整う、というシステムにはできないのだろうか。

警察の職務は、スピードが勝負だと、宇田川は思う。近年、ずいぶん合理化された部分も多い。だが、今でも旧態依然とした無駄な約束事が多すぎる。

だからといって、どうすることもできない。だから、宇田川は、それに慣れるように心がけていた。長いものに巻かれるのは不本意だが、我慢しなければならないこともある。

捜査会議が終わると、佐倉が言った。

「リストの残りを調べなきゃならないんだろう?」

「ええ、そうです。十件ほど……」

「しょうがない。半分、よこしな」

「自分一人でやれます」

佐倉は、顔をしかめた。

「一分一秒でも早く、被害者の身元を割り出したいんだ。よこしなよ」

「じゃあ、コピーを取ってきます」

「早くしてくれ。時間を無駄にしたくない」

宇田川は、コピー機がある場所に向かった。

佐倉と手分けをしたおかげで、午後三時頃には、リストをすべて調べ終わった。宇田川が調べたリストには、該当者はいなかった。

　捜査本部に戻ると、佐倉が宇田川を待っていた。先に戻っていたのだ。

「こちらは、ヒットなしだ」

　宇田川はこたえた。

「自分の分もヒットなしでした」

　佐倉は、ただうなずいただけだった。宇田川は、該当者なしの報告を、鑑取り班の班長である緒方に伝えた。

　緒方は、難しい顔をしていた。

「該当なしだな。了解した」

「身元はまだわかりませんか？」

「まだ、不明だ」

「そうですか……」

　宇田川は、自分の席に戻ろうとしたが、佐倉の姿を見て、その気がなくなり、テレビの前にやってきた。

　捜査員の一人が、リモコンを持ち、ニュース番組を探している。もうじき、どこかの局で夕方のニュース番組が始まる時刻だ。

　ぼんやりテレビの画面を眺めていると、携帯電話が振動した。土岐からだった。

鼓動が早くなった。

「はい、宇田川です」

「犯人が乗り捨てた車についての、詳しい情報が入った。車は、人質だった主婦の家のものだ。所有者は、人質の夫だ。車種は日産ティーダ。色はメタリックシルバー。駒沢《こまざわ》公園のあたりに乗り捨てられていた。駒沢通りの路上だ」

「ちょっと待ってください」

宇田川は、テレビの前を離れて、人がいない部屋の隅に移動した。「防犯カメラに映像は残っていなかったのですか？」

「カメラがない場所を選んだようだ」

「そこで、別の車に乗り換えたというわけですね？」

「そうらしい」

「それについての、目撃情報は？」

「まだないということだ。車を乗り換えたというのは、状況から推測したことだ。事実を確認したわけじゃない」

「大石の安否は、まだわからないんですね？」

「わからない」

土岐は、誤魔化したりはしなかった。それがありがたかった。

「そうですか……」

「蘇我から電話があったそうだな？」

「ええ、そうなんです」

「人質の身代わりがお嬢かどうか、確かめるために電話してきたんだって？」

「本人は、そう言ってました」

「何だ？　妙な言い方をするじゃないか」

植松は、宇田川が感じた疑問については伝えていないらしい。

「ずっと音沙汰なしだったのに、突然電話をしてくるなんて、おかしいと思いませんか？」

「三人でつるんでいたんだろう？　蘇我だって、お嬢のことが心配だったんだ」

「あいつは、何だか謎めいたやつでしてね……。何でも知っているんじゃないかという気がしてくるんです」

「そいつは気のせいだろう」

「でも、あいつが確認の電話をしてきたということは、大石がＳＩＴに異動になったことを知っていたわけですよね？」

「そうかもしれんが……」

「そして、あいつは、土岐さんの異動のことも知っている様子でした」

「うーん……」

「今担当している殺人と死体遺棄事件について、何か知っているんじゃないかと尋ねたら、即座に否定しました。そういう場合は、否定する前に、質問するんじゃないですか？　それは、何の話だ、とか……」

土岐が驚いた声で言った。

「殺人と死体遺棄事件について、蘇我が何か知っているだって？　どうして、そんなことを思いついたんだ？」

「なんとなく、そう感じたんです。あいつは、大石のことも、もちろん気になっていたでしょうが、自分が担当している事案のことを、気にしていたんじゃないかと……」

「何か訊かれたのかね？」

「いえ、そういうわけではありませんが……」

「ならば、考え過ぎじゃないか……。まあ、蘇我の身分については謎のままだから、どうしても、いろいろと勘ぐりたくなる。それはわかるが……。否定する前に、質問するか……。そういう場合が多いが、そっちの事件は、けっこう大きく報道されている。蘇我は、その事案のことを新聞やテレビでよく知っていたので、そういう反応をした、ということも考えられる」

土岐が言っていることが正しいような気がしてきた。

「そうかもしれませんね……」

「それで、蘇我は連絡先を言ったのか？」

「いいえ。表示は非通知だったので、着信履歴にも番号は残っていません」

「相変わらずだな……」

「植松さんは、公安の覆面捜査官か何かだろうと言ってましたが……」

「覆面捜査官？　あいつらしいな。植松は、そういう話が大好きなんだよ」

「じゃあ、土岐さんは、そうじゃないと思うんですか？」

「考えてもわからないことは、考えないことにしているんだ」

土岐のこういうところを見習おうとしている。だが、宇田川は、なかなかここまで割り切ることができない。わかってはいるのだが、つい余計なことまで考えてしまう。

「とにかく、蘇我が元気そうなので、安心しました」

「お嬢のことは、何かわかり次第、また知らせる」

「お願いします」

「じゃあな……」

「あの……」

「何だ？」

宇田川は、一瞬だけ迷ったが、この機会を逃す手はないと思った。「気になることがあるんですが、植松さんとは別の班になったので、相談しづらい雰囲気で……」

「気になること？」

「今担当している事案ですが、まだ被害者の身元が不明でして……。三ヵ月ほど前に、三鷹署管内で、やはり死体遺棄事件があったのですが、その事案と共通点が多いような気がするんです」

「三鷹署管内の死体遺棄事件？　井の頭公園の事案か？」

「そうです。昨日、三鷹署に行って資料をもらってきました。そのときに、担当者が言っていたんですが、沖縄の那覇署管内で、やはり似たような死体遺棄事件があったというのです」

「共通点は？」

「いずれも、被害者は二十代から四十代の女性で、身元が不明なのです。死因は、すべて絞殺……」

「上に報告したのか？」

「池谷管理官に報告しました」

「何と言っていた？」

「参考意見として聞いておく。資料は、自分が保管しておくように、と言われました。捜査本部では、被害者の身元の割り出しを最優先しています」

「妥当な線だな。事件の発覚は、昨日の朝だったか……」

「無線が流れたのが、午前八時四十分頃ですね」

「ならば、まだこれから身元が割り出される可能性は高い」

「ええ、そうかもしれません」

「だがな……」

土岐は、慎重な口調になった。「その事案、三鷹署や那覇署の事案と関連している疑いは充分にある。……となると、身元不明の女性の遺体が三つ……」

「連続殺人の可能性があるということですね？」

「植松には、まだ相談していないと言っていたな？」

「まだです」

「早いうちに相談しておけ。根回しも必要だぞ」

「根回しですか？」

宇田川は、なかなかそういうところまで気配りができない。いや、そういうことは必要ないのではないかと思っている。

真実は、おのずと明らかになると信じたいのだ。

るんだ」

「捜査方針は、幹部が決める。場合によっちゃ、事実が握りつぶされることだってあるんだ」

土岐も宇田川も、過去に経験したことだ。その言葉には、説得力があった。

「わかりました。今夜にでも話してみます」

「じゃあな」

電話が切れた。

根回しというのなら、相棒の佐倉にも理解を得たいところだ。とりあえず、最初に相談した相手は、佐倉だった。だが、彼は、関心を示さなかった。

仕方がない。佐倉のことは諦《あきら》めよう。彼とは、実務上でうまく折り合いをつけていくしかない。

宇田川は、またテレビの前に戻った。ふと、佐倉の席を見た。佐倉は、どこかに姿を消していた。単独行動が好きなのだろう。

彼の行動が気になる。だが、宇田川は、今はあえて無視することにした。

午後七時過ぎに、植松が戻ってきた。ノートを取り出して、パソコンに向かったままぼんやりしているように見える。

佐倉は、まだ姿を消したままだった。宇田川は、植松に近づいて声をかけた。

「ちょっといいですか？」

「何だ？」

「土岐さんから電話がありました」

「ああ、俺のほうにも連絡があったよ。逃走に使用した車の件だろう？」

「それだけじゃなくて、この捜査本部の件も相談したら、植松さんにも相談しておけと言われまして……」

「何だ？」

近くに、植松と組んでいる所轄の若い捜査員がいる。宇田川たちには、まったく注意を払っていない様子だが、声を落として話すことにした。

土岐に話したのと、同じことを説明した。話を聞き終わると、植松は言った。

「会議で管理官がそのことに触れていたな……」

「土岐さんは、連続殺人および死体遺棄の可能性が高いと考えているようでした」

「ならば、管理官もその可能性を考慮しているはずだ。身元の割り出しに手間取るようなら、方針を変えることも考えられるな」

「その見極めは、いつ頃になるでしょう？」

「管理官次第だな。類似点はある。無視はできんだろう。三日経っても、身元に関する手がかりがなかったら、一気に連続殺人の線が浮上することも考えられる」

「わかりました」

「他に、そのことを誰に相談した？」

「相棒の佐倉さんに……」

「佐倉さんか……。それで、何と言っていた？」

「三鷹署に行ったことが、無駄骨だっただろうと言われました」

植松が驚いた顔になった。

「佐倉さんがそう言ったのか？　ちょっと、信じられないな……」

「よく知っているんですか？」

「昔から、知っているよ。かつては、『スッポンの佐倉』なんて言われていた」

「スッポンの佐倉……？　ずいぶんベタなニックネームですね」

「刑事の二つ名なんてそんなもんだ。食いついたら離れないからスッポンだ」

「とてもそんな風には見えないんですけどね……。捜査本部では、上から言われたことをやっていれば、それでいいんだと言われました」

「ふうん、俺の知っている佐倉さんとは違うな……」

「昔は、どんな人だったんですか？」

「そうだな……」

植松は宙を見て考えた。「ボンに似ていたよ」

どういう意味だろう。自分が、植松にどう見られているのかわからなかった。だが、ここで質問する気にもならなかった。

「自分に似ているんじゃ、たいした刑事じゃないってことですね」

「俺は、佐倉さんを尊敬できる刑事だと思っていた」

それは、意外な言葉だった。宇田川の眼には、佐倉はやる気のない、事なかれ主義の刑事にしか見えない。それを、植松は尊敬できると思っていたという。

「たしかに、やることはきっちりとやりますが……」

「佐倉さんからは、きっと学ぶことがたくさんあると思う」

「はあ……」

どうこたえていいかわからなかった。

その佐倉が捜査本部の出入り口に姿を見せた。どこに行っていたのか気になった。

宇田川は、佐倉の隣の席に戻ることにした。

立ち上がったとき、植松が携帯電話を取り出した。着信があったらしい。

「はい、植松……」

相手の話に表情を変え、左手を挙げて宇田川のほうを見た。待て、という合図だ。

宇田川は、再び植松の隣に腰を下ろした。

「それは、間違いないのか?」

植松が言う。

大石の件に違いないと、宇田川は思った。植松の表情は厳しい。

電話を切ると、植松が言った。

「土岐からだ」

「大石のことですね？」

宇田川は、緊張を隠せなかった。

「犯人が、駒沢公園付近から乗り継いだ車両が判明したそうだ。レンタカーだったそうだ。その車が、平和島付近の倉庫街で乗り捨てられているのが見つかった」

「犯人の足取りは？」

「不明だ」

宇田川は、ごくりと唾を飲み込んだ。

「それで、大石は……？」

「乗り捨てられたレンタカーの中から、お嬢のものとみられる衣類が見つかったそうだ」

「衣類……？　それは、どういうことです？」

「わからん。詳しいことは、まだ土岐にもわかっていないようだ。おそらく、事件当日、お嬢が身につけていたスーツだろうということだが……」

着ていた服が見つかった。それは、いったい何を意味しているのだろう。

「いいか、ボン」

植松が言った。「お嬢の身に何が起きたか、まだはっきりしたことはわかっていないんだ。落ち着けよ」

植松の声が、どこか遠くから聞こえるような気がしていた。

10

午後八時から、捜査会議が始まったが、宇田川は、どうしても会議に集中することができなかった。乗り捨てられた車の中から大石の衣服が発見された。これは、どういうことなのだろう。

そんなことを考えながら、さまざまな報告を聞いていた。

結局、行方不明者の名簿からは、遺体の身元は判明しなかった。池谷管理官が言った。

「あとは、歯の治療跡などから割り出すしかないか……」

名波係長が、挙手をして質問した。

「似顔絵の公開のほうは、どうなりましたか？」

その質問に、池田管理官がこたえた。

「今日中には、手配が済む。上のほうの判断が固まったら、すぐにでも公開する」

「了解しました」

池谷管理官が言った。

「すでに、身元の割り出しのために、一日半を費《つい》やした。あと、一両日中に、身元が判明しない場合は、捜査方針を変更することもあり得る」

池田管理官が、補足するように言った。

「つまり、他の類似の事案との関連を考慮して捜査するということだ。具体的に言うと、三鷹署と那覇署の事案だ。それについては、すでに調べに着手している者がいるので、詳しく説明してもらおう」

池谷管理官が、宇田川の名前を呼んだ。そのとき、宇田川は、心ここにあらず、という状態だったので、すっかり慌ててしまった。

宇田川は、立ち上がると、しどろもどろの状態で言った。

「えーと、三鷹署の事案ですね……？」

池谷管理官は、その態度が不満だったらしく、不機嫌そうに言った。

「手短に頼むよ。時間が惜しい」

「三ヵ月ほど前に、三鷹署管内、井の頭公園内で、死体遺棄事件がありました。被害者の身元が、いまだに判明しておりません。被害者は、二十代ないし三十代の女性。別の場所で絞殺されて、現場に遺棄されたものと見られております。また、さらにその二ヵ月前には、沖縄県警那覇署管内、波之上宮近くの海岸に、やはり、二十代から三十代の女性の死体が遺棄されておりました。こちらも、同様に殺人の手口は絞殺。三鷹署の事案と同じく、現在なお、身元不明ということです」

池谷管理官は、うなずいた。機嫌が持ち直したようだ。報告の内容に満足してくれたのだろう。

「繰り返すが、まだ関連した事案だという確証はない」

池谷管理官が言った。「とにかく、一刻も早く身元を割り出すことだ」

名波係長が質問した。

「三鷹署と那覇署は、どの程度連携して捜査しているのでしょう？」

池谷管理官が宇田川を見た。こたえろ、ということだ。

宇田川は言った。

「遺体を発見した当初は、三鷹署も那覇署とさかんに情報を交換していたようです。しかし、その後、どちらの捜査にも進展が見られなくなり、いつしか連絡を取り合わなくなったそうです」

名波係長は、それ以上質問はしなかった。

管理官たちは、神奈川県警との協力態勢については、一言も触れなかった。いや、正確に言うと、触れなかったと思う。

大石のことが気になっていて、会議の内容をすべて把握していたわけではない。宇田川が、聞き逃したという恐れもある。だが、もし、触れたとしても、現在打診をしている、とか、その程度のことに違いなかった。何か決まったのだとしたら、具体的な指示があるはずだった。

捜査会議が終わると、また、地取り班の多くの捜査員が出かけて行った。目撃情報を求めて聞き込みを続けるのだ。

宇田川たち、鑑取り班は、ほとんどが捜査本部に残っていた。行方不明者リストが空振りに終わり、解剖の結果が出るまで動けない状態だ。

植松も出かけていた。

佐倉とは、相変わらず会話がない。彼が話しかけてくるのは、小言を言うときだけだ。

宇田川は、大石の衣類のことが気になってじっとしていられない気分だった。何が起きたのかわからない。確かめる術はない。

土岐に電話してみようかと思っていると、名波係長がやってきた。

「ちょっといいか?」

「はい」

宇田川は席を立って、名波係長について行った。係長は、人のいない場所にやってきて言った。

「三鷹署の件だが、おまえが調べに着手しているというのは、どういうことだ？」

宇田川は、しまったと思った。管理官に話す前に、まず係長に相談すべきだったのだ。大石のこともあり、そういう気配りがおろそかになっていた。

「思いついたら、一刻も早く幹部に知らせたくなりまして……」

「俺が知らなかったことは問題だ。そうは思わないか？」

「はい。軽率でした」

なんだか、へまばかりやっている。やはり、捜査に集中できていないからだろうか。

「俺が知らないということは、おまえの尻ぬぐいもできないということなんだ。わかってるんだろうな？」

「はい。申し訳ありませんでした」

名波係長は、溜め息をついてから言った。

「わかっているならいい。細かな経緯を教えてくれ」

「概要は、会議で述べたとおりです」

「おまえが、いつそれに気づいて、誰と会って話を聞いたか……。そこからちゃんと話すんだ」

「了解しました」

宇田川は、行方不明者リストの絞り込みをやっているときに、三鷹署管内で似たような事案があったのを思い出した。まず、そこから話しはじめた。

今回のパートナーである佐倉に相談したが、相手にされなかったことも伝えた。管理官に直接話をすると、すぐに三鷹署に行けと言われたこと、自腹覚悟でタクシーで三鷹署に向かったことも報告した。

「三鷹署では、すでに捜査本部が大幅に縮小されていて、専任の捜査員が四人残っているだけでした。自分は、沢渡という捜査員から事情を聞きました。資料ももらいました。その資料は、自分が保管しているようにと、池谷管理官から言われました」

「それを見せてくれ」

「はい」

宇田川は、自分の席に戻り、鞄からファイルを取り出した。隣の佐倉が、その様子を横目で見ている。一瞬眼が合ったが、すぐに関心なさそうに視線をそらした。

宇田川は、名波係長のもとにもどると、ファイルを手渡した。

「沖縄の件は、写真くらいしかありません。そちらの資料が必要ならば、直接那覇署と連絡を取るしかありませんね」

名波係長は、立ったまま書類を読み進めた。書類に眼をやったまま、係長が言った。

「その後、何かわかったか？」

「え……？」

何について訊かれたのかわからなかった。

「SITの人質の件だ」

「いえ……」

土岐が、電話をくれることを知らせるべきかどうか迷った。ごまかしてしまおうか
とも思った。

だが、どうやら捜査に集中できていないことはお見通しのようだ。事実をありのま
ま話すことにした。

「本部のほうでわかったことを、土岐さんが時々知らせてくれます。犯人は、レンタ
カーで逃走したようです。そのレンタカーが乗り捨てられており、その中から大石が
現場で着ていた衣類が見つかったということです」

名波係長の手が止まった。横目で、宇田川を見た。

「衣類が……？」

「そちらの件は、SITに任せるしかないとわかっているのですが、詳しい情報が入ってこないので、ちょっといらいらしています」

名波係長は、ファイルを閉じて宇田川に差し出した。

「管理官の指示があるまで、保管しておいてくれ」

大石の件に関しては、何も言われなかった。今までどおり、土岐と連絡を取り合っていいということだろうか。

名波係長は、宇田川から離れかけて、ふと足を止めて言った。

「現場にいたときと同じ服装だと、それだけ発見されやすい。そのために、着替えさせられたのだろう」

「は……？」

「犯人の人着は、それほどはっきりと確認されたわけじゃない。だが、人質となっている女性警察官の人着は、はっきりしている。それは、犯人にとっては問題だ。せめて、服装だけでも変えたいと考えるだろう」

そこまでは考えなかった。と言うより、うろたえていて、考えられなかった。係長からそう言われると、納得ができた。

名波係長は、背を向けて歩き去った。宇田川は、ファイルを手にしたまま、しばらくその場に立ち尽くしていた。

佐倉は、いつの間にか姿を消していた。また、一人でどこかに聞き込みにでも出かけたのかもしれない。

すでに、宇田川は彼と二人で捜査することをあきらめかけていた。有能な捜査員であることはわかる。だが、なぜか宇田川にはきわめて冷淡なのだ。

「スッポンの佐倉」の異名を取ったということだが、協調性に乏《とぼ》しいように思える。もしかしたら、宇田川に反感を抱いているのかもしれない。

現場一筋の刑事の中には、警察本部の捜査員に対抗心を燃やす者が少なくない。ましてや、宇田川は佐倉よりずっと若い。やっかまれたとしても不思議はない。そうした反感を払拭するために、エネルギーを費やす必要はない。佐倉と無理に親しくなることはないのだ。お互い、やりやすいように捜査をすればいい。

他に考えることは山ほどあった。この件は、きっと三鷹署や那覇署の事案と関連がある。同一人物の犯行かもしれない。近々、大幅な捜査態勢の見直しがあるだろう。

池谷管理官は、一両日中に判断を下すという意味のことを言っていた。連続殺人ということになれば、三鷹署、那覇署との合同捜査本部に発展することも考えられる。

加えて、大石のことも気になる。誘拐事件の山場は、二十四時間だと言われている。丸一日経過すると、人質の生存率が著《いちじる》しく低下するのだ。すでに、大石が連れ去られてから丸二日以上経っている。時間にすると五十時間以上だ。通常の誘拐事件では、すでに生きている望みは少ない。

だが、もし係長が言ったように、犯人が大石に着替えさせたのだとしたら、事情は変わってくるだろうと、宇田川は思った。

犯人にとって、まだ大石の利用価値があるということだ。逃走に必要だと考えているのかもしれない。いざというときに、人質として利用できるということだろう。

いずれにしても、詳しい状況を知りたかった。今は、土岐に頼るしかない。

明日は、新たな展開があるかもしれない。眠れるうちに眠っておこう。大石のことが心配で眠れないかもしれない。だが、とにかく横になることにした。刑事は体力勝負だ。眠っていないと、たちまち音を上げてしまうことになる。

宇田川は、仮眠所に向かった。

翌朝、捜査範囲を多摩川の向こう側まで広げると発表された。神奈川県警と話がついたのだ。

先方から捜査員がやってくるという話はなかった。こちらの捜査員が、地元を嗅《か》ぎ回ることを了承したというだけのことなのだろう。だが、これで、無駄な衝突を避けることができる。断りもなしに、神奈川県警の縄張りを捜査することはできない。

行方不明者リストを洗っていた鑑取り班が、そちらの捜査に回されることになった。宇田川たちも多摩川の向こう岸に行くことになった。

池谷管理官から、細かい指示を受けると、捜査員たちは出動した。捜索には、鑑識係や機動捜査隊も参加するということだった。

川岸の捜索と、付近の聞き込みに分かれて捜査をする。宇田川たちは、川岸の捜索だった。

さすがに、佐倉も今日は別々に動こうとは言わなかった。川岸の捜索は人海戦術だ。

現場には、機動捜査隊と鑑識係、捜査本部の係員が合計で四十人ほど集結した。川《かわ》崎《さき》側の河原は、狛江側に比べて、ずいぶんと見晴らしがよかった。

河川敷自体の面積も広く、近くにテニスコートなどがある。テニスコートから川辺までは、なだらかな傾斜になっており、視界を遮《さえぎ》るものが何もない。

テニスコートと川の間を、細い道が一本通っている。道の両側には、ガードレールも何もない。狛江側の岸に比べると、遺体を運ぶにも、ゴムボートなどを運ぶにもずっと作業は楽そうだ。

植松が言ったことが、現場に来てみると納得できる。

午前九時から捜索が始まった。捜査員たちは、約十メートルほどの間隔で割り当てられた区域を調べ回る。一定時間経つと、その態勢のまま、移動していく。

テニスコートやグラウンドでスポーツを楽しむ人々の姿が見える。その楽しげな声も聞こえる。そうした日常と、今自分たちがやっていることの落差をふと考えた。別に辛いとは思わなかった。スポーツを楽しむ人たちがうらやましいとも思わない。

ただ、単に自分はそういう仕事に就いたのだと考えただけだった。

十メートルほど離れたところに、佐倉の姿が見えた。腰をかがめて、舐《な》めるように地面を見つめている。今にも膝と両手をついてしまうのではないかと思えるほど熱心だ。

他のことには目もくれず、捜索に集中している。

なるほど、見習うべき点はあるのだ。宇田川は、そう思って、同じようにつぶさに地面を調べはじめた。

そのとき、三十メートルほど向こうで声が上がった。

「おおい、鑑識、来てくれ」

機捜隊員だった。

その場を指揮していた班長の緒方が駆けつけた。宇田川も、手を止めてそちらを見た。持ち場を離れると、また佐倉に何か言われるのではないかと思った。

その佐倉が、声を上げた機捜隊員のもとに駆けて行ったので、宇田川も行ってみることにした。

機捜隊員が、鑑識係員に何かを指さしている。緒方が尋ねた。

「何だ？」

機捜隊員が、地面を指さしたままこたえた。

「見てください。何かを引きずった跡があります」

緒方がしゃがみ込んで地面を見つめる。集まった鑑識係員や捜査員の後方から、宇田川も地面を見た。

かすかにだが、大きな物を引きずったような跡がついている。

緒方が言った。

「他に遺留物等がないか、全員持ち場に戻り、継続して捜索してくれ」

地面に跡がついている一帯を、鑑識係員が封鎖して、写真を撮影し、さらに微物採集を試みている。

宇田川は、担当区域に向かって歩いた。

「向こうの地面は柔らかい」

声がして振り向いた。佐倉だった。「もしかしたら、足跡くらいは採取できるかもしれないな」

誰に話しているのだろうと思った。周囲を見回したが、自分たちしかいない。宇田川は、佐倉が自分に話しかけたのだということを知って、驚いた。

何か返事をしようと思ったのだが、咄嗟《とっさ》には言葉が出てこない。佐倉は、さっさと自分の持ち場に向かった。

しばらくその後ろ姿を見ていたが、やがて、宇田川も、所定の場所に戻り、仕事を再開した。

11

川崎市多摩《たま》区和泉《いずみ》のほうまで、捜索範囲を広げたことで、次々と収穫《しゅうかく》があった。

まずは、機捜隊員が発見した地面の痕跡だ。かすかに引きずったような跡が残っているだけだったが、鑑識がそのあたりの土を採集して、微物鑑定を行った。その結果、ごく微量ではあるが、エコストロンと呼ばれる物質が検出された。

これは、比較的安価なゴムボートに使用されている一般的な素材だということだ。つまり、地面についていたのは、ゴムボートを引きずった跡だと見て、ほぼ間違いない。

さらに、佐倉が言ったとおり、川辺の土の柔らかい場所で、靴跡が発見され、それを採取していた。靴跡は、少なくとも二組発見されたということだ。単独犯ではなく、複数犯であることを物語っている。

聞き込みに回った班も、耳よりの情報を得ていた。遺体発見当日の未明、川にゴムボートを浮かべていたところを目撃した人物がいた。

午前三時頃のことだ。周囲には、街灯《がいとう》もなく真っ暗だ。目撃者は、川を望む高台に建つマンションの住人だった。年齢は七十四歳。もともと朝が早く、四時か五時には目が覚めてしまうのだが、その日は特に早く目覚めてしまったのだそうだ。

窓から川のほうを眺めていると、暗闇の中で何かが動いているような気がした。気になった老人は、ベランダに出てみたらしい。夜明け前で、距離があったにもかかわらず、不思議なことに、川に浮かんだゴムボートらしいものが見えたそうだ。その老人によると、たまにそういうことがあるらしい。その日は、月がかなり明るかったということだ。

調べてみると、四月三十日夜から五月一日未明にかけての月齢は、十九・七日。満月ほどではないが、半月よりも大きい。

そして、月の出は、二十三時八分四十三秒、月の入りは、八時三十八分二十秒。南中の時刻が三時二十五分五十六秒だということだから、目撃したのは、月が最も高かった時間帯だ。

月明かりというのは、ばかにできないものだと、宇田川は思った。

その老人は、ゴムボートの上で二つの人影が動いていたと、はっきり証言した。複数犯であることが裏付けられたのだ。

犯人は複数。そして、川崎市多摩区和泉から、ゴムボートを使って多摩川を渡り、狛江市元和泉三丁目の川岸に死体を遺棄したと見て間違いない。

また、その時間は、五月一日の午前三時前後だということもわかった。

犯人の行動は徐々に判明しつつあるが、依然として被害者の身元に関する手がかりはない。

その日の夜の捜査会議には、田端捜査一課長も臨席していた。捜査に進展が見られそうだということで、やってきたのかもしれないと、宇田川は思った。

すべての報告を聞き終わった田端課長は、ひな壇で、二人の管理官と小声で言葉を交わした後、捜査員一同に向かって言った。

「複数による計画的な犯行ということが明らかになった。つまり、用意周到に被害者の身分を秘匿《ひとく》したということだろう。これまでの捜査の状況を聞いたところでは、被害者の身元割り出しには今後も手間取りそうだ。つまり、身元不明の殺人並びに死体遺棄事件ということだ。すでに、会議で発表されたということだが、この件は、井の頭公園の事案と類似性が高いと考えていい。さらに、那覇署管内の事案を考え合わせれば、三件の連続殺人及び死体遺棄事件ということになる。明日からは、その線で態勢の増強を行う」

　続いて、池田管理官が言った。

「三鷹署から捜査員が参加することになっている。また、沖縄県警でもこちらへの出張を考慮している最中だ」

　再び、田端課長が言う。

「明日には、この捜査本部は特別捜査本部となり、本部長は警視総監ということになる。また、現在警察庁では、この事案について、警察庁広域重要指定事件にするかどうかが検討されている。決まり次第、追って報告する。何か質問は？」

　警視総監を長とする特別捜査本部と聞いて、捜査員たちはたじろいでいる様子だ。宇田川も同様だった。

　これは、えらいことになった……。

　三鷹署、神奈川県警、沖縄県警の協力が必要だとは思っていた。だが、態勢が一気に膨らんでしまった。

　警視総監が指揮する広域重要指定事件の特別捜査本部。それはまだ、宇田川が経験したことのない事態だった。

　どんな態勢であろうが、通常ならば気後れすることはない。やれることをやるだけだ。だが、今は違っていた。

どうやら、事案は長引きそうだ。捜査態勢が大きくなればなるほど、大石のことを気にしてはいられなくなるだろう。

捜査会議が終わっても、田端課長は引きあげようとはしなかった。二人の管理官と、明日からの態勢作りを始めるのだろう。

半ば呆然《ぼうぜん》としていると、隣の佐倉が小声で言った。

「思い通りになって、満足か？」

「え……？」

思わず宇田川は、佐倉の顔を見ていた。佐倉は、正面を向いたままだった。その横顔からは、何の感情も読み取れない。

「まさか、あんたの言う通りになるとはな……。俺も勘が鈍《にぶ》ったかな……」

宇田川は、佐倉が何を考えているのかわからないまま、言った。

「自分も、こんなに大事になるとは思っていませんでした」

佐倉は、顔をしかめて宇田川のほうを見た。

「東京、神奈川、沖縄にまたがる連続殺人だ。しかも、犯人は被害者の身元がわからないように画策している。広域重要指定事件になることくらい、普通に予想できるだろう」

「実は、そこまで考えていませんでした。考えが足りないと言われれば、その通りだと思います」

　ふんと鼻で笑われるかと思った。だが、意外にも佐倉は、真剣な表情で言った。

「今のところは、たしかにあんたの読み通りに運んでいる。だが、この先はわからんぞ」

　宇田川は、眉をひそめた。

　やはり佐倉は、自分よりはるかに若い捜査一課の刑事に、反感を抱いているのだろうか。その気持ちが、こういう発言に結びついているのかもしれない。

「それは、どういうことですか？」

　佐倉は、横目で宇田川を見た。どこか戸惑っているように見えて、宇田川は、おや、と思った。

「あんたの言う通りなら、これは連続殺人事件だろう？」

「そういうことになりますね」

「だがな、そんなにおいがしないんだ」

「におい……？」

「経験を積めばわかる。事件には独特のにおいってもんがある。連続殺人なら、それなりのにおいがあるもんだ。それは、被害者を見たときとか、現場の雰囲気とかでわかるもんだ。今回の被害者を見たとき、俺は、そういうにおいを感じなかったんだ」

宇田川は、どうこたえていいかわからなかった。理屈から言えば、那覇、井の頭公園、そして多摩川の三ヵ所にまたがる連続殺人事件だ。

手口もほぼ同じ。被害者の特徴も似ているし、何より、すべての被害者の身元が不明という共通点もある。

なのに、佐倉は「におい」という不確かなものにこだわろうとしている。

「捜査感覚というのは、重要だと思います。しかし、残念ながら、自分にはにおいなどということはわかりません」

「だから、経験を積めと言ってるんだよ」

佐倉は、いつもの面倒くさそうな態度に戻りつつあった。

「今すぐ経験を積むことは不可能です。自分にできることは、合理的に考えることなんです」

「合理的というのは、どういうことだ？」

「今、佐倉さんが言われた連続殺人というのは、猟奇的《りょうきてき》な連続殺人のことですよね。たいていは性的な衝動による殺人です。ならば、佐倉さんが言われるとおり、独特のにおいのようなものがあるかもしれません。でも、そうでない連続殺人もあり得るはずです」

佐倉は、しばらく宇田川の顔を見ていた。何を考えているかわからない。やがて、彼は言った。

「やっぱり、口は達者だな」

それきり、会話は途絶えた。

明日からは、今日までよりずっと忙しくなるはずだ。人の出入りも増えるし、やることも桁違《けたちが》いに多くなるに違いない。

今のうちに、大石のことについて、植松と話し合っておいたほうがいいかもしれない。そう思い、宇田川は植松に近づいた。

「今、ちょっと話せますか？」

「ああ、かまわないよ」

植松が立ち上がると、隣にいた若い捜査員が言った。

「待ってください」

植松と宇田川は、同時に彼のほうを見た。憤慨《ふんがい》した顔をしている。植松が彼に尋ねた。

「何だ？」

「自分は、植松さんのパートナーですよね？」

「そうだよ」

「では、なぜ、いつもそちらの方と内密の話をしておられるのですか？」

宇田川と植松は思わず顔を見合った。

「君は誤解している」

宇田川は言った。「自分と植松さんは、普段組んで仕事をしているんだ。個人的な話もある」

「捜査本部内で、何度も個人的な話をされるのは、どうかと思います」

「それはそうだが……」

言葉に窮《きゅう》していると、植松が言った。

「紹介がまだだったな。彼は、新谷久志《しんたにひさし》。調布署刑事課の強行犯係だ。こっちは、宇田川。俺と同じ捜査一課第五係だ」

新谷は、形ばかりの礼をした。続けて、植松が新谷に言った。

「ボンには、ちょっと心配事があってな……」

新谷が、眉をひそめた。

「ボン？」

「ああ、こいつのあだ名だ。俺たちの班で、一番若いんでな」

「心配事があったとしても、今は仕事を優先すべきだと思います」

「もっともだ」

植松がうなずいた。「だが、差し迫った心配事でな……。俺も気になっていることだ。だから、二人で情報交換していたんだ」

新谷が怪訝な顔になった。

「個人的なことではないのですか？」

「微妙なところだな。世田谷区で起きた立てこもり事件を知っているな？」

「ええ、もちろん……」

「人質は解放されたが、女性警察官がその身代わりになったという話は？」

「新聞で読んだような気もしますが……」

「その女性警察官は、ボンの同期で、親しかったんだ」

新谷は、眉をひそめて宇田川を見た。

「彼女なんですか？」

「いや、そういう関係じゃないが、気が合って、よく飲みに行ったりしていたんだ」

植松が言った。

「俺も一度いっしょに飲みに行ったことがあって、すっかり気に入ってね……。それが、今でも安否すらわからない」

「お気持ちはわかります」

新谷が言った。「でも、二人で密談をされると、自分は無視されたような気分になるのです」

なるほど、それが気に入らなかったわけだ。宇田川が新谷の立場でも、同じように感じたはずだ。

「済まなかった」

宇田川は言った。「だが、自分も気が気じゃなかったもので……」

「もし、よろしければ、自分にもお話を聞かせていただけますか?」

「え……?」

宇田川は驚いた。「なぜ、君に……?」

「自分も気になりはじめたからです」

それは、本音《ほんね》かもしれない。だが、単に仲間はずれにされるのが悔しいだけなのかもしれない。

捜査本部にいて、別件の情報をこっそり入手しているというのは、たしかにほめられたことではない。あまり人に知られたくない事柄だ。

だが、大石の情報自体は、秘密ではないはずだ。外部に洩れると問題だが、警察内部にとどまっている限り捜査にも支障はない。

新谷に話すかどうかは、植松に任せようと思った。

植松は、しばらく考えてから、元の席に腰を下ろした。新谷の隣の席だ。彼にも話すと決めたようだ。

「ボンも、そこに座れ」

植松は前の席を指さした。宇田川はそこに座り、上体をひねって後ろを向いた。

宇田川は、植松に尋ねた。

「あれから、土岐さんから連絡はありませんか？」

「あれば、すぐボンに知らせている」

「乗り捨てられたレンタカーの中から、大石の衣類が発見された件ですが……」

新谷の緊張が高まるのがわかった。説明なしでも、話の内容は、おおよそ理解できるはずだ。

植松がうなずく。

「ああ……」

「係長は、逃走のために、犯人が着替えさせたのだろうと言いました。犯人の人着は、はっきりしていないけれど、大石の人着は明らかです。それが、犯人の足かせになります。それで、犯人は、せめて洋服だけでも取り替えさせたのではないか、と……」

植松は、再びうなずいた。

「さすが係長だ。そいつは、なかなか説得力がある。なにせ、まだ遺体が発見されていないんだ。生きていると考えるべきだ。生きているが、解放はされていない。つまり、犯人は、お嬢にまだ利用価値があると考えているわけだ」

「いざというときに、また人質に使うつもりですね」

「それと、警察の情報を聞き出そうとするだろう。お嬢なら、SITがどんな手を打つか知っているはずだ。犯人にとっては、それは大事な情報だ」

「利用価値がある間は、殺されない……」

確認するように、宇田川は言った。非情な言い方かもしれないが、ここはできるだけ合理的に考えなくてはならない。

「そうだな」

植松が言った。「だが、それも、そんなに長い時間じゃない。逃走するときに、誰かを連れて歩くというのは、けっこうエネルギーがいる。監禁しておくにも、食事などの用意が必要だ。特に女性は、男性よりも生理的な条件が多い」

「犯人は、どうしてSITの網に引っかからないのでしょう」

宇田川は、頭の中を整理しながら言った。「犯人は、警察が用意したトラップ付きの車両ではなく、人質の自家用車で逃走しました。その車を、駒沢公園近くで乗り捨て、用意してあったレンタカーに乗り込んだ。さらに、そのレンタカーを平和島の倉庫街に乗り捨てた。その中に、大石の着ていた衣類があったわけです」

「そうだ」

「逃走の方向などが、わりとはっきりしていますよね。どうして、いまだに犯人の身柄を確保できないのでしょう」

「実は、俺もそれを不思議に思っているんだ。立てこもり事件は、たいていその場で決着がつく。無事解決するにしろ、望まない結果になるにしろ、ともかく、その場でケリがつくもんだ。犯人が逃走したとしても、すぐに足がつく」

「はい」

「だが、今回に限って、SITは、やることなすこと後手に回っているような印象を受ける。Nシステムだって、オービスだって、監視カメラだってあるんだ。ボンが言うとおり、犯人の足取りは、だいたいつかめている。俺があっちの指揮本部の主任なら、羽田空港を固める。かなりの確率で、犯人は羽田空港に向かう。大方の捜査員はそう考えているはずだ。やることをやっていれば、今頃犯人はお縄になっていてもおかしくはない。だが、犯人は逃走を続けている。俺は、どうも納得がいかない」

宇田川は、植松の言葉に少々驚いた。これまでは、指揮本部とSITに任せておけば、まず間違いはないと考えていた。いや、そう考えようとしていた。

だが、植松の今の話を聞いて、不安になってきた。

「それだけ、犯人の逃走が巧《たく》みだということでしょうか……」

「お嬢からSITの手の内を聞き出しているのかもしれない」

「大石が、逃走に手を貸しているということですね」

「生きるためなら、それも止むを得ない。情報を小出しにして、生き延びることを考えるべきだ」

「ええ、それはわかっています」

「そうだとしても、だ。そんなことくらいで、指揮本部やSITが、犯人に出し抜かれるなんて、考えられないんだ」

「どういうことなんでしょう……」

宇田川は、ますます不安になってきた。

「わからんな……。土岐からの情報だけじゃ、状況がよくわからん。別に土岐が悪いわけじゃない。あいつは、立てこもり事件に関しては部外者だ。あいつなりに精一杯情報をかき集めているはずだ」

宇田川は、押し黙った。植松も、考え込んでしまった。

沈黙を破ったのは、それまでじっと話を聞いていた新谷だった。

「犯人を捕まえたくない事情でもあるんですかね……」

宇田川は、驚いて新谷を見た。植松も同様だった。

新谷は、慌てた様子で言った。

「あ、いえ、すいません。余計な口を挟んでしまいました」

植松が新谷に言った。

「犯人を捕まえたくない事情か……。それは、なぜだと思う？」

新谷は、しどろもどろになった。

「いや、深い考えがあって言ったわけじゃないんで……」

「じゃあ、今から考えてくれ。もし、指揮本部やＳＩＴが、犯人を捕まえたくないとしたら、それにはどんな理由が考えられる？」

新谷は、考え込んだ。宇田川も考えた。植松も頭を回転させているのがわかる。

やがて、新谷が言った。

「やっぱり、捜査員が犯人を捕まえたくない、なんてことは、あり得ませんよね。もし、そんなことがあるとしたら……」

植松が、その先を促した。

「あるとしたら？」

「犯人を泳がせているとか……」

「泳がせている……」

「あ、でも、これ、あくまでも思いつきですから……」

宇田川は言った。

「植松さんは、犯人について、計画的で、かつ組織的だと言ったことがありましたね？」

「ああ。場当たり的な犯行じゃない。逃走のための車も用意していた。現場から逃走するときは、陽動のために、トラップ付きの車を用意させたりしたしな」

「だったら、ＳＩＴは、犯人が属している組織やグループのことを解明するために、犯人を泳がせるということも考えられますね？」

「まさか……」

植松の表情が厳しくなった。「公安じゃあるまいし、自分らの仲間が連れ去られているんだぞ」

「でも、どうしていまだに犯人の身柄を捕れないのか、植松さんも妙だと感じているんでしょう？　今のところ、唯一の合理的な説明は、新谷君が言ったことじゃないでしょうか？」

植松は考え込んだ。しばらくして、彼は言った。

「とにかく、土岐からの知らせを待とう。今は、何を言っても憶測《おくそく》になる」

何か言おうと思ったが、何を言っていいかわからなかった。

「そうですね」

宇田川は、うなずくしかなかった。

12

一夜明けて、捜査本部の態勢は、すぐに強化されるものと思っていた。だが、結局、その日の朝の会議に、三鷹署の四人の捜査員がやってきただけだった。

殺人並びに死体遺棄事件を担当していた、沢渡たち専従捜査員だ。

刑事部長もいなければ、警察庁からも誰もやってこない。昨日の田端課長の話だと、警察庁広域重要指定事件を扱う特別捜査本部になるはずだ。捜査本部長は、警視総監だ。

まさか、警視総監自ら特捜本部にやってくるとは思えなかったが、その名を冠する特捜本部なら、少なくとも刑事部長が臨席してもおかしくはなかった。

会議は、昨日までと同様に、池谷管理官が司会進行役だった。結局、三鷹署の四人が増えただけの陣容だ。

人を動かすには時間がかかる。本格的な増員は午後になるのだろうか。

宇田川はそんなことを考えていた。

池谷管理官が、三鷹署の四人を紹介してから、沢渡に言った。

「では、事件の経緯を説明してくれ。みんな概要は知っているから、特に、こちらの事案との共通点や、沖縄県警との連携について、詳しく説明してくれ」

沢渡が立ち上がって報告した。

四人の中には、明らかに沢渡よりも年上に見える捜査員がいる。だが、彼らを代表して沢渡が報告するということは、彼の立場が一番上なのだろう。

見た目よりも年上なのかもしれないし、出世が早いのかもしれない。三鷹署で会ったときは、そんな感じではなかったが、おそらく優秀な警察官なのだろう。

沢渡の報告の中に、宇田川が知っている以上のことはなかった。

井の頭公園で、二十代から三十代の女性の遺体が発見された。着衣に乱れはない。目撃情報はなし。遺体発見から約三ヵ月が経過したが、いまだに被害者の身元がわからない。

そのさらに二ヵ月ほど前に、沖縄県那覇市の波之上宮近くの海岸で、やはり身元不明の遺体が発見された。被害者は、二十代から三十代の女性で、こちらもまだ身元が判明していない。

沢渡の説明が終わると、池谷管理官が質問した。

「その二件は、同一犯の犯行と見ているのか？」

「手口は、双方とも絞殺なので、同一犯との見方もありましたが、厳密に言うと、ちょっと違いますので……」

「……というと……？」

「井の頭公園の事案では、腕で首を絞められたと見られていますが、沖縄の事案では、こちらと同様に、紐かロープのようなもので絞められています」

「だが、絞殺は絞殺だ」

「はい。たしかにそれは共通点だと思います」

田端課長が質問した。

「この三件の事案は、たしかに共通点はあるが、同一犯の犯行かどうか、断定はできないということだな？」

沢渡は、何か言おうとした。だが、あきらめたように一瞬肩を落としてこたえた。

「はい。そのとおりです」

田端課長がうなずいた。

「俺も、断定するのはまだ早いと思うよ。見切り発車すると、思わぬ事故にあう。捜査も同じだ。慎重に進めないとな」

宇田川は、眉をひそめていた。

課長の発言が、昨夜よりずいぶんとトーンダウンしたように感じた。

その後、司法解剖の結果が報告された。死因は、首を絞められたことによる窒息《ちっそく》死《し》。歯科治療の跡があったため、鑑取り班は、それを歯科医院やデータベースに当たって調べることになった。

　ふと気づいたように、池田管理官が言った。

「三鷹署の事案でも、当然歯の治療跡について調べたんだろうね？　それでも身元がわからなかったのか？」

　冷静で慎重な池田管理官らしい質問だ。沢渡がこたえた。

「歯の治療跡については、もちろん調べました。しかし、該当する歯科医院が見つかりませんでした」

　池田管理官は、表情を曇らせる。

「妙だな。たいていは、治療した歯科医院が特定できるもんだが……」

　もしかしたら、と宇田川は思った。

　この事案でも、治療した歯医者は見つからないかもしれない。

　池田管理官が言ったように、たいていは治療した歯科医院が見つかるものだし、それが身元確認の切り札になる。

　見つかればそれに越したことはない。だが、宇田川は妙な予感がしていた。もしかしたら、池田管理官も同じことを考えているのではないだろうか。

　宇田川は、そんなことを考えていた。

「歯科治療跡で身元がわかる確率はどのくらいか知ってるか？」

佐倉が宇田川に言った。

今日は、別々に行動しようとは言わなかった。この三日ほどで佐倉の生真面目《きまじめ》さはよくわかっていた。見習うべき点は多い。だが、やはり取っつきにくいことに変わりはない。向こうから話しかけてくるのは珍しい。

宇田川はこたえた。

「全国で一割程度ですよね」

国は、東日本大震災を機に、歯科治療カルテ等のデータベース化を進める方針を立てた。警察官にとっては、今さら、という対応だ。

佐倉が宇田川のほうを見ずに言った。

「歯科治療跡や手術跡などは、たしかに身元確認の役に立つ。だがそれは、ある程度身元の見当がついている場合だ。火災現場から見つかった焼死体とか、住所がわかっているとか……」

佐倉が言いたいことはわかっていた。

「日本中の歯医者を当たることなんて不可能だ。オーストラリアのビクトリア州では、歯科治療のX線写真がデータベース化されているんで、山火事の被害者は、百パーセント割り出せたということだ」

……妙なことを知っているな。おそらく、佐倉は、捜査に関するあらゆることに関心を持っているに違いない。

偏屈《へんくつ》だが仕事熱心なのだ。それは理解できた。

「日本でも、データベース化を進める動きがありますね。今のところ、ボランティアですけど……」

「そのデータベースで、今回の被害者がヒットする確率なんて、何千分の一、いや何万分の一だろうよ」

「つまり、今回の被害者の身元もわからないだろうということですね？」

「行方不明者リストで判明しなかった段階でわかっていたことだ。上層部は、解剖が終われば何か手がかりが出てくると踏んでいたらしいが、結局、歯科治療跡しか手がかりがなかった。あんたの読みどおりだったということだ。身元はわからないだろうよ」

今日の佐倉は、妙に口数が多い。

宇田川は、その理由について考えてみた。佐倉は、今回の事案を連続殺人だとは考えていなかった。その「におい」がしないと言っていた。

だから、宇田川が三鷹署の事案のことを思い出して、それを伝えても、相手にしようとしなかったのだ。

佐倉は、自分の勘に自信を持っていたに違いない。若造の思いつきなど、取るに足らないと考えていたのだ。

だが、事態は、宇田川が言ったとおりに動きはじめた。佐倉は、宇田川のことを、少し見直したのかもしれない。

「三件の身元不明の女性の遺体……。これは、何を物語っているんでしょう……」

「さあな……。自分で考えてみたらどうだ？」

突き放すような言い方だ。それは相変わらずだ。だが、そう言いながら、彼自身考えているのも確かだった。

宇田川は言った。

「連続殺人として捜査をし直すということですよね？」

佐倉は、ふんと鼻で笑ってぼそぼそとつぶやいた。

「ただの連続殺人事件じゃないさ」

宇田川は、思わず聞き返した。

「それは、どういうことです？」

佐倉は、面倒臭そうに顔をしかめたが、ややあって、突然説明を始めた。

「あんたが言ったように、女性が被害にあう連続殺人は、たいていは性犯罪がらみだ。犯人は、無秩序型で支配型が多く、必ず何か記念品を持ち帰る。それをコレクションするんだ」

宇田川は、また驚いた。今、佐倉が言ったのは、プロファイリングに使われる用語だ。彼は、プロファイリングも学んでいることがわかった。

連続殺人にプロファイリングが有効なことは、アメリカなどで実証されている。日本では、アメリカのように人種や生活レベルがはっきりと分かれているわけではないので、有効性を疑問視する声はある。

だが、研究は進んでいる。そして、性格による犯罪を分析するのに役立つことは確かだ。

「計画性はあまりなく、相手を支配することで喜びを感じるということですね？」

佐倉は、宇田川のほうを見ずに、言った。

「連続暴行殺人犯は、サディストの傾向が強い」

「今回の三件の犯行は、それには当てはまりません」

佐倉はうなずいた。

「遺留品も残さず、被害者の身元を徹底的に秘匿している。複数の犯行であることもわかった。つまり、集団による計画的な犯行だということだ」

「集団……」

「組織と言い換えてもいい。あんたは、性犯罪絡みでない連続殺人もあると言った。

こいつはそういう事案だ」

「暴力団とか……？」

「組関係じゃないよ」

そう言ったきり、突然会話が終了した。それからは、いつもの無愛想な佐倉に戻ってしまった。

宇田川は、佐倉が言ったことについて考えていた。ある組織による計画的な犯行。同じような言葉を、最近聞いたような気がする。いつ、どこで聞いたのだろう。宇田川は、気になったが、なかなか思い出せなかった。

組織による計画的な犯行。

しばらくそのことばかりを考えていた。思い出せないと気持ちが悪い。

そうか……。

突然、思い出した。土岐からの電話だ。大石の事案について、土岐はこう言ったのだ。

「今回の立てこもり事件は、場当たり的な犯行ではなかったということだ。かなり計画的で、しかも仲間がいた可能性が高い」

立てこもり事件と連続殺人事件。まったく別の事案だが、綿密な計画のもとに実行されたという共通点がある。

だが、それだけのことだ。思い出したところで、捜査に役立つ事柄ではなかった。

なんだ、思い出してみたら、どうということはなかった。

宇田川はそう思いながら、佐倉のあとについていった。


佐倉が言ったとおり、地域も特定されていない歯科医院を当たるというのは、雲をつかむような話だった。

目安がまったくないと、捜査のしようがないので、犯行現場からスタートした。捜査員たちは、犯行現場から徐々に範囲を広げていき、歯科医院を訪ねた。

だが、一日で当たれる歯科医院の数は限られている。訪ねて行ってすぐに診療記録を調べてくれる歯科医は稀《まれ》で、たいていは「診療時間が終了してから調べておく」と言われる。無理強いはできないので、その日の夜か、後日聞きに来るしかない。二度手間になるのだ。

そういうわけで、その日はまったく成果が得られずに終わった。

宇田川と佐倉が訪ねた歯科医院も、すべて空振りに終わった。宇田川は、無力感を覚えていた。茫洋《ぼうよう》とした砂漠に佇《たたず》んでいるような絶望感すら抱いた。

だが、佐倉は淡々としていた。彼の仕事のやり方は、結果を求めるというより、命じられたことをひたすらこなしていくという感じだった。それが捜査員のあるべき姿だと、彼は考えているのだろう。宇田川は、そこまで割り切れなかった。

歯医者を当たれと言われたら、佐倉はただそのとおりに行動することを心がけているようだ。だが、宇田川は、成果を求めてしまう。どこかの歯科医院で、被害者の歯の治療跡と一致するX線写真なりカルテなりが見つかることを期待してしまう。

誰でもそうだろうと思う。だが、佐倉はそういう成果すら期待していないように見える。

期待をするから、空振りに終わると失望する。佐倉は、期待などしないから、失望もしない。

長年にわたる刑事生活で身につけた知恵なのかもしれない。たしかに、佐倉のように行動すれば、上司の受けはいいし、捜査の結果に一喜一憂することもない。

それで、働いている甲斐があるのだろうか。宇田川は、そんなことを考えてしまう。

佐倉と宇田川は、午後八時の上がり時間に間に合うように捜査本部に戻ってきた。午前中と変わらない。特に増員された様子もない。

宇田川は、佐倉に言った。

「朝と変わりませんね……」

佐倉は興味なさそうにこたえた。

「そうか？」

「広域重要指定事件を扱う特捜本部なら、この倍くらいの規模でもおかしくはないと思います」

「そういうことは、上に任せておけばいい」

佐倉らしいこたえだと、宇田川は思った。彼は、歯車に徹するのだ。歯車の役割を果たすのに、機械全体の構造を知る必要はない。

だが、宇田川は気になった。どういう規模の特捜本部になるかで、今後の捜査の流れも変わってくるかもしれない。広域重要指定事件になれば、警察庁からも人がやってくることになるだろう。刑事部長の臨席もあり得る。

宇田川は、今朝の会議での田端課長の発言を思い出していた。昨日は、鼻息が荒かったが、今日になって急にトーンダウンしたように感じた。

昨夜、あるいは今朝早くに、何かあったのだろうか。宇田川がそう思っていると、佐倉が不意に言った。

「立てこもり事件のことを気にしているそうだな？」

宇田川は、一瞬うろたえた。だが、すぐに、別に悪いことをしているわけではないので、慌てることはないのだと思った。

「どうして、それを……？」

「新谷に聞いた。人質の身代わりになったのが、同期なんだって？」

新谷と佐倉は、調布署でいっしょに働いている仲だ。世間話のついでにそういう情報交換をしても不思議はない。

「ええ。ですが、そのことに気を取られて捜査がおろそかになったりはしませんから、ご心配なく」

「当たり前だ」

佐倉は、冷ややかに言い放った。

宇田川は、それで話は終わりだと思った。佐倉がさらに声をかけてきて、ちょっと驚いた。

「それで、詳しいことはわかっているのか？」

「え……？」

「その人質の身代わりになった同期のことだ」

「いえ、なかなか情報が入ってきません。人質が解放されてからは、テレビや新聞でもあまりあの件について報道しなくなりましたから……」

土岐が電話で知らせてくれることを、話そうかと思った。だが、やめておくことにした。捜査以外のことに気を取られていると解釈されかねない。

「そうか」

それで佐倉は質問を終えた。今度は、宇田川のほうから尋ねてみた。

「どうしてそんなことを自分に質問したのですか？」

佐倉はしばらく黙っていた。やがて、彼は面倒臭げにこたえた。

「同期がそんなことになっていたら、さぞかし心配だろうと思ってな。ただそれだけのことだ」

「ええ、心配です。同期の中でも、特に仲がよかったやつですから……」

佐倉は、かすかにうなずいただけだった。宇田川が何か言おうとしたとき、出入り口から田端課長と調布署署長が姿を見せた。

捜査員全員が起立した。

刑事部長や、警察庁の警察官僚らしい人物の姿もない。

会議の冒頭で、田端課長が言った。

「昨日、この捜査本部が、特捜本部になるかもしれないと言ったが、それは俺の早とちりだったようだ。本捜査本部は、今までの態勢をそのまま維持する。警察庁広域重要指定事件になるというようなことも言ったと思うが、それも、当面見合わせることになった。つまり、この先も、このまま捜査を続行するということだ。なお、三鷹署からの四人の増員は、おおいに歓迎する。明日からは、那覇署からも若干名の参加があるはずだ」

　宇田川は、眉をひそめていた。周囲の捜査員たちも戸惑った様子だ。警視総監が本部長の特別捜査本部ではなく、これまでどおり、名目上、刑事部長が本部長の捜査本部ということだ。

　警察庁広域重要指定事件にもならなかった。田端課長がトーンダウンしたのは、このせいだったのか。

　さらに田端課長の言葉が続いた。

「那覇、井の頭公園、狛江市にまたがる連続殺人という見方が有力だということだったが、もう一度原点に返って慎重を期したいと思う。三件が連続殺人だという確証は何もない」

　宇田川は、その言葉にもすっかり驚いていた。捜査員たちの多くも動揺している様子だ。植松などは、露骨《ろこつ》に怪しむような表情だった。

　宇田川は、そっと隣の佐倉の顔を見た。こちらは、植松とは対照的で、まったく気にした様子もなかった。上の方針がどうあれ、言われたことを実行するだけ。彼は、そう決めているのだ。

　佐倉にとって、この事件が広域重要指定事件だろうが、そうでなかろうが、また、捜査本部長が警視総監であろうが、刑事部長であろうが、まったく関係ないのだ。

　あとで、田端課長の発表についての、植松の感想を聞いておこう。宇田川は、そう思った。

## 13

昨日の夜の会議とは打って変わって、今日は沈んだ感じだった。連続殺人という新たな視点で事件を見直すことで、必ず進展があるはずだと、捜査員たちは考えていたはずだ。

それに水を差されたような形になったのだ。

会議が終わると、宇田川は、すぐに植松に近づいて尋ねた。

「課長の言ったこと、どう思います？」

植松の隣には、新谷がいる。彼も、宇田川の質問を聞いていた。

植松がこたえた。

「急に慎重になったな。部長に何か釘を刺されたのかもしれない」

「部長に何を言われたんだと思います？」

「わからんな。だが、この事件をどう見るかの根幹に関わることだろう」

「どういうことです？」

「確証がないと、課長は言っていたが、誰が見たって連続した事件だよ、こいつは。

きっと、課長だってそう思っているんだ」

「じゃあ、どうして課長はあんなことを……」

「さあな。まるで捜査を進めたくないような態度だったな」

「そんなばかな……」

「だからさ、裏で何かあったのかもしれない。課長が捜査にブレーキをかけなければならないような何かが……」

「そんなことは考えられません。捜査一課長が、捜査を進めたがらない理由って、いったい何なんですか？」

植松は顔をしかめた。

「俺にだってそんなことはわからないよ。だが、課長の態度が一日で変わっちまったのは確かだ」

それまで黙って二人のやり取りを聞いていた新谷が言った。

「なんだか似てますね」

植松と宇田川は、同時に彼のほうを見た。二人の視線に、新谷はたじろいだ様子だった。

植松が尋ねる。

「何が似ているんだ？」

「あ、ええと……。ただ、ふと思っただけですから……」

「だから、何が似ているんだ。いいから、言ってみろよ」

「昨日の話ですよ」

「何の話だ？」

「立てこもり事件の犯人のことです。まともに捜査をしていたら、今頃身柄を押さえていてもおかしくはないと、植松さんが言いましたよね。つまり、誰かが捜査にブレーキをかけているということも考えられるんじゃないですか？　だから、似ていると思ったんです」

「連続殺人・死体遺棄事件も、立てこもり事件も、誰かが捜査に待ったをかけていると……」

植松は考えながら言った。「そう考えれば、いまだに犯人が捕まっていないことも理解できるが……」

「そんなばかな」

宇田川は言った。「現職の警察官が人質になっているんですよ。捜査にブレーキをかけるなんて、あり得ません」

「そうだな……」

植松が言った。「どんな事情があっても、捜査の進展を故意に遅らせるなんてことは、やっぱり考えられない」

「SITと指揮本部は、必死に犯人と大石の行方を追っているはずです」

「そのとおりだ。じきに犯人の身柄は確保されるはずだ」

新谷が言った。

「すいません。立てこもり事件とこちらの事案が似ているなんて、つまんないこと、言っちゃいました。やっぱり、俺の勘違いですよね」

当然だ、と宇田川は思った。両方の事件には、何の関わりもない。

だが、そのとき、また宇田川は思い出した。昼間、宇田川も、双方の事件の共通点について考えたのだ。

複数犯による、きわめて計画的な犯行。

それは、何かを示唆しているのだろうか。宇田川は考えてみた。その結果、何の意味もないという結論に達した。

複数犯による計画的な犯行というのは、実に一般的で、事件の特徴ですらない。多くの事件が、何人かのグループによる計画的な犯行なのだ。

宇田川が植松のもとを離れようと思ったとき、植松が携帯電話を取りだした。

「はい、植松」

そう言ったきり、相手の話に耳を傾けている。片手を挙げて、宇田川に「待て」という合図を送ってきた。

その表情が険しくなっていく。

「わかった。また何かわかったら知らせてくれ」

植松は電話を切ってポケットにしまうと、宇田川に言った。

「土岐からだ。なんだか、指揮本部の様子がおかしいらしい」

「指揮本部の……？」

宇田川は不安になった。

「ＳＩＴの連中が、なんだか腹を立てている様子だというんだ」

「何に腹を立てているんでしょう？」

「これは、土岐の想像も入っているんで、どこまでが事実かはわからん。どうやら、特殊班の連中は、捜査の主導権を何者かに奪われてしまったようだというんだ」

「主導権を奪われた？　いったい、誰に？」

「おそらくは、公安……」

植松が声を落とした。宇田川は、思わず周囲を見回していた。

新谷が、不思議そうな顔をしている。どういうことなのか、理解できていないようだ。宇田川も似たようなものだった。

「どうして、公安が……」

「わからん。土岐も何が何だかわからない様子だ。だがな……」

植松が考えながら言った。「もし、公安が何か画策しているのだとしたら、昨日新谷が言ったことが、俄然《がぜん》現実味を帯びてくる」

「新谷が言ったこと？」

「犯人を泳がせている……」

宇田川は、昨夜の会話を思い出していた。確か、新谷がそう言ったとき、植松が言った。

「まさか、公安じゃあるまいし」と。

土岐は、その公安が指揮本部の主導権を握ったと読んでいるようだ。だったら、泳がせ捜査をしていることも考えられる。

「でも……」

宇田川は言った。「もし、公安が泳がせ捜査をしているのだとしたら、大石はどうなるんです？」

植松は、すぐにはこたえなかった。宇田川にも彼が何を考えているかは、だいたい理解できた。

ＳＩＴにとって、大石は仲間だ。だから、全力で彼女を助けようとするだろう。だが、公安はどうだろう。おそらく、つきとめようとしている何かのために、大石を犠牲にすることもあり得る。

植松が言った。

「主導権を握られたとはいえ、ＳＩＴは今でも指揮本部で捜査を続けているんだ。お嬢の救出を最優先することは間違いない」

その言葉を信じたかった。

何を言っていいかわからずたたずんでいると、後ろから声をかけられた。佐倉だった。

「出かけるぞ」

午後九時半を過ぎている。宇田川は、佐倉に言った。

「この時刻に、歯科医院が開いているとは思えませんが……」

「昼間に連絡先を聞いた歯科医に電話をかけて、自宅を訪ねる。昼間聞けなかった話が聞けるかもしれない」

宇田川は、佐倉に従うしかなかった。大石のことは気になるが、担当している事案の捜査をおろそかにするわけにはいかない。

佐倉とともに、捜査本部をあとにした。何人かの歯科医を訪ね、昼間に頼んだことと同じことを繰り返した。被害者の治療跡を見せて、一致する記録がないか調べてほしいと依頼したのだ。

結果は、すべて空振り。捜査本部に戻ってきたのは、十二時過ぎだった。すでに、植松たちの姿はなかった。

「明日も早い」

佐倉が言った。「俺は寝られるうちに寝ておく」

彼は仮眠所に向かった。

佐倉は、単独行動ではなく、宇田川とともに捜査をするようになった。彼との関係は、一歩前進したのだろうか。それとも、佐倉の気紛《きまぐ》れだろうか。

公安が、指揮本部の主導権を握ったかもしれないという話が気になって、とても眠れそうになかった。

大石は、今どこで何をしているのだろう。ＳＩＴに任せておけば心配ないと思っていた。だが、公安が仕切るとなると、少し事情が変わってくる可能性がある。

それにしても、どうして、公安が……。

宇田川は考えた。そして、そのとき、不意に蘇我のことを思い出した。

彼が今何をしているのか。それが妙に気になった。

夜中に目を覚ました。眠れそうにないと思っていたが、さすがに疲れていたようだ。横になったらすぐに深い眠りに落ちた。

三時間ほどで目を覚ました。何か夢を見ていたようで、気分が重かった。どんな夢かは覚えていないが、悪夢に違いなかった。

寝返りを打つと、大石のことを思い出した。夢見が悪かったせいか、妙な胸騒ぎがした。

宇田川は、最悪のシナリオを思い描いていた。大石は、すでに殺害されており、犯人は捕まらない。それが現実になりそうな気がした。

横になって、じっとしていることができなくなった。気分を変えるために起き上がった。誰か知り合いが起きているかもしれないと、仮眠所を抜けだして捜査本部に向かった。

捜査本部は、二十四時間態勢だ。誰かが必ず電話の前にいるし、無線も聞いている。宇田川は、管理官席に名波係長がいるのを見て驚いた。

名波も眠れないのだろうか。彼は、池谷管理官と話をしていた。池田管理官の姿はない。池谷管理官と交代で休んでいるのだろう。名波係長は、真剣な眼差しで、池谷管理官に何か話をしている。詰問《きつもん》しているようにも見える。滅多に見せない厳しい表情をしていた。

名波係長が、戸口に立っている宇田川に気づいた。それから、彼は池谷管理官に、何か言って会話を終えた。

宇田川は、どうしていいかわからず、立ち尽くしていた。名波係長が近づいてきた。

「こんな時間に何をしている？」

「仮眠していたのですが、目が覚めてしまいまして……」

「まだ、眠る時間はある。横になっておけ」

名波係長が、部屋を出て行こうとした。廊下に出た係長に尋ねた。

「池谷管理官と、何を話していたのですか？」

名波係長は、すぐにはこたえなかった。立ち止まり、床を見つめて何か考えていた。やがて、彼は言った。

「おまえも、妙だと思っているだろう？」

「何がですか？」

本当は、質問の内容はわかっていた。だが、宇田川は慎重に聞き返した。

「おまえが言うとおり、こいつは連続殺人及び死体遺棄事件なんだよ。誰が見たってそうだ。田端課長だってそう思っているに違いない。なのに、今朝になって急に歯切れが悪くなった。昨日までは、広域重要指定事件だの、特別捜査本部だのと言っていたんだ。それが、今日になって、今まで通りの態勢だと言い出した。こんなんじゃ、現場の捜査員はやってられない。ちゃんと事情を説明してくれって言ったんだ」

「それで、池谷管理官は、何と……？」

「俺だって、よほどのことがないと、管理官にそんなことは言わないよ」

宇田川は、驚いた顔をしてみせた。

「管理官にですか？」

「はっきりしたことは言わない。もしかしたら、管理官も事情を知らないのかもしれない。人員が不足していて、大がかりな態勢が組めないんじゃないかと言っていた」

「本当にそうかもしれませんよ」

「ばかを言うな。特捜本部が必要とあれば、どんなことをしてでも人員をかき集めるさ」

「係長は、何が起きているんだと思います？」

「考えられることは限られている。どこかから圧力がかかったと考えるべきだろう」

「圧力……？」

「警察に圧力をかけられるやつなんて、そうはいない。よく、政治家の圧力なんてマスコミは言うが、そんなことはできっこないんだ。捜査に圧力がかかるのは、たいていは内部からだ」

「例えば、公安とか……」

名波係長は、鋭い眼を向けてきた。

「何か知っているのか？」

「いや、こっちの事案については、何も知りません」

「こっちの事案については？　気になる言い方だな」

「実は、土岐さんからまた知らせがありまして……」

「立てこもり事件か？」

「指揮本部の主導権を、公安が握ったらしいと……」

「指揮本部の……？」

名波係長が眉をひそめる。「どういうことだ？」

「詳しいことはわかりません。それに、多分に土岐さんの想像も入っているということでしたから……」

「土岐さんは、口からでまかせを言うような人じゃない。想像だとしても、何らかの根拠があるはずだ」

「そこまでの話は聞いていません。ですが、植松さんも、指揮本部の動きは納得ができないと言っていました」

「納得ができない？」

「そうです。犯人の足取りは、かなり割れているようです。普通にＳＩＴが捜査をすれば、今頃は犯人の身柄が確保されていてもおかしくないと、植松さんは言うのです」

「そうだな……」

名波係長は、考え込んだ。「たしかに、指揮本部が本気になれば、少なくとも犯人の所在くらいはつかめるはずだ」

「公安主導なら、泳がせ捜査という可能性もありますよね」

「何のために？」

「犯人の背後関係を調べるためでしょう。もしかしたら、背後にはかなり大きな組織があるのかもしれません」

「テロを計画するような集団や組織だったら、当然公安主導の事案になるな……。もし、おまえが考えるとおりなら、おまえの同期の女性警察官は、かなり危険な組織に誘拐されたということになる」

宇田川は、また気分がずしりと重くなった。さっき見ていたのは、大石に関する悪夢だったのかもしれない。

「SITなら、大石を救出することを最優先に考えるでしょう。でも、公安ならわかりません」

名波係長は宇田川を見据えて言った。

「そんなことはない。公安だって人質の安全確保を最優先に考えるはずだ」

宇田川は、うなずいた。

「そうですよね」

百パーセント名波係長の言葉に納得したわけではないが、そう信じたいと思った。

「立てこもり事件の指揮本部が公安主導になったからといって、こちらの事件もそうとは限らない。ふたつの事件は、まったく関係ないんだ」

「それは、そうなんですが……」

宇田川は、何かもやもやとしたものを感じていた。

「おまえの言いたいことは、わかる。捜査の陰で公安が暗躍するというのは、俺たちが過去にも経験したことだ」

「はい」

「そのうちに、何かわかるかもしれない」

「自分が今回組んでいる佐倉という所轄の刑事は、上がどんな方針でも気にしないで、言われたことを黙々とこなすタイプのようです」

「『スッポンの佐倉』さんだろう？」

「係長は、彼のことをご存じですか？」

「何度かいっしょに仕事をしたことがある。言われたことだけを、忠実にこなすというのも、捜査員として大切な態度だ。それだけを心がけていれば、公安主導だろうが何だろうが、気にならないはずだ。おまえは、そう言いたいのか?」

「ええ、まあ、そういうことです」

「たしかにそうかもしれない。だがな……」

「はい」

「俺は、納得のいく捜査がしたい。そして、佐倉さんは、ただ言われたことだけをやるような刑事じゃないよ」

名波係長は、その言葉を残して去っていった。宇田川は、戸口近くに、しばらくたたずんでいた。


再び横になって、うとうとしたと思ったら、もう起床しなければならない時間になっていた。中途半端に眠ったせいで、ひどく眠かった。会議が始まっても、眠気が去らない。

今日も朝の会議に田端課長が臨席した。調布署署長に、二人の管理官。ひな壇のメンバーはいつもと変わらない。だが、今日は一人見知らぬ男が席に着いた。宇田川とそれほど年が違わないように見える。三十代の半ばだろうか。

髪をきちんと整髪して、眼鏡をかけている。それなのに、課長と並んでひな壇に座っている。キャリアに違いない。

田端課長が言った。

「紹介しておく。警察庁警備局警備企画課の柳井芳郎《やないよしろう》警視正だ」

いっぺんに目が覚めた。キャリアならば、三十代で警視正というのも、驚くには当たらない。

宇田川が、驚いたのは、彼が警備企画課から来たという事実だ。

柳井は、落ち着いた口調で言った。

「本件は、警視庁のみならず、沖縄県警、神奈川県警との連携も視野にいれなければならず、そのために私が捜査本部に参加することになりました。私にできることがあれば、何でもやりますので、おおいに利用してください」

この言葉を額面どおり受け取るわけにはいかない。広域捜査の指導ならば、刑事局から人が来るはずだ。警備企画課から来るのはおかしい。

やはりな、と宇田川は思っていた。

警備企画課は、全国の公安の中枢《ちゅうすう》なのだ。宇田川は、そっと名波係長と植松の顔を見た。彼らは、無表情のまま正面を見つめていた。

## 14

捜査会議が終わり、当然外回りに出かけるものと思っていたが、佐倉はいっこうに外出する様子を見せない。

宇田川は尋ねた。

「今日は、歯医者回りをやらないんですか？」

佐倉は、相変わらずのぶっきらぼうな口調で言った。

「今日は、歯医者はほとんどが休診だろう」

そう言われて、日曜であることに気づいた。捜査本部に詰めていると、つい曜日を忘れてしまう。

「今日一日は、データベースを当たっているやつらを手伝ってやろうと思う」

ネットの世界には休日はない。

「わかりました」

佐倉は、さっそく調布署の捜査員に声をかけて手分けする段取りをした。被害者の歯科治療のデータを、データベースにある内容と照合していく。

宇田川も、プリントアウトを渡され、その作業を始めた。再び、無力感が襲ってきた。藁《わら》の中から針を探すようなむなしさを感じる。

俺は何をやっているのだろう。

思わず、心の中でそんなことをつぶやいてしまう。

捜査の九割は空振りだ。新人の頃に、先輩刑事からそう言われたことがある。一割の手がかりをつかむために、その九割の努力が必要なのだ、と。

それはわかる。これまで、こうした地味な捜査に疑問を抱いたことはない。今回の捜査は何か違う。

それを象徴しているのは、ひな壇にいる柳井だ。公安の中枢である警察庁警備局警備企画課から来た男。

何がどうなっているのかは、よくわからない。だが、本筋と違うことをやらされているのではないかという疑念がぬぐい去れない。

宇田川は、柳井の様子をそっとうかがった。柳井は、池田、池谷二人の管理官と何事か話し合っている。

年齢は、管理官たちのほうがずっと上だが、階級は柳井のほうが上だ。捜査本部にキャリアがやってくると、何かとやりにくい。それを、二人の管理官の表情が物語っている。

佐倉は、柳井のことなど、まったく気にならない様子だ。淡々とリストを当たっているだけだ。

何が起きようが、与えられた自分の職務だけをまっとうする。それ以外のことは、考えていないように見える。

だが、名波係長は、佐倉のことを、「ただ言われたことだけをやるような刑事ではない」と言った。

植松も、宇田川の印象と、実際の佐倉は違うという意味のことを言っていた。

では、佐倉はまだ本性《ほんしょう》を現していないということなのだろうか。それも気になる。

そして、何より気がかりなのは、大石の安否だ。いまだに、知らせはない。報道もされていない。

もともと、SITは秘密主義だといわれている。マスコミとの折り合いは悪い。誘拐事件などを捜査する場合は、報道をシャットアウトしなければならない。子供が誘拐された場合など、女性警官がその母親などを装《よそお》って犯人と接触することもある。そのために、特に女性の捜査員は、世間に顔を知られるのを避けなければならない。

SITも情報を外に出したがらないのだ。その指揮本部の主導権を公安が握ったとなれば、なおさらだ。

大石の安否だけでなく、その事案を捜査している指揮本部のことが気になってしかたがない。

いったい、あちらの指揮本部では何が起きているのだろう。

それは、こちらの捜査本部も同様だ。何が起きているのかわからない。

係長は、圧力がかかったのではないかと言っていた。現職の警察官が連れ去られ、いまだに行方がわからない。それなのに、圧力をかけるというのは、どういうことなのだろう。

土岐と植松によると、どうやらその圧力をかけているのは公安のようだ。

そして、こちらの捜査本部にも、公安の元締めともいえる警備企画課のキャリアがやってきた。

宇田川は、大石が連れ去られた事案と、今手がけている連続殺人・死体遺棄事件の共通点について考えた。今までは、それを自ら否定していた。

まったく別の事案だ。しかも、こちらの事案は、沖縄からの連続殺人・死体遺棄だと考えると、すでに五ヵ月前には起きていたことになる。

だが、気になる一致点があることも確かだ。どちらも、複数の犯人による計画的な犯行だということがわかってきた。

そして、どちらの事案も捜査がうまく進まない。宇田川が担当している殺人・死体遺棄事件は、警察庁広域重要指定事件となり、特別捜査本部に移行するのではないかと思われていた。事実、一度捜査一課長はそう言った。

だが、一夜明けると、それは否定され、現状のまま捜査を続けることになった。

もし、特別捜査本部として態勢を拡大し、広域重要指定事件として扱っていたら、捜査は進展したかもしれない。

大石が連れ去られた事案は、すでに犯人の逃走路が、かなり明らかになっているにもかかわらず、まだ正確な足取りがつかめていないという。

ＳＩＴが本気で捜査をしたら、もう事件は解決しているはずだと、植松が言っていた。宇田川もそう思う。

どちらも誰かが捜査にブレーキをかけているということも考えられると言い出したのは、新谷だった。

そう考えれば、いくつかの出来事に納得がいくが、それがなぜなのかは、まったくわからない。

一方は、現職警察官が連れ去られているのだし、もう一方は連続殺人・死体遺棄という重要事案なのだ。捜査にブレーキをかけることなど考えられない。

新谷は、泳がせ捜査ではないかと言い、植松が、公安ならそれもあり得ると言った。

事実、土岐によると、連れ去り事件の指揮本部は、事実上公安が牛耳《ぎゅうじ》っているようだし、こちらの捜査本部には、公安の元締めから柳井がやってきた。

二つの事案は、まったく別のように見えて、実はつながっているのではないだろうか。漠然《ばくぜん》とだが、そんな気がした。

名波係長も、捜査本部の態勢に納得がいかない様子だった。誰が考えても、今の捜査本部の態勢は、ちょっと妙だ。

どうにもすっきりしない。

もやもやした気分のままでは、捜査に身が入らない。だが、宇田川のような一捜査員にはどうしようもない問題だ。

植松が戻ってきたら、一度話をしてみよう。そんなことを思いながら、むなしい作業を続けた。

午後になり、沖縄から二人の捜査員がやってきた。二人とも日焼けをしており、いかにも沖縄県警という感じだ。

与那覇朝夫《よなはあさお》は、四十代半ばの警部だ。県警捜査一課の課長補佐だということだ。背が低く、ずんぐりとした体型をしている。

知念喜則《ちねんよしのり》は、三十代半ば。こちらは、巡査部長だ。やはり身長は高くないが、ひきしまった体型だった。

池谷管理官から、これまでの捜査の経緯を説明されている。二人とも気をつけをしている。警視庁主導の捜査本部とあって、緊張している様子だ。

夕刻になり、植松が新谷とともに、戻って来た。彼らも、成果なしといった様子だった。

佐倉は、宇田川は、頃合いを見て立ち上がり、植松に近づいた。

佐倉は、宇田川のことなど気にならない様子で、作業に没頭している。

「ちょっといいですか？」

植松に声をかけると、新谷も宇田川のほうを見た。植松がこたえた。

「何だ、ボン」

「その後、土岐さんから連絡はないのですね？」

「あったら、すぐに知らせる」

「今朝早くに、係長とちょっと話をしました」

「係長と……？」

植松は、予備班の席にいる係長に、ちらりと眼をやった。「何を話したんだ？」

「係長も、この捜査本部の態勢はどこかおかしいと感じているようでした。池谷管理官に、質問していたようです」

植松が驚いた顔になった。

「係長が池谷管理官に直談判したというのか？　信じられんな……」

「自分もびっくりしましたよ」

植松は、周囲を見回してから言った。

「ちょっと、廊下に出よう」

記者たちは、捜査本部がある階までは上がってこない。彼らは、一階の副署長席の周辺にたむろしている。廊下に出れば、落ち着いて立ち話ができる。

二人が廊下に出ると、新谷もついてきた。仲間はずれにされたくないらしい。植松は、彼が来ることを当然のような顔をしている。宇田川も気にしないことにした。

ただし、ひとつ言っておきたいことがある。

「佐倉さんに、俺が連れ去り事件のことを気にしていると話しただろう？」

新谷は、目を丸くした。

「佐倉さんに、何か言われましたか？」

「いや、さぞかし心配だろうと言われただけだが……」

「余計なことを言いましたかね……？」

「別に何を話してもかまわないが、なんだか告げ口をされたような気になったよ」

「すいません。佐倉さんが、心配していたもので、つい……」

「心配していた……？」

意外な言葉を聞いた。

「ええ。宇田川さんのことを気にしているようです」

「とてもそうは見えないな。初めて会ったときから、ずっとぶっきらぼうだよ」

「佐倉さん、そういう人だから……」

「そういう人……?」

「ものすごい照れ屋なんですよ」

宇田川は、何を言っていいかわからなくなった。

植松が言った。

「そう、佐倉さんは、口べただったな……。だから、いつも初対面の人には誤解される」

照れ屋で口べた。これも、宇田川の印象とはまったく異なる。だが、そう考えてみれば、彼の態度が理解できるような気がしてきた。

「佐倉さんのことは、おいといて……」

植松が言った。「係長と何を話したか、詳しく教えてくれ」

「係長も、この捜査本部は妙だと思っているようでした。課長が、急に方針を変えたことも納得できないと言ってました。そのことを、ちゃんと捜査員に説明してくれと、池谷管理官に申し入れたようです」

「あの係長がなあ……」

植松が感慨深げにつぶやいてから言った。「池谷管理官は、どうこたえたのかな?」

「人員が不足していて、大がかりな態勢が組めないんじゃないかと……」

「そんなばかな」

「自分もそう思います。おそらく、管理官も本当の事情を知らされていないのではないかと、係長は言っていました」

新谷が言った。

「本当の事情って、何です？」

植松がこたえる。

「そいつがわかれば苦労しないよ」

「自分は、新谷に言われたことを、ちょっと考えてみたんですが……」

「新谷が言ったこと？」

植松が訊いた。「どんなことだ？」

「大石の連れ去り事件と、こっちの連続殺人・死体遺棄事件は、なんだか似ているという話です……」

「自分が言ったことなんて、真剣に考える価値はないですよ」

新谷が言う。「思いつきで言っただけですから……。よく、佐倉さんにも叱《しか》られるんですよ。しゃべる前に考えろって……」

宇田川はかぶりを振った。

「根拠はないが、たしかに二つの事案は似ている気がする。昨日までは、自分で否定していました。でも、今日になって否定しきれないような気がしてきたんです。その理由の一つは、警察庁の柳井です」

植松が上目遣《うわめづか》いに宇田川を見た。

「柳井……?」

「そうです。警備局警備企画課といえば、公安の元締めじゃないですか。そして、連れ去り事件の指揮本部は、公安に乗っ取られたと、土岐さんが言っていました」

「おい、乗っ取られたというのは、言い過ぎだぞ」

「係長は、誰かが捜査に圧力をかけているんじゃないかと言っていました。それが明らかになった気がします。どちらの事案も、公安が捜査にブレーキをかけていたと考えれば……」

「待て待て……」

植松が顔をしかめた。「根拠もないのに、滅多なことを言うもんじゃないぞ」

「でも、そう考えると、いろいろなことの説明がつくんです」

宇田川は、先ほど考えた、二つの事案の共通点について説明した。植松も、新谷も黙って宇田川の話を聞いていた。

話し終わったが、二人は何も言わない。しばらく沈黙が続いた。

「うーん……」

やがて、植松が言った。「あまりに突飛《とつぴ》すぎて、にわかにはうなずけない話だ」

宇田川は、さらに言った。

「思い当たる節があるんです」

「思い当たる節？」

植松が尋ねた。「何だ？」

「蘇我から電話があったと言いましたよね？」

「ああ、同期で仲がよかったお嬢のことを心配してのことだろう？」

「自分もそう思っていました。でも、電話が来たタイミングやニュアンスが、今考えると、ちょっと妙だったような気がします」

「妙……？　どういうふうに……？」

「大石の事件が報道されて、すぐに電話が来たというのならわかります。でも、あいつが電話をよこしたのは、事件のことが報道された翌日のことです」

「それまで、電話しようか迷っていたのかもしれない」

「そんなやつじゃないですよ」

「じゃあ、どうしてすぐに電話してこなかったんだ？」

「大石の件で電話するつもりなんて、もともとなかったのかもしれません」

「何だって？　それは、どういうことだ？」

「彼は、もしかしたら、こちらの捜査本部の様子を知りたかったのかもしれません」

「そう言えば……」

植松は、思案顔で言った。「蘇我が、この殺人及び死体遺棄事件について、何か知っているような気がすると、おまえ、言ってたな」

「ええ。あのときは、なんとなくそう思ったのですが……」

「今もそう思っているのか？」

「思っています。そして、大石の連れ去り事件についても、何か知っているんじゃないかと思います」

「おいおい、考え過ぎじゃないのか？」

「蘇我は、電話で、こう言いました。大石のことだから、だいじょうぶだ。その口調が気になったのです。本当にだいじょうぶだと信じていることが伝わってきました。まったく心配していなかったのです。そんなことって、あり得ますか？　同期で仲のよかった大石が、犯人に連れ去られて手がかりもない時期のことです」

「どうかな……。あいつは、変わったやつだったからな……」

「蘇我が、こちらの事件についても、大石の事案についても、何か知っている。そう考えると、辻褄《つじつま》が合うんです」

「おまえの中で辻褄が合っているだけだ。俺はまだ納得できんな」

「蘇我は、今でも公安のために働いているはずです」

「連れ去り事件とこっちの殺人・死体遺棄事件の両方について、蘇我が密かに何かを調べているということか？」

「根拠はありませんが……」

「つまり、おまえの説だと、二つの事案は関連があって、それは公安が関心を持つような事柄だということになる」

「ええ……」

植松は、しばらく考えてから、かぶりを振った。

「百歩譲って、もしそうだったとしても、俺たちに何ができる？」

「そうですよ」

新谷が言った。「自分らは、上から言われたことをやるしかないんです」

宇田川は、新谷に言った。

「それが、佐倉さんの教えか？」

「別にそういうことじゃないです。でも、捜査員にできることは、それだけでしょう」

「俺もそう思うよ」

植松が言った。「捜査本部に呼ばれたからには、捜査をしなければならない。それが原則だ」

「いくら捜査をしたところで、真相に近づかないとしてもですか?」

「おい、ボン……」

植松は顔をしかめた。「頭を冷やせよ。憶測だけでものを言うな」

「沖縄県警と三鷹署の事案を考えてみてください。沖縄県警では、もう五ヵ月も、三鷹署でも三ヵ月も捜査していて、いまだに被害者の身元がわかっていないんです。おそらく、今回の事案も、身元がわからずじまいなんじゃないかと思います」

植松は、また考え込んだ。そして、力なく言った。

「ある日突然、道が開けるかもしれない」

その口調から、植松も宇田川と同様のことを考えていることがわかった。彼も、おそらく被害者の身元は割れないと踏んでいるのだ。

それがわかったので、宇田川はこれ以上植松に反論したくなかった。

「まあ、それはそうですが……」

植松が言った。

「ボンが言ったことを確かめる方法が、一つだけある」

宇田川はうなずいた。

「蘇我に直接尋ねるんですね？」

「そうだ」

「連絡先がわからないので、向こうから連絡が来るのを待つしかないんです」

「なんとかしろよ。それしか確かめる方法がないんだ」

「考えてみます」

宇田川がそう言ったとき、佐倉が出入り口に姿を見せた。彼は、不審げに宇田川たちのほうを見た。

15

佐倉は、宇田川がなかなか戻って来ないので様子を見に来たのかもしれない。宇田川がやるべきことをやらないと、彼はひどく不機嫌になる。

面倒なことにならなければいいが、と思いながら、宇田川は佐倉の出方を待った。

佐倉は、宇田川に言った。

「こんなところで何をしている？」

宇田川はこたえた。

「ちょっと息抜きです。すぐに戻ります」

「別にどうだっていいが……」

佐倉は、植松と新谷を見た。「前にも、この三人でこそこそ話をしていたな」

「別にこそこそしているわけじゃありませんが……」

「また、同期の連れ去り事件のことを話し合っていたのか？」

「すいません」

「謝ることはないだろう。何かやましいことでもやっているのか？」

本来の捜査を一休みして、別の事案のことなどを話し合っている。これは、佐倉にしてみれば、充分にやましいことのはずだ。

宇田川が黙っていると、佐倉はさらに言った。

「俺だって息抜きがしたい。かまわないから、話を続けてくれ」

これは、嫌がらせなのだろうか。宇田川は、迷っていた。このまま、佐倉を加えて話を続けるべきか、それとも、話は終わりにして捜査に戻るべきか……。

当然、後者だ。そう宇田川が判断したとき、植松が言った。

「佐倉さんも気になってるのかい？」

佐倉は、植松を見た。

「気になってる？　何の話だ？」

「捜査本部が普通じゃないのは、わかっているだろう？」

おそらく、佐倉はそんなことは気にしないはずだ。宇田川はそう思っていた。彼は、与えられた任務を遂行することだけを考えているはずだ。

佐倉がこたえた。

「捜査本部なんて、いつだって普通じゃないさ」

「ボンはな、何かからくりがあるんじゃないかって言ってるんだ」

「ボン……？」

「宇田川のことだ」

「ボンか。そいつはいい。俺もそう呼ばせてもらうぞ」

あまりうれしくなかったが、断るわけにもいかない。

佐倉が続けて言った。「それで、からくりって、何の話なんだ？」

佐倉が興味を示すとは思わなかった。

植松が宇田川に言った。

「おい、説明しろよ」

宇田川は、今まで話し合っていた内容を、かいつまんで説明した。佐倉の表情は変わらない。つまらない話を聞いているような顔だ。

嘲笑《ちょうしょう》されるか、笑い飛ばされるのがオチだと思っていた。だが、佐倉の反応は、そのどちらでもなかった。

出入り口のほうを気にしながら、彼は言った。

「あの立てこもりや警察官連れ去りの事件と、こっちの事件が、関連しているというのか？　しかも、公安が何か画策しているだと……？」

植松が言う。

「突拍子もない話に聞こえるだろうな」

「まあ、そうだな……。だが、前例があるからな……」

「前例？」

「三鷹の事案が、本件に似ていると言い出したのは、ボンなんだ。最初は、何を言ってるのかと思ったよ。だが、結局はボンが言うとおりになった」

「そういうやつなんだよ。ボンの洞察力は、あなどれない」

植松にこんなことを言われたのは、初めてのことだった。普段は、小言を言われるだけだ。

いや、それよりも、佐倉が自分のことを評価しているような発言をしたので、驚いていた。

「だから、まったく信じないわけじゃない」

佐倉が言った。「たしかに、広域捜査の連絡・指導に、警備企画課のやつが来るのは妙だ。だがな、俺は確証がないと、納得ができないんだ」

新谷が言った。

「佐倉さんは、石橋を叩いて壊すタイプですからね」

植松が言った。

「何だ、それは？」

「石橋を叩いて渡るつもりで、叩きすぎて橋を壊しちゃうんです」

「それじゃ、渡れないじゃないか」

「そうなんですよ」

佐倉が顔をしかめた。

「俺は、そんなにドジじゃねえよ」

宇田川は、佐倉に言った。

「今話した、同期の蘇我を、なんとかつかまえてみようと思います」

「そんときに、もう一度ちゃんと話を聞くことにするよ。俺は、捜査に戻る」

宇田川は言った。

「いくら捜査をしても、無駄かもしれませんよ」

佐倉は、鋭い眼で宇田川を見た。

「それでも俺は捜査を続ける。人が殺されたのは事実なんだ。いい加減な捜査をしてちゃ、ホトケさんに申し訳ないんだよ」

それを聞いて、宇田川は恥ずかしくなった。たしかに佐倉が言うとおりだ。せめて、身元は、早く割り出してやりたい。

佐倉は、捜査本部内に戻って行った。

「相変わらずだな、佐倉さんは……」

植松が言った。新谷が植松に尋ねた。

「以前からご存じなんですか？」

「お互い刑事畑が長いからな。何度かいっしょに仕事をしたことがある」

「意外でした」

宇田川は言った。「佐倉さんが、自分の話なんかに耳を貸してくれるなんて……」

新谷が言った。

「他人のことは気にしているんですけどね。それを表に出すのが照れくさいんですよ」

「余計なことはするな。言われたことだけをきっちりとやれ。そういうタイプだと思っていた」

「ええ、そういうところは厳しいですよ。でも、それだけの人じゃないですよ」

照れ屋で口べたか。なるほど、そう考えれば、偏屈そうな彼の態度が、何だか別のものに見えてくるような気がした。

「ボンよ」

植松が言った。「もし、蘇我と連絡が取れて、おまえさんが言っていることが正しいとしたら、俺が係長と話をする」

「どういうふうに……？」

「それはその時に考える。とにかく、お嬢のことが心配だ。そうだろう。一刻も早く、助け出してやらなきゃ。それを邪魔しているやつがいるなら、その邪魔者を排除するだけだ」

宇田川はうなずいた。

「どうやったら、蘇我と連絡を取れるか、考えてみます」

三人は、捜査本部に戻った。

ほぼ一日中、被害者の歯科治療の特徴と、データベースを照らし合わせる作業を続けていた。見落としがあるといけないので、佐倉とクロスチェックをした。

結局、夜の捜査会議の時間が近づいても、まったく成果は上がらなかった。

こんなことがあり得るだろうか。

宇田川は、考えた。どんなに犯人が周到だったとしても、被害者の身元がこれだけ調べてもわからないというのは奇妙な話だった。

日本に住んで生活している限り、どこかに必ず記録が残っている。被害者のことを知っている者がいるはずだ。なのに、沖縄の件も、三鷹の件も、今回の件も、被害者の身元は不明のままなのだ。それがわからない限り、捜査はいっこうに進展しない。

日本に住んで生活している限り……。

もう一度同じことを頭の中でつぶやいて、宇田川はふと思った。

まさか、被害者は、外国人じゃないだろうな。それならば、歯科治療などの記録は日本国内にはないはずだ。

でも、それくらいのことは、沖縄県警でも三鷹署の捜査本部でも当然考えていたに違いない。では、どうして取り沙汰されなかったのだろう。

蘇我なら、何か知っているかもしれない。植松には、連絡する方法を考えてみると言った。だが、実際には、どうすればいいのかわからない。

四日前に、突然電話が来るまで、彼は宇田川たちの前から姿を消したままだったのだ。どこで何をしているのか、まったくわからない。

蘇我は、懲戒免職ということになっている。懲戒免職になった公務員が、復職できるはずがない。だから、蘇我は、もはや警察官ではない。

だが、おそらく蘇我は、まだ警察の仕事をしている。どこかに潜入しているのかもしれない。

そういう話を蘇我から聞いたわけではない。公安の誰かが教えてくれたわけでもない。あくまで、宇田川の想像でしかない。だが、かなり確実な線だと、宇田川は思っていた。植松や土岐も、同様に考えているようだ。

警察官を辞めてぶらぶらしているのなら、連絡先を教えてもかまわないはずだ。彼は、公安総務課にいた頃と、まったく同じように、連絡先を教えず、非通知でかけてくる。今でも、公安の仕事をしているとしか考えられない。

おそらく危険な任務なのだろう。警察官としての身分を取り上げられたのだから、警察手帳も拳銃も持っていないことになる。

捜査とか逮捕ということよりも、情報の収集を優先したということだ。警視庁の公安部は、日本で唯一の諜報活動の実動部隊だ。

その活動内容は、おそらく警察官という概念を超えている。スパイに近いのだ。そして、本当にスパイ活動の専門家でなければ、諸外国のプロには太刀打ちできない。

日本は、スパイ天国と言われている。スパイ活動を取り締まる法律がないので、諸外国のスパイたちは、やりたい放題なのだという話を聞いたことがある。

それを放置していていいはずがない。だが、日本には、アメリカのＣＩＡ（中央情報局）やＮＳＡ（国家安全保障局）のような情報機関がない。

内閣官房、外務省、自衛隊などは、それぞれ独自の情報収集機関を持っているが、実情は、雑誌や新聞の切り抜きをしている程度に過ぎない。

そうした国としての弱点を補っているのが、警視庁の公安部なのだ。詳しく聞いたことはないが、公安部の係員は、捜査員としての活動だけでなく、諜報員としての役割も担わされているようだ。

刑事には想像もできない世界なのだ。

蘇我は、潜入捜査にはもってこいの人材だったかもしれない。そこで、蘇我に白羽《しらは》の矢が立ったのだろう。

蘇我は、親しい宇田川や大石にも、自分自身のことをほとんど語らなかった。宇田川は、蘇我の出身地すら知らなかった。

それでいて、秘密めいたところがない。おかしな言い方だが、蘇我について、何も知らないことにすら気づかない。そんな気がする。彼の茫洋とした雰囲気がそうさせるのかもしれない。

公安で諜報活動をするのに、これほど適した人材はいるだろうか。彼は、生まれつきスパイの才能に恵まれているのかもしれない。

そんなやつとどうやって連絡を取ればいいのだろう。なかなかいい方法が考えつかない。

そのうちに、夜の捜査会議が始まった。田端課長が欠席だった。日曜日だからだろうか。いや、それだけではないだろう。捜査本部に来たくない事情があるのだ。

おそらく警備企画課の柳井のせいだろう。

自分がいても、何の役にも立たない。

田端課長は、そんなことを考えているのではないだろうか。

課長も、現在の捜査本部のあり方に納得していないのだ。

その柳井は、涼しい顔でひな壇に座っている。いつものように、池谷管理官の司会進行で、会議が始まった。

冒頭で、沖縄県警の与那覇と知念が正式に紹介された。それから、池谷管理官は、与那覇課長補佐に、那覇の事案の詳細な説明を求めた。

与那覇は、おそらく何度も関係書類を熟読したのだろう。メモも見ずに、日時や地名を含めた詳しい経緯を、すらすらと説明した。

驚くほど今回の事案と似ている。

宇田川はそう思った。

遺体が発見されたのは、早朝のことだったという。発見者は、波之上宮の神官の一人だ。掃除をしているとき、ふと海岸のほうを見て、人が倒れているのに気づいたのだという。

海岸に遺棄されていたのだが、犯人の手がかりとなるような遺留品は発見されなかった。被害者の身元につながるような物も発見されていない。多摩川の事案と同様に、さまざまな方法で身元を割り出そうとしたが、いまだに判明していない。

当初、百人態勢で捜査本部がスタートしたが、今は三鷹署同様に、専任の捜査員が四人いるだけだということだ。

宇田川は、説明を聞きながら、柳井の様子をうかがっていた。柳井の表情は読めない。きっちりと整髪をしており、色白だ。なんだか、不気味な印象があるが、それは、彼が公安の中枢にいるという先入観があるからかもしれない。

彼は、与那覇の説明を、真剣に聞いているように見える。だが、それは演技かもしれないと、宇田川は思った。

すでに彼は、那覇の事案についても、三鷹の事案についても、詳しく知っているに違いない。

そして、その三件の事案の関係も知っているかもしれない。

植松に、また「頭を冷やせ、憶測でものを言うな」と叱られそうだ。たしかに、冷静になるべきだ。植松や佐倉が言うように、確証は何もない。

だが、宇田川に言わせれば、とても冷静ではいられない。大石の無事な姿を一日も早く、いや、一秒でも早く確認したいのだ。

会議は、その後各班の報告に移っていった。どの班も成果なし。

「どこかに手がかりはきっとある。この世に何の記録もない人物などいるはずがない。各員、いっそう気を引き締めて捜査に当たってくれ」

池谷管理官は、その言葉で会議を締めくくるつもりだったようだ。宇田川も、これで捜査会議が終わるものと思っていた。

「ちょっと、よろしいですか？」

名波係長が挙手をした。池谷管理官は、露骨に不愉快そうな顔で言った。

「何だ？」

名波係長が起立して言った。

「質問したいことがあります。本件は、三鷹署、那覇署の事案と、類似性があり、連続殺人及び死体遺棄事件と断定してもよろしいかと思います。しかし、いまだにはっきりとその方向で捜査をするという方針が示されておりません。それはなぜでしょう？　もし、三件が互いに関連しているということになれば、警察庁の広域重要指定事件となってしかるべきだと思います。事実、捜査一課長からそのようなお話がありましたが、それは撤回されました。それにはいかなる理由があったのでしょう？　説明していただけますか？」

宇田川は、思わず植松のほうを見ていた。植松は、じっとテーブルの上の書類のあたりを見つめている。

池谷管理官が言った。

「その話は、昨夜済んだはずだ」

管理官は、昨夜と言ったが、正確には今日未明の話し合いのことだろう。

名波係長は引かなかった。

「明確な方針がないために、捜査員たちが動揺しております」

「方針は明確だ。まず、被害者の身元を割り出すこと。それに全力を尽くす」

「那覇署、三鷹署の事案との関連についての幹部の見解をお聞かせ願えますか？」

池谷管理官は、さらに機嫌が悪くなっていった。

「必要があれば、説明する。君のそういう質問こそが、捜査員たちを動揺させるのだ。懲戒ものだぞ」

それでも名波は着席しなかった。腹をくくっているようだ。宇田川は、すっかり驚いていた。係長がここまで思い切ったことをするとは思ってもいなかった。

管理官は処分をにおわせた。脅しだろうが、事実、管理官がその気になれば、懲戒処分を食らってもおかしくはない行動だ。

「処分と言われるのなら、いたしかたありません。ですが、捜査員たちが闇夜を手探りで進んでいるような不安感を覚えているのです。何らかの説明をしていただきたいと思います」

池谷管理官は、腹立たしげに名波係長を見つめていた。言葉を探している。管理官は、こたえることができないのだ。やはり管理官も、実情を知らないのだろう。

「よろしいですか？」

そのとき、警備企画課の柳井が言った。

宇田川は、緊張した。名波は池谷管理官に質問をしていたが、本当の目的は、柳井の発言を引き出すことだったに違いない。

その目的を果たしたことになる。

池谷管理官が、柳井に発言をうながした。名波係長は立ったままだった。

柳井は、穏やかな眼差しを名波に向けている。

さて、どんな説明が聞けるだろう。

宇田川は、柳井の顔を見つめていた。

16

捜査本部内は、しんと静まりかえった。すべての捜査員が柳井に注目している。

宇田川は、気づいた。あえて口には出さなくても、みんなこの捜査本部のあり方に納得はしていなかったのだ。疑問を持ち続けていたに違いない。

名波係長が、思い切った発言をしたのは、そうした捜査員たちの疑問や不満を肌で感じ取ったからだろう。

処分覚悟だというような発言をしたが、それがどこまで本気かわからない。警察官にとって一番恐ろしいのは、懲戒処分なのだ。

もちろん、係長自身、納得がいかないと強く感じていたのだろう。そして、捜査員たちが同様に思っているのを感じ取り、何とかしなければならないと考えたに違いない。

だが、それだけでは、管理官にあんなことは言えない。捜査員たちが味方についてくれるという計算があったはずだ。名波係長は、そういう人だ。

だからこそ頼りになると考えることもできる。自滅型の上司だったら、常にはらはらしていなければならない。

宇田川は、期待とある種の恐れを抱きつつ、他の捜査員と同じように、柳井を見つめていた。

柳井が穏やかな物腰で言った。

「私は、今のご質問におこたえする立場ではないかもしれませんが、捜査本部の幹部の一人ということで、お話ししたいと思います。まず、第一に、那覇署、三鷹署の事案と、本件が連続した事案であるかどうかについてです」

柳井はそこで気がついたように、名波係長に着席を促した。係長は、即座に腰を下ろした。柳井の説明が続いた。

「たしかに、おっしゃるとおり、三つの事案には共通点があるように思えます。しかし、三件が連続殺人・死体遺棄事件だという確たる証拠がないことも事実です。捜査が進むに従い、それについての確証が得られるかもしれません。そうなれば、ご指摘のとおり、広域重要指定事件となるでしょう。私がこの捜査本部にやってきたのは、本件が東京都と神奈川県にまたがる事案である可能性があるからですが、もちろん、沖縄県警のことも視野に入れています。捜査本部幹部は、将来的に本件が広域重要指定事件になることを否定はしておりません。捜査一課長が、何を言われたのか確認していませんが、おそらくそれは、時期尚早な発言だったのだと思います」

実に官僚的な発言だと、宇田川は思った。名波の質問にちゃんとこたえているようで、実は何も語ってはいない。

逃げも打ってある。

彼が捜査本部にやってきたのは、あくまで今回の事案が、多摩川をはさんで警視庁と神奈川県警の両方の管轄にまたがっているからだと強調したいのだ。

沖縄県警の事案に関しては、「視野に入れている」と言うにとどめている。この官僚用語を一般の言葉に翻訳すると、こういうことだろう。

「沖縄県警管内で何かあったらしいが、知ったことではない」

さらに、柳井の言葉が続いた。

「実際に三件の殺人・死体遺棄事件が起きているわけですが、これらが互いに関連しているかどうかを議論していても、事件解決には至りません。一つ一つの事案を解決していくことが重要なのです。まずは、被害者の身元の特定。それが正攻法であり、結局は事件解決への近道でしょう。したがって、捜査本部もその方針で行くということです」

これも、実にもっともらしい話だが、よく考えるとどこかおかしい。沖縄でも三鷹でも、単独の事案として捜査していて事件が解決しなかった。三つの事案が、互いに関連していると考えることで、新たな方向性が見えてくる可能性が高いのだ。

広域重要指定事件として特別捜査本部で扱うことには大きな意味があるはずだ。

柳井が言った。

「私からは以上ですが、何か質問はありますか？」

名波係長が挙手をした。池谷管理官が、係長を睨みつけている。管理官は、指名しようとしない。代わりに、柳井が言った。

「まだ、何か……？」

柳井は、あくまでも穏やかだ。

名波係長が起立して質問した。

「将来的には、広域重要指定事件となる可能性もあるとおっしゃいましたが、時機を逸してしまう恐れがあるのではないでしょうか。すみやかに態勢を強化して、三つの事案を連続した事案と考えて捜査すべきかと思います。そうすることで、初めて見えてくるものもあると推察しますが……」

「それを議論しはじめると、卵が先か鶏《にわとり》が先かという話になってしまいますね。私は、現在の捜査本部の方針を守ることを、強く主張します」

柳井は、直接捜査を指揮する立場にはない。あくまで、警視庁と他の県警との調整と、捜査に対する助言が彼の役割だ。

だが、警察庁の人間に「強く主張する」などと言われたら、逆らえる捜査員はいないだろう。

柳井の発言を聞いているうちに、宇田川は確信した。

彼は、この場にいる捜査員たちを煙《けむ》に巻くためにやってきたのだ。捜査の足踏みを画策しているとしか思えない。捜査員たちを、決して進展しない捜査に縛り付けるのが目的なのだ。

つまり、袋小路に追い込んでおきたいのだ。

それは、何のためなのだろう。どうして、そんな細工をする必要があるのか。宇田川は考えた。そのこたえは、見つかりそうにない。

「これは、たいへん失礼な質問かもしれませんが、ご容赦《ようしゃ》ください」

名波係長は、そう前置きしてから、さらに質問した。「本件は、殺人・死体遺棄という刑事事案です。警察庁からの調整・助言ならば、刑事局の方が来られるのが筋だと思うのですが……」

「そんな決まりがあるわけじゃありませんよ。警視庁においても、刑事部の事案を警備部が助けることだってあるでしょう」

「そういうことは希《まれ》だと思います」

柳井は、落ち着き払った態度で説明を続ける。

「ご存じの通り、現在、深刻な事案が進行中です。現職警察官が立てこもり犯に連れ去られるという事件です。刑事局は、その対応に追われております。こちらも、殺人・死体遺棄という重要な事案ですから、私たち警備局が刑事局をサポートすることになったというわけです」

そんなばかな話はないと、宇田川は思った。刑事局が、たった一つの事案でパンクするはずがない。その気になれば、何人だって職員を送り込めるはずだ。

またしても、柳井は捜査員たちを煙に巻こうとしているのだ。

名波係長がさらに質問する。

「その警察官連れ去り事件については、我々も強い関心を持っています。仲間が犯罪者に連れ去られたのですから。よろしければ、そちらの事案が、現在どういう状況なのか、お教え願えませんか？」

「解決の糸口は、まだつかめていない。私からは、それだけしか言えません。それこそ刑事局の事案なので、私には詳しいことはわからないのです」

さらに名波係長が質問しようとすると、池谷管理官が苛立った声を上げた。

「いい加減にしないか。捜査本部の方針は決まっているんだ。何の問題もないだろう」

名波係長は、眼を伏せ、何か考えていたが、やがて無言で着席した。

池谷管理官が、有無を言わさぬ口調で宣言した。

「以上だ。会議を終了する」

号令に合わせて、捜査員全員が起立した。

会議後、名波係長がすぐに池谷管理官に呼ばれた。柳井に質問したことについて、注意を受けるのだと、宇田川は思った。

名波係長は、今のところ孤軍奮闘しているように見える。だが、そう見えるだけだ。捜査員の多くは、名波係長に共感している。係長も、それを感じ取っているのだ。

宇田川が、名波係長と池谷管理官のほうを気にしていると、佐倉が言った。

「上のことは上に任せておけ。俺たちには、俺たちのやることがある」

「幹部が決めた方針どおりに捜査するしかないんですよね」

「ボンは、蘇我とかいうやつとなんとか連絡を取らなければならないんだろう？　その方法を考えるんだな」

宇田川は、思わず佐倉を見ていた。

「そっちを優先していいんですか？」

「そいつと連絡を取れば、もしかしたら、こっちの事案と、警察官連れ去り事件との関連がわかるかもしれないんだろう？　俺を納得させてみろよ」

改めてそう言われると、急に自信がなくなってきた。大石の件と、連続殺人・死体遺棄事件との間に関連があるというのは、宇田川の単なる思い込みなのかもしれない。

確証は何もないし、蘇我が何かを知っているというのも、宇田川が勝手に想像しているに過ぎない。

蘇我と連絡を取れたとしても、蘇我は何も知らないかもしれない。知っていたとしても、宇田川に包み隠さず話してくれるという保証は何もないのだ。

だが、もう後には引けない。大石の件の指揮本部に公安が乗り出して来たことと、こちらの捜査本部に、柳井がやってきたことは、どうしても無関係とは思えない。

そして、会議での発言で、柳井が捜査員たちを牽制《けんせい》しているのは明らかだと確信した。やはり、双方の事案が裏でつながっているに違いない。

「わかりました。やってみます」

宇田川がこたえると、佐倉が言った。

「連れ去り事件とこっちの事件がつながっていることがわかれば、本当の捜査ができるかもしれない」

「本当の捜査ですか？」

「公安が何かを知っていて俺たちに隠しているということだろう。そいつを聞き出せば、真実に近づける」

「公安が情報を寄こしますかね？」

佐倉が厳しい眼差しを向けてきた。

「そのためにやってるんだろう？　ただの興味本位なのか？」

「いえ、そんなことはありません。連れ去られた同期のことが心配なんです」

「公安のやつらは、俺たちが黙って言いなりになると思っているのかもしれない。だが、目論見《もくろみ》を明らかにすれば、やつらだって、知っていることを教えざるを得なくなるだろう。そうなって、初めて、本当の捜査ができる」

佐倉は、捜査に関しては、とことん真摯《しんし》なのだと、宇田川は思った。

名波係長や新谷が言っていたように、ただ真面目なだけの刑事ではないことが、ようやく宇田川にもわかってきた。

「つまり、今自分たちがやらされている被害者の身元割り出しは、本当の捜査じゃないということですね？」

「何かのカムフラージュかもしれない。公安がよくやる手だ。刑事たちを適当に動かしておいて、マスコミや世間の眼をそちらに向けさせるんだ。その裏で、公安は、彼らが言うオペレーションを進める。俺は、そんなのは我慢ならないんだ。ボンも、口だけじゃなく、俺に実績を見せてみろ」

「わかりました」

佐倉は、素《そ》っ気《け》ない態度で立ち上がり、どこかに歩き去った。いつもどおりの佐倉だった。

時計を見ると、午後九時半だった。

さて、どうやって蘇我と連絡を取るかだ……。

宇田川は、しばらく考えこんだ。携帯電話を取り出して、いじっていた。蘇我は、いつも番号非通知でかけてくる。だから、携帯電話にも、彼の電話番号は残っていない。所轄にいる頃には、彼も携帯電話を持っていた。その番号が宇田川の携帯電話の中に残っていた。

試しにその番号にかけてみた。案の定、今は使われていないというアナウンスが流れてきた。

大石だったら、連絡をつける方法を知っていたかもしれない。ふと、そんなことを思った。今、そんなことを考えてもどうしようもないことはわかりきっている。

携帯電話の電話帳の中に、大石陽子の名前を見つけた。今、大石の携帯電話は、どうなっているのだろう。人質の身代わりになるときには、身につけていたのだろうか。もし、そうだとしたら、指揮本部では当然その微弱電波を追跡するはずだ。GPS機能があれば、即座に居場所がわかる。

宇田川は、何気なく、その番号にかけてみた。耳に当てると、しばらく無音状態だった。

やはり、つながらないか……。そう思ったとき、呼び出し音が聞こえてきた。

この電話、生きているのか……。

思わず身動きを止めていた。

呼び出し音五回でつながった。相手は何も言わない。宇田川は言った。

「大石か？　宇田川だ」

返事はない。宇田川は、さらに言った。

「大石じゃないのか？　電話を持っているのは誰だ？」

電話が切れた。もう一度かけてみた。今度は、呼び出し音は鳴ったが、留守番電話サービスに切り替わってしまった。

宇田川は、電話を切ると、考え込んだ。

これは、いったいどういうことだろう。電話がつながったこと自体が不自然な気がした。電話に出たのは、いったい誰だろう。まさか、大石本人ということはないだろう。

捜査本部内を見回すと、植松の姿が眼に入った。彼は、新谷と難しい顔で何事か話し合っている。宇田川は立ち上がり、植松たちに近づいた。植松がそれに気づいて声をかけてきた。

「どうした、ボン。幽霊でも見たような顔をしているぞ」

「今、大石のケータイに電話してみたんですが……」

「お嬢のケータイに？」

「つながったんです」

「お嬢が出たというのか？」

「いえ、相手は何もしゃべらなかったんですが、たしかに電話がつながったんです。これって、どういうことでしょう？」

植松は、しげしげと宇田川の顔を見ている。植松も訳がわからない様子だ。

新谷が言った。

「人質の身代わりになるときに、ケータイを置いていったんじゃないですかね？　SITの人が電話に出たんじゃないですか？」

その可能性はある。

「でも……」

宇田川は言った。「それだったら、名乗ったり、こちらの素性を尋ねたりしてもよさそうなもんだ。第一、大石が置いていった携帯電話に勝手に出るというのもおかしい」

植松が、思案顔のまま言った。

「もし、お嬢が、身代わり任務のときに、ケータイを身につけていたとしたら……」

宇田川は植松を見た。

「犯人は、当然、取り上げて捨てるか、破壊すると思います。持ち歩いていると、居場所がわかってしまうじゃないですか」

「たしかに、携帯電話は、持っているだけで位置情報を知ることができる……」

植松は考え込んだ。

新谷が言った。

「大石さんという方が、身代わり任務のときに、ケータイを身につけていたのだとしたら、電話に出たのは、犯人だという可能性がありますね」

植松が新谷を見て言った。

「居場所を知られてしまう危険を冒《おか》して、ケータイを持ち歩いてるというのか？」

新谷がこたえる。

「ケータイを持っていると居場所を知られてしまうことを、知らないのかもしれません」

植松がかぶりを振る。

「用意周到な犯人なんだ。知らないはずはないと思う」

「だったら、居場所を知られてもかまわないと思っているんでしょうかね。そのために、大石さんを連れ去ったんじゃないでしょうか」

「お嬢が人質になっている限り、警察は手を出せないと考えている。そう言いたいのか？」

「ええ……」

植松は、宇田川のほうを見た。

「ボンはどう思う？」

「それはあり得るかもしれません。電話に出たのが犯人だとしたら、大石のケータイを、指揮本部との連絡用に使っているのかもしれません」

「なるほど……」

植松は、宇田川を見据えた。相手を見据えるのは、考え事をするときの植松の癖だ。「指揮本部との連絡用か……。だとしたら、犯人は何かの要求をしている可能性があるな」

「SITが交渉をしているのでしょうか……」

宇田川が尋ねると、植松はまた首を横に振った。

「指揮本部の主導権は、公安が握っているということだから、もし、犯人と交渉しているとしても、それは公安かもしれない」

「SITには、交渉のプロがいるのでしょう?」

「公安は、決して人任せにしないんだよ」

「もし、大石のケータイを通じて交渉をしているとしたら、指揮本部では、すでに犯人の所在や要求を把握しているということですね。しかし、それらの情報は一切公表されていません」

「お嬢が人質に取られているということは、誘拐事件と同じだ。報道機関に自粛《じしゅく》を要請しているのかもしれないし、外に一切情報を出していないということも考えられる。なにせ、公安が仕切ってるんだからな」

「土岐さんも、状況を探りにくくなっているでしょうね」

「だろうな」

植松と新谷が言ったことは、蓋然性《がいぜんせい》が高いと宇田川は考えた。だが、その一方で、妙な違和感があった。

電話に出たのは、本当に犯人だろうか。宇田川は、そんなことを思っていた。電話の相手は、何も言わなかった。だから、誰なのか宇田川にわかるはずはなかった。にもかかわらず、ある特定の気配のようなものを感じた。

「大石のケータイには、自分の番号が登録されていますから、自分がかければその名前が表示されるはずです。犯人がそれに出るでしょうか？」

新谷が、訝《いぶか》るような顔をした。

「表示された名前を確認せずに、指揮本部からの電話だと思ったのかもしれません」

「それは考えにくいな……」

宇田川は新谷に言った。「逃走中の犯人なんだ。電話の相手が誰かということには、神経質なほど注意深くなっているはずだ」

植松が尋ねる。

「だったら、電話に出たのは誰だというんだ？」

「これは、あくまで自分の感覚でしかないんですが……」

「何だ？」

「大石本人だったのではないかと思うんです」

「犯人がお嬢に電話を取らせたということか？」

「それはわかりません」

「だが、相手は何もしゃべらなかったんだろう？」

「はい」

「だったら、お嬢かどうか、おまえにわかるはずがない。それは希望的観測に過ぎないんじゃないのか？」

そう言われると、反論することができない。

「人質が自分のケータイに出るなんて、ちょっと考えられませんよ」

新谷が言った。「もし、そうだったとしたら、人質はどういう状況に置かれていたと思いますか？」

宇田川は考えた。

植松が言ったとおり、犯人が電話を取らせたということだろうか。それ以外には考えられなかった。

「あれこれ想像したところで、結論は出ない。明らかになった事実は、一つだけだ。お嬢の携帯電話が、今でも使われているということだ」

植松は、俺に過剰な期待を抱かせないようにと、気をつかっているのだろう。宇田川はそう思った。宇田川にも、大石が置かれている状況について、決して楽観できないことはわかっている。植松が言うとおり、明らかな事実は、大石の携帯電話が通じたというだけなのだ。

だが、それが何を意味しているのかを、考えずにはいられなかった。

植松が言った。

「土岐に、電話のことを知らせよう。何か探ってくれるかもしれない」

「はい」

「蘇我のほうは、どうだ？」

「蘇我との連絡方法を考えているうちに、ふと、大石の電話番号を見つけて……」

「急いでくれ。お嬢のことも、もちろん心配だが、このままだと、名波係長の立場がどんどん悪くなる」

「係長は、自分たちの考えを代弁してくれているだけじゃないですか。管理官だって、おそらく似たようなことを考えているはずです」

「管理官としては、示しがつかないということだ」

「わかりました。蘇我をつかまえてみます」

## 17

そうは言ったものの、どうすればいいのか、見当もつかない。午後十時になろうとしている。この時刻からだと、できることは限られている。

何か蘇我につながることはないか、必死に考えてみた。過去に蘇我と宇田川が関わった事案のことを思い出してみる。

だが、蘇我の居場所につながる情報源はなかなか思いつかなかった。

蘇我といっしょにいる場面を思い出していて、ふいに頭に浮かんだ。

赤坂のスペイン料理レストランだ。かつて、蘇我がよく食事に行っていたレストランだ。連絡を取るのに、そこのレストランを使ったことがある。

いつまでも同じレストランを、仕事のために使っているとは思えない。だが、ダメモトで電話してみることにした。そのレストランの電話番号が、携帯電話に残っていた。

すぐに電話がつながった。宇田川は、電話に出た店の従業員に言った。

「マネージャーさんをお願いしたいのですが……」

「お待ちください」

三十秒ほど待たされた。

「お待たせしました」

「宇田川といいます。蘇我の友人の……」

「ああ、宇田川さん。お久しぶりです」

「ちょっとうかがいたいことがあって、電話したんですが、今、いいですか？」

「ええ、どうぞ」

「蘇我はその後、そちらにうかがっていますか？」

フロアマネージャーは、あっさりと言った。

「ええ、何度かおいでですよ」

宇田川の鼓動が早くなった。

「あいつと連絡が取れますか？」

「携帯電話の番号をご存じじゃないんですか？」

「蘇我が持っていた携帯電話の番号は、今使われていないようです」

「ああ、スマートフォンに替えたとおっしゃっていました」

理由があって、携帯電話を替えたのだろう。スマートフォン云々は、その言い訳に違いない。

「その番号を教えてもらえますか？」

「宇田川さんなら、問題ないでしょう。お待ちください」

フロアマネージャーは、自分の携帯電話の電話帳を見ているようだ。「ありました、いいですか？」

「お願いします」

フロアマネージャーが言う番号を、自分の携帯電話に打ち込んだ。

「ありがとうございます。今度、蘇我といっしょにうかがいます」

「お待ちしております」

宇田川は、電話を切ると、すぐに教えてもらった番号にかけてみた。

呼び出し音五回でつながった。

「宇田川か？」

蘇我の声だった。拍子抜けするくらいにのんびりとした口調だった。

連絡を取れたことが奇跡のように感じられる。その一方で、肩すかしを食らったような気がした。こんなに簡単でいいのかという気さえした。

「ようやくこちらから連絡が取れた。この電話番号は、例のスペイン料理レストランのマネージャーに聞いたんだ」

「あれ、携帯替わったの、教えてなかったっけ？」

とぼけているのだと、宇田川は思った。

「非通知でかけてきて、よく言うよ」

「ああ、すまん。一度非通知の設定をしてそのままになっていた」

「話したいことがあるんだ。会えないか？」

「おい、懲戒免職になったやつになんて、会わないほうがいいぞ」

「大石のこともある」

「だから、大石は心配ないって」

「おまえがそう言う根拠を知りたいんだ」

ちょっとの間、沈黙があった。

「会ってもいいが、たいして話すことはないぞ」

「それでもいい。とにかく会って話がしたい」

「わかったよ。いつがいい？」

「今からは、どうだ？」

「急だな」

蘇我は笑いを含んだ声で言った。「じゃあ、久しぶりにあのスペイン料理レストランにでも行ってみるか」

「時間は？」

「三十分後でどうだ？」

タクシーで高速を飛ばしてぎりぎりだ。

「店は何時までやってるんだ?」

「料理のラストオーダーの時間は過ぎてるが、飲むだけならだいじょうぶだ」

「わかった。三十分後に」

「じゃあな」

電話が切れた。

宇田川は、再び植松のところに駆けつけた。

「蘇我と連絡が取れました」

植松が少しばかり驚いた顔で言った。

「よくつかまえたな」

「これから会って来ます」

植松が真剣な表情でうなずいた。

「いっしょに行きたいところだがな……」

「自分だけのほうがいいと思います」

「わかった。ボンに任せる」

「はい」

すぐに出かけることにした。

「おい、ボン。あまり期待するな。蘇我が二つの事件のつながりを知っているというのは、おまえさんの思い込みかもしれないんだからな」

「とにかく、会ってきます」

宇田川は、そう言うしかなかった。


赤坂の裏通りに面したスペイン料理レストランは、すでに看板の明かりを消していた。ドアを開けると、すぐにフロアマネージャーがやってきて言った。

「宇田川さん、ようこそ。蘇我さんがお待ちですよ」

店内に他の客はいなかった。店の奥の席で、蘇我は赤ワインのグラスを手にしていた。

「よう、しばらくだなあ」

屈託《くったく》のない笑顔だ。茫洋とした雰囲気に、いつも脱力してしまう。宇田川が席に着くと、蘇我が言った。

「何か飲めよ」

「捜査本部を抜け出してきてるんだ」

「この時間なんだ。いいだろう」

蘇我には逆らえない。そんな独特の雰囲気を持っている。宇田川は、蘇我と同じくグラスワインを注文した。

「大石のことだって？」

蘇我が世間話をするような口調で言った。宇田川はこたえた。

「それもある」

「他にも何かあるということか？」

宇田川のグラスワインが運ばれてきて、二人は軽くグラスを合わせた。

「まずは、大石の件だ。おまえは、大石は心配ないと言っている。その根拠を聞きたい」

「おまえだって、そう信じたいだろう？」

「何か知ってるんだろう？　だからおまえは、そんなに余裕があるんだ」

「俺だって心配してるさ」

「嘘だな」

「嘘……？」

「おまえは、大石が無事であることを知っている」

「どうしてそう思うんだ？」

「わかるさ。何年の付き合いだと思ってるんだ」

「俺は懲戒免職になって、今はぶらぶらしてるだけだ。事件のことなんて、わかるわけがないだろう」

　蘇我は、このままのらりくらりと宇田川の追及をかわすつもりだろう。それを許す気はなかった。

「さっき、大石のケータイに電話してみたんだ」

「ほう」

「電話がつながったんだよ。誰かが出た」

「誰かが……？」

「相手は、一言も口をきかずに切った」

「どういうことだろうな」

「それを、おまえから説明してほしいんだ」

　蘇我は、鼻で笑った。

「どうして俺が……」

「時間がないんだ。俺は本当のことが知りたい」

「本当のことって、何だ？」

「大石が連れ去られた件と、俺が今関わっている殺人・死体遺棄事件は、実はつながりがあるんじゃないかと思っている」

「へえ、そうなのか？」

「そして、ずっと連絡がなかったおまえから、あのタイミングで電話があったことが、ずっとひっかかっていた」

「そりゃ、現職警官が連れ去られたというんだからな。大石かもしれないと、咄嗟に思ったんだ。仲がよかったおまえに連絡したくなるさ。そんなの当たり前だろう」

「おまえじゃなく、他の誰かだったら、当たり前だと思ったかもしれない」

「なんだよ。俺がひどく冷たい人間に聞こえるじゃないか」

宇田川は、追及の手を緩める気はなかった。

「おまえが電話してきたのは、大石の件が報道された次の日だ。本当に大石のことが心配だったなら、事件を知ってすぐに俺に電話してきたはずだ」

「そんなことが問題なのか？」

「俺が捜査本部にいなかったら、問題ではなかったかもしれない」

「言ってることがわからないな」

「おまえは、大石のことが心配で電話してきたんじゃなく、実は俺たちが捜査している事案のことが知りたかったんじゃないのか？」

蘇我は笑みを浮かべたまま、ワインを口に含んだ。ゆっくり味わって飲み込むと言った。

「久しぶりに電話しただけで、ずいぶんと勘ぐられるものだな……。俺は、懲戒免職を食らったおちこぼれだよ。警察OBを名乗ることもできない」

「まだ、仕事を続けているんだろう？　その仕事の内容については詮索《せんさく》しない。俺はただ、今自分がやっていることについて知りたいだけなんだ」

「妙なことを言うな。おまえがやっていることなら、自分が誰よりもよく知っているはずだろう」

宇田川は、かぶりを振った。

「俺たちがやらされている捜査は、カムフラージュなのかもしれないと思いはじめている。マスコミや世間の眼を、俺たちがやっている捜査に引きつけておいて、陰で何かが進行しているんじゃないかと思う」

「何かって、何だ？」

「公安のオペレーションだ」

蘇我は、相手にできないというように苦笑を浮かべて、小さくかぶりを振った。

「俺が公安にいたからって、そんなことを言われても困るな……」

「電話を取ったのは、大石自身だと思う」

蘇我は、笑みを消し去った。

「何だって？」

「大石の電話にかけてみたら、つながったと言っただろう。そのとき電話に出たのは、大石だったような気がする」

「相手は何も言わなかったんだろう？」

「そう。だから俺の勘でしかない。だが、そう感じたんだ」

「大石のことが心配だから、そう思いたいのはわかるよ」

「植松さんにも、希望的観測だろうと言われた。そうかもしれない。だけど、そう感じたんだ」

蘇我は、じっと手元のワイングラスを見つめていた。もう笑ってはいなかった。何事か考え込んでいる。

宇田川は、蘇我が何か言うのを待つことにした。不自然なくらいに長い沈黙だった。

宇田川は、ワインを一口飲んだ。味も香りも感じなかった。

やがて、蘇我が言った。

「おまえは、昔から勘がよかったよな……」

「そんなことを言われたのは、初めてだ」

「自分で気づいていないだけだ。刑事は、おまえの天職かもしれないぞ」

「まだまだ半人前だ。半人前ながら、必死に考えたんだ。今の捜査本部はどこかおかしい。そして、同じことを大石の件の指揮本部にも感じている。その両方をコントロールしているのが公安だ」

「参ったな……」

蘇我が、状況にそぐわないのんびりした口調で言った。「一度電話しただけで、おまえがそこまで考えるとは、思ってもみなかった。おまえを見くびっていたのかもしれないな」

「やっぱり、おまえは、事件の背後にあるものを知っているんだな？」

蘇我は、小さく肩をすくめた。これは、肯定《こうてい》の意味だと宇田川は理解した。

蘇我が言った。

「おまえが言うとおり、捜査がどの程度進んでいるのかを知りたくて電話したんだ」

「具体的なことは何も訊かなかったな？」

「直接話をすれば、雰囲気でわかる。具体的なことを尋ねる必要などない」

「やっぱり、公安のオペレーションなのか」

「それを知ってどうする気だ？」

「刑事たちは、こう思っているんだ。何も知らずに、カムフラージュの捜査をやらされるのは、まっぴらだ。本当のことを知りたい、と……」

「それが必要なことだとしても、か？」

「必要なこと？」

「上層部が下した高度な判断による役割分担だ。刑事部が陽動作戦をやり、その間に公安がオペレーションを進める」

「そういう説明があれば、俺たちは納得して動く」

蘇我が首を横に振る。

「上層部は、刑事を信用していない。……というか、信用できる状況にない。刑事たちの周囲には、いつもマスコミが群がっている。うっかり口を滑らせたり、面白がって情報を洩らす刑事がいないとも限らない。何も知らなければ、秘密は洩れない」

「ばかにされているように聞こえるぞ」

「そうじゃないんだ。それが組織立った活動というものだ。俺だっておまえだって、一兵卒なんだ。作戦全体を知る必要はない。与えられた任務を忠実にこなすしかないんだ」

宇田川はその時、佐倉のことを思い出していた。

佐倉も、「何かのカムフラージュかもしれない」と言っていた。彼は、薄々上層部の目論見に気づいていたからこそ、与えられた任務に没頭していたのではないだろうか。へたに動くと危険だと判断したということか。

長年刑事をやっているのだから、過去に似たようなことがあったのかもしれない。宇田川は、そんなことを思いながら言った。

「大石の件と、殺人・死体遺棄事件の関係を教えてくれ」

「それは、俺の口からは言えない。だが、安心してくれ。大石は危機的な状況にはない」

「そんなことを言われても、納得はできないな」

蘇我は、しばらく考えてから言った。

「行きがかり上、オペレーションに参加することになった。それだけ言っておこう」

「それは、どういうことなんだ」

「勘弁してくれ。これ以上しゃべると、俺の身が危なくなってくる」

「大石の件と、俺たちの事案は、やはりつながっているんだな？」

「ノーコメントだ」

蘇我が言った。

「つまり、否定しないということだな？」

「ノーコメント」

蘇我が、ワインを飲み干して立ち上がった。「さて、おまえが呼び出したんだから、ここの払いは任せるぞ」

「待てよ。おまえは、やはりアンダーカバーとか、そういう仕事をしているんだな？」

「それも今は言えない」

それから蘇我は、付け加えるように言った。

「いつかは、話せる日が来るかもしれない」

蘇我は歩き去った。

宇田川は、その後ろ姿が見えなくなっても、その方向をしばらく見つめていた。

18

調布署の捜査本部に戻ったのは、午前一時近くだった。捜査員の多くは、まだ資料漁《あさ》りや書類書きをしていた。植松と佐倉もまだ起きていた。若い新谷は、もちろんまだ捜査本部に残っている。

宇田川は、まず佐倉のところに行き、報告した。

「今、蘇我と会って来ました」

「植松から話は聞いている」

そう言って、佐倉は立ち上がった。彼が植松と新谷に近づいて行ったので、宇田川はそのあとをついていった。

佐倉が小声で、植松に言った。

「ボンの話を聞こう」

植松は、近くに捜査員がいないことを確かめてから宇田川に言った。

「どんな話をしたか、聞かせてくれ」

「この捜査本部がやっていることは、やはりカムフラージュで、その裏で公安のオペレーションが動いている……。ほぼ、そういうことで間違いはないと思います」

「どんなオペレーションなんだ？」

「さすがに、それは教えてくれませんでした」

「おい、子供の使いじゃないんだ」

植松が顔をしかめた。「それで、はい、そうですかと、帰って来たのか？」

「蘇我も、ぎりぎりのところまで話してくれたんだと思います。『これ以上しゃべると、俺の身が危ない』。彼はそう言いました」

植松は、さらに声を落とした。

「やっぱり蘇我は、アンダーカバーなのか？」

「それについては、今は言えないと言っていました」

「つまり、否定はしなかったということだな？」

「間違いなく、公安の仕事を続けていますね。それも、捜査員だった頃よりもずっと危険な形で……」

「まったく、公安のやることはわからない。警察官の身分を取り上げてまでやらせる仕事って、何だ？」

佐倉が植松に尋ねた。

「蘇我というのは、懲戒免職になっているんだな？」

植松がうなずく。

「そういうことになっている」

「だとしたら、潜入する相手は、けっこうな情報収集能力を持っているということだ。つまり、蘇我が警察官かどうかを調べることができるようなやつらだ」

新谷が驚いた顔で言う。

「警察の人事データにアクセスできる、ということですか？」

「たいていの潜入捜査官は、警察庁への出向扱いになる。それで充分安全なはずだが、相手による。警察官かどうかを調べられる調査能力がある相手だったら、潜入捜査官であることがばれてしまう」

植松が佐倉に尋ねた。

「それって、どんなやつらだろうね？」

「そんなことは、俺にはわからん。だが、マルBや過激派なんかが相手じゃないことは確かだ。もっと、組織立った動きができる連中だ」

「どこかの国の諜報機関とか……？」

「それもあり得るだろう」

新谷が、さらに驚いた顔になった。

植松が宇田川に尋ねた。

「それで、肝腎《かんじん》の連続殺人と、お嬢の連れ去り事件の関係は？」

「関係があるということはにおわせていました。しかし、ちゃんとこたえてはくれませんでした。ただ……」

「ただ、何だ？」

「大石は、行きがかり上、オペレーションに参加することになったと言ってました」

植松が眉をひそめる。

「人質になることで、何かの役割を果たすことになったということか？」

「蘇我と別れて、ここに戻るまで、ずっとそのことを考えていたんですが、いったいどういうことなのか、結局わかりませんでした」

植松は、思案顔のまま佐倉を見た。佐倉も難しい顔をしている。

新谷が言った。

「電話がつながったことと、関係がありそうですね？」

「電話？」

佐倉が新谷に尋ねた。「電話って、何のことだ？」

新谷がこたえる。

「宇田川さんが、人質になっている同期の女性警察官の携帯電話に、試しにかけてみたんです。そうしたら、電話がつながったそうなんです」

佐倉が宇田川を見た。

「その同期が出たのか？」

「相手は何も言いませんでした。でも、自分は、大石が出たように感じました」

「また、それか……」

佐倉が苦い顔をした。「ボンは、感覚でものを言いすぎる」

それから、付け加えるように言った。「だが、まあ、それがけっこう当たっているから余計に頭にくる」

植松が、新谷に尋ねた。

「電話がつながったことと、どういう関係があるというんだ？」

新谷は、しばらく考えてからこたえた。

「わかりません。なんとなくそんな気がしたんです」

植松が顔をしかめる。

「おまえさんも、ボンと同じで、感覚でものを言うんだな……」

宇田川は言った。

「でも、悪くない線だと思います。大石が何かの役割を担っているとしたら、電話がポイントかもしれません」

植松がじっと宇田川を見つめる。考え事をしているときの、いつもの癖だ。

「どういうことが考えられる？」

「犯人にわからないように、指揮本部に情報を伝えている、とか……」

佐倉が即座に言った。

「あり得ないな。用心深く、用意周到で、しかも単独犯ではない可能性が強いんだ。見つからずに携帯を持ちつづけていることも不可能だし、監視をかいくぐって指揮本部と連絡を取るなんて、できっこない」

言われて、そのとおりだと、宇田川は思った。

「だがな……。携帯がつながったということ自体が不自然なんだ。何か、俺たちの想像を超えたことが起きているのかもしれない」

佐倉がぶっきらぼうに言った。

「想像を超えているんだったら、想像しても始まらないな」

植松が佐倉に言う。

「とにかく、こちらの事案とお嬢の連れ去り事件とは、何らかの関係があるらしいということがわかったんだ。そして、今俺たちが捜査本部でやらされているのが、カムフラージュらしいということも……」

「らしい、らしい……」

佐倉がかぶりを振った。「確実なことは、何一つわからないじゃないか」

「それでも前進だと、俺は思う」

「前進……？　どこに向かっての前進だというんだ？」

「二つの事案がつながっていて、公安が何かのオペレーションをやっているのだとしたら、事件は、俺たちが今まで思い描いていたのとは、まったく違った形で決着がつくだろう。その決着に向けての前進だ」

「だが、それがわかったところで、俺たちにはどうしようもない」

そうなのだ。わかったところで、何もできないのだ。佐倉は、その無力感をよく知っているようだ。宇田川はそんな気がした。

「それにしても……」

植松が宇田川に言った。「よく蘇我と連絡が取れたな。どうやってつかまえたんだ？」

「拍子抜けするほど簡単でした。例のスペイン料理のレストランに電話したら、蘇我が今でもたまに顔を出すとかで、新しいケータイの番号を教えてくれました」

植松が思案顔で言った。

「そいつは妙だな……」

宇田川は、思わず聞き返した。

「妙……？」

「今まで連絡が取れなかったんだろう？　それなのに、あっさりと連絡先がわかり、しかも会って話ができたなんて……」

「今回の事件が起きるまで、こちらから連絡を取ろうとはしませんでしたから……」

「それにしても、簡単過ぎると思わないか？」

その点に関しては、正直不思議に思っていた。

「そうですね……。蘇我のケータイにつながったとき、肩すかしを食らったような気分になったのは確かです」

「誘いをかけられたんだよ」

佐倉が言った。植松と宇田川は、同時に佐倉の顔を見た。植松が言った。

「誘いだって？　蘇我がボンに誘いをかけたということか？」

佐倉がこたえる。

「公安のやりそうなことだ。ボンのほうから連絡をしてくるように仕向けたんだ」

新谷が尋ねる。

「どうしてそんなまどろっこしいことを……？　用があるんなら、自分のほうから電話してくれればいいのに……」

「自分から用がある、なんて言ったら、いろいろとしゃべらなきゃならなくなる」

佐倉がこたえる。「力関係の問題だ。会いたいと言い出したほうが、立場が弱くなるだろう」

「そこまで考えますかね」

新谷が言うと、佐倉の代わりに植松が言った。

「ま、公安のアンダーカバーだとしたら、それくらいのことは考えるだろうな。佐倉さんの言うとおり、蘇我のほうがボンと会いたがっていたと見るべきだろうな」

それなら、簡単に蘇我と連絡を取れたことにも納得がいく。

宇田川は植松に言った。

「それはなぜでしょう？」

植松は、しばらく考えてから言った。

「公安の捜査も、行き詰まっているのかもしれない」

「捜査が行き詰まっている……？」

「何か打開策がほしいんじゃないか？　それで、蘇我はボンの力を借りようと思った
……」

「それだったら、もっとオペレーションのことを詳しく教えてくれてもいいでしょう」

「秘密のオペレーションなんだ。蘇我は、その内容を話せる立場ではないのだろう。だが、いくつかのヒントを与えてくれた。そうすれば、ボンが動き出すと考えたんだ」

「自分には、そんな力はないですよ」

「蘇我は、そうは思っていないんだろう。おまえさんの無鉄砲なところに期待してるんだ」

宇田川は、驚いた。自分が無鉄砲だなどと思ったことはない。どちらかというと、臆病なくらいに慎重なほうだと思っていた。

そのとき、宇田川の背後で声がした。

「何をこそこそ話し合っているんだ？」

振り向くと、名波係長が立っていた。

植松がこたえた。

「捜査情報を交換しているんですよ」

「ほう……」

名波が植松を見つめた。「いくら捜査しても、真実には近づけない。そう考えているんじゃないのか？」

「そう思っているのは、係長でしょう」

「君たちは、俺と同じ考えだと思っていたがな……」

植松は、慎重な態度で尋ねた。

「管理官にお小言を言われましたね？　これ以上捜査本部の方針に逆らうと、本当に処分が待っているんじゃないですか？」

名波が、植松を見つめた。

「捜査会議の後に、俺が池谷管理官に呼ばれたことを言っているのか？」

「そうです」

「たしかに小言を言われた。もっと慎重にやれってな」

どういうことだろう。宇田川は、名波係長の顔を見つめていた。植松や新谷も怪訝な顔で名波を見ている。佐倉だけが、無表情だ。

植松が四人を代表して尋ねた。

「慎重にやれってのは、どういうことです？」

「警察庁のキャリアに、真っ向から挑むようなことはやめろということだ。もちろん、俺も二度とやるつもりはない。当初の目的は果たした」

「当初の目的って何です？」

「俺たちが疑問を持っているということを、警備企画課の連中にアピールすることだ」

植松が眉間にしわを刻む。

「アピールしたところで、何かが変わると思いますか？」

「わからん」

名波係長は、あっさりと言った。「何も変わらないかもしれない。だが、言わずにはいられなかった」

「いや、変わるかもしれませんね……」

佐倉が言った。「蘇我ってのは、おそらく捜査の最前線にいるのでしょう。それが、ボンと連絡を取りたがったということは、やはり今までどおりでは、うまくいかなくなってきているということじゃないですか？」

今度は、名波係長が怪訝な顔をする番だった。

「蘇我が宇田川と連絡を取りたがっていただって？　それはどういうことだ？」

宇田川は、かいつまんで状況を説明した。話を聞き終わると、名波係長が言った。

「おとなしく捜査をしているのかと思ったら、そんなことをしていたのか……」

佐倉が言った。

「決して捜査をおろそかにはしていません。歯科医にも当たっているし、治療のデータベースにも当たっています。でも、この捜査は結果が出ないのでしょう？」

名波係長がこたえた。

「三鷹署、那覇署の事案を考えると、そういうことだろうな……」

植松が名波に言った。

「つまり、俺たちがやっている捜査は、世間やマスコミに対するカムフラージュだということですね？」

名波係長は、一度捜査本部内を見回してから言った。

「おそらくはな……。実は、池谷管理官も、この捜査本部については、妙だと感じていたんだそうだ。課長が急に煮え切らない態度になり、その翌日に、公安の本丸から柳井がやってきた。妙だと思わないほうがどうかしている」

宇田川は言った。

「おそらく、連れ去り事件の指揮本部のほうも、同じような状況なのだと思います」

「そうかもしれない」

名波係長が言った。「蘇我は、連れ去り事件とこちらの事案が関連しているということを、ほのめかしたと言ったな？」

「どういう関係があるのかは、教えてくれませんでした。それをしゃべると、あいつの身が危ないと言ってました。つまり、関連があると認めたということです」

「おそらく、課長はそのことを知っている。それで腹を立てているんだ」

「管理官が言った、慎重にやれという台詞《せりふ》ですが……」

植松が名波係長に尋ねる。「どう解釈すればいいんですかね？」

「やり方を考えろと言っていた」

「やり方？」

「会議の後、俺が説教されたと思っているようだな。まあ、柳井の手前、そういうポーズを取ったが、実は今後どうするかの打ち合わせをしたんだ。いずれにしろ、俺や管理官レベルではどうしようもない。やはり課長に動いてもらうしかないんだ」

植松が、突然にやりと笑った。

「つまり、このまま茶番をやらされるわけではないということですね？」

「刑事にしかできないこともある。どんな裏があるのか知らないが、今担当しているのは、間違いなく連続殺人・死体遺棄事件だ。刑事のヤマなんだよ」

名波係長の言葉を受けて、佐倉が言った。

「管理官が言うとおり、今へたに動くのは危険ですね。公安がへそを曲げたら、どんなとばっちりがあるかわからない。しばらく様子を見ていたほうがいい」

宇田川は佐倉に言った。

「でも、大石はまだ解放されていないんですよ。公安が大石をどう利用しているのかわかりませんが、依然として危険な状態にあると思うんです」

佐倉が言った。

「状況が変わるのは、そんなに先の話じゃない。だから、しばらくはこらえて今の捜査を続けるんだ。そうすりゃ、もしかしたら公安のほうから泣きついてくるかもしれない」

植松がかぶりを振る。

「天地が裂けても、公安が俺たちに泣きつくなんてことはないね。だが、たしかに俺たちの力を必要とすることはあるかもしれない。蘇我が、ボンに連絡を取りたがったのは、実はその予兆かもしれないし……」

いつの間にか、蘇我のほうから連絡を取りたがっていたことになってしまっている。

実際にそうだったのかもしれないと、宇田川は思いはじめていた。たしかに、佐倉や植松が言うとおり、あまりに簡単に蘇我と連絡が取れた。やはり、それには理由があったと考えるべきだろう。

名波係長がうなずいた。

「俺も当分は、反省をした振りでもして、おとなしくしている。その間、何かわかったことがあれば、こそこそと秘密にしていないで、俺に報告しろ。いいな？」

植松と佐倉が顔を見合わせた。植松が、名波係長に言った。

「係長と池谷管理官は、俺たちの味方だと考えていいということですね?」

「俺も池谷管理官も、捜査一課なんだ」

植松は、携帯電話を取り出した。

「土岐が、向こうの指揮本部の動向を調べてくれています。ボンが蘇我と会って聞き出したことを伝えてやろうと思います」

午前一時半を過ぎている。だが、刑事に時間は関係ない。

名波係長が無言でうなずいた。

植松が、電話をかけた。土岐がすぐに電話に出た様子だった。宇田川が蘇我に会ったこと。大石の携帯電話にかけたら、誰かが出たこと。そして、大石の件とこちらの事案は、何らかの関係があるということを、簡潔に伝えた。

それから、しばらく、植松は土岐の言葉に耳を傾けていた。その表情が曇る。やがて、植松が言った。

「おい、それはどういうことなんだ?」

宇田川は、何事だろうと、植松の顔を見つめていた。

彼が電話を切ると、すぐに名波係長が尋ねた。

「何かあったのか?」

植松が、戸惑ったような表情のままこたえた。

「指揮本部では、最初に人質になった主婦をマークしているということです」

19

「人質になった主婦を……？」

名波が植松と同様の、戸惑った表情で言った。「なぜだ？」

「わかりません」

植松がこたえる。「土岐も、何が何だかわからないと言っています。場合によっては、身柄確保も考えているらしいんですが……」

「事情聴取ではないのか？」

「そんなもん、とっくに終わっているでしょう」

名波係長は考え込んだ。

「それはそうだな……。なにせ、犯人と直接関わっているのだからな。指揮本部では、真っ先に話を聞こうとするだろう。じゃあ、マークしているというのは、どういうことだ？」

佐倉がぼそりと言った。

「公安の考えていることはわからん」

宇田川にも訳がわからなかった。立てこもり事件の被害者である主婦が、どうして指揮本部にマークされなければならないのか。

保護対象というのならわかる。犯人はまだ逃走中なのだ。立てこもりの現場に、再び戻って来るとは考えにくいが、あり得ないことではない。

あるいは、その主婦は犯人と何か関係があるということだろうか。関係が明らかになっていないとしても、指揮本部がそう読んでいるというのは、ありそうなことだ。おそらく、名波係長も植松も同じようなことを考えているに違いないと、宇田川は思っていた。

名波係長が言った。

「公安が、その主婦をマークしているとしたら、連れ去りの犯人確保のためではないかもしれないな……」

宇田川は驚いた。この言葉は、宇田川とは全く違うことを考えていることを意味していたからだ。

植松がうなずいた。

「おそらくは、オペレーション関連でしょうね」

どうやら、植松も名波係長と同じことを考えているようだ。だが、それが何なのか、宇田川にはよくわからない。

　宇田川は、名波係長に尋ねた。

「つまり、指揮本部は、犯人よりも人質だった人物に関心を持っているということですか？」

　名波に代わって植松が言った。

「指揮本部が、というより、公安が、ということだろう」

「じゃあ、公安は、大石の救出よりも、何か別のことを優先しているわけですか？」

　植松が顔をしかめた。

「俺にそんなことを言われてもな……」

　宇田川は、腹が立った。だが、その憤りをぶつける相手がいない。

　植松が名波係長に言った。

「指揮本部の誰かと直接話ができませんかね？　土岐に探ってもらっていますが、それにも限界があるでしょう」

　名波係長は考え込んだ。

「特殊班の連中も、公安のやり方に疑問を持っているかもしれないな……」

「向こうの状況が詳しくわかれば、こちらの事案とどういう関わりがあるのかが見えてくるかもしれません」

「考えてみる」

連れ去り事件の指揮本部は、大石救出を最優先で考えているものと思っていた。だが、その前提が怪しくなってきた。

蘇我は、心配するなと言っていた。宇田川は、ひどく不安になった。彼女が解放されて、無事が確認されるまで安心などできない。だが、それは無理な話だった。

行きがかり上、大石がオペレーションに参加することになったとも言っていた。それはどういう意味なのだろう。まさか、大石を犠牲にすることで何かを解決しようというのではないだろうな……。

宇田川の心配は募った。

そのとき、佐倉が言った。

「公安がどうの、人質がどうのと言う前に、俺たちにはやるべきことがある。殺人・死体遺棄を担当しているんだ。そのことを忘れるわけにはいかない」

植松が言った。

「だから、その捜査は、あくまでカムフラージュだと……」

佐倉は、それを遮るように、さらに言った。

「相手は、どこかの国の諜報機関か何かかもしれないと、さっき言ったな？　それで気づいたことがある」

「何だい？」

「殺人・死体遺棄の被害者の身元が割れない理由だ。被害者は、外国人なのかもしれない」

宇田川は、佐倉の顔を見つめて言った。

「自分も同じことを考えたことがあります」

被害者の見かけは、日本人のようだった。だが、日本人と見分けがつかない外国人もいる。

名波係長と植松が顔を見合った。

「日本人であることを前提として、これまで捜査してきましたからね……」

それまで、ずっと黙ってみんなの話を聞いていた新谷が言った。「外国人も視野に入れると、捜査が進展するかもしれません」

「だからさ……」

佐倉が不機嫌そうに言った。「捜査は進展しないんだよ。三鷹署や那覇署の事案を手がけた捜査員たちが、間抜けだとでも思っているのか？　何ヵ月も捜査をしているんだ。当然、被害者が外国人かもしれないと考えたやつがいたはずだ」

「そうか……」

新谷が言う。「邪魔が入るわけですね」

「被害者の身元を明らかにされると困るやつらがいるんだろう」

名波係長が言った。

「殺人及び死体遺棄という重要事案なんだ。解決しないわけにはいかない。おそらく、公安の上層部では、落としどころを考えているんだろう」

「落としどころですか……」

植松が聞き返す。

「そうだ。すでに、公安は被害者たちの正体を知っているのかもしれない。捜査は続いているのだから、このままうやむやにはできない。真実とは違う、当たり障《さわ》りのないシナリオを用意している最中なんだと思う」

植松が言う。

「オペレーションが完了したときに、そのシナリオを捜査本部に押しつけてくるわけですね？」

「おそらくそういうことだと思う」

一同は押し黙った。それぞれの思いに耽《ふけ》っている。

間違いなく佐倉は、腹を立てている。名波係長も同様だろう。植松は、事件のからくりを熟考しているようだ。

宇田川は、ただ大石のことが心配だった。

やがて、名波が言った。

「もう遅い。今のうちに休んでおこう」

そう言われて宇田川は時計を見た。すでに二時を過ぎている。

名波の一言で、解散となったが、とても眠れそうになかった。蘇我と会うことで、連れ去り事件とこちらの事案の間に、何らかの関係があることがわかった。

後ろで糸を引いているのが公安であることは、もはや間違いない。指揮本部や捜査本部に陽動的な捜査をやらせているということだ。

本当の目的は、殺人犯を確保することでも、大石を連れ去った犯人を確保することでもないというのか。

そんなばかな話はない。公安の目的が何であれ、刑事は事件を解決するために捜査をするのだ。

指揮本部が本気で大石を救出しようとしないのなら、俺が助けてやる。宇田川は、そんなことを思った。だが、その思いはむなしい。

一捜査員に、そんなことができるはずもない。無力感を覚えた。

佐倉は、しばらくおとなしくしているしかないと言った。そのうち、状況が変わるかもしれない、と……。

だが、どういうふうに変わるのだ。

宇田川は、いらだちを募らせていた。

とても眠れそうにないと思って仮眠所に行ったが、思いのほかぐっすりと眠った。疲れていたようだ。

俺の神経も意外と図太いな……。そんなことを思いながら、午前七時半頃に捜査本部にやってきた。

まだ、幹部たちの姿はない。名波係長が池谷管理官と話し込んでいた。係長が叱責されているような様子ではない。

寝る前に話し合ったことを管理官に伝えているのだろうと、宇田川は思った。植松と佐倉の姿はまだない。

新谷と眼が合った。彼は、弱々しい笑みを浮かべて、宇田川に会釈《えしやく》をした。宇田川は近づき、言った。

「眠れなかったのか？」

「いろいろと考えてしまって……」

「まあ、無理もない」

新谷は、声を落として言った。

「何も知らない顔をして捜査を続けるわけですよね。自分には、そんなことできそうにありません」

宇田川も同じ気分だった。

「騒ぎ立てても、どうしようもない。物事は、俺たちの手が届かないところで進行しているようだ」

「同期の女性警察官のことが心配なんでしょう?」

「もちろんだ」

「こちらの捜査本部を抜けて、あっちの指揮本部に参加してはどうですか?」

「それができればな……。だが、どの事案を担当するかを決めるのは、俺じゃない」

そろそろ捜査員たちが集まってきた。「この話はここまでだ」

植松や佐倉もやってきた。植松は、無言で宇田川にうなずきかけた。

「おはようございます」

宇田川は、そう声をかけて植松と新谷のもとを離れた。定位置に腰を下ろす。佐倉の隣だ。

佐倉にも朝の挨拶をする。彼は、いつもとまったく同じで、無愛想にうなずいただけだ。彼は、昨日までとまったく変わらずに、捜査員の仕事を淡々と続けるのだろう。

宇田川はそう思った。

「気をつけ」の声がかかり、捜査員全員が起立した。田端捜査一課長と、警察庁の柳井、調布署の署長がいっしょに入室してきた。

彼らがひな壇の幹部席に着くと、すぐに捜査会議が始まった。進行役は、池谷管理官だ。相変わらず捜査の進展はない。

捜査員たちは、神奈川県警の管轄内まで足を伸ばして聞き込みを行っているが、最初の目撃情報以来、有力な手がかりは見つかっていなかった。

今思えば、川の上のゴムボートを見たという、あの老人の目撃情報は、奇跡に等しいと、宇田川は思った。

すでにわかっていることを確認するだけの会議だった。当然だと、宇田川は思った。これは、捜査の振りをしているのに等しい。

何も知らない捜査員たちは、何か妙だと感じながらも、ひたすら捜査を続けるしかないのだ。

佐倉が正面を向いたまま、小声で言った。

「ちょっと、柳井をゆさぶってみようか……」

「え……？」

宇田川は驚いて佐倉を見た。

佐倉が挙手をした。池谷管理官が、それを見て言った。

「何だ？」

佐倉が起立して言った。

「自分らは、現在、被害者の歯の治療跡をもとに、身元を割り出そうとしております。ですが、思わしい成果を得られておりません」

「それで……？」

「三鷹署や那覇署の事案のことを考えると、見方を変える必要があるように思えます」

「どういうことだ？」

「三鷹署では三ヵ月、那覇署では五ヵ月も捜査を続けて身元が判明しませんでした。人が生まれ育ち、生活を続けた痕跡は簡単に消せるものではありません。つまり、それだけ捜査をして身元が判明しないというのは、実に不自然な話ではないかと思います」

宇田川は、佐倉の行動にすっかり驚いていた。佐倉本人から、しばらくおとなしくしていろと言われたばかりだ。

名波係長の様子を見た。名波は、ひな壇の捜査幹部を見つめている。

宇田川も、そちらに眼を転じた。

田端課長は、探るような眼を佐倉に向けている。調布署の署長も同様だ。柳井だけが、無表情だった。

池谷管理官が言った。

「要点を話してくれ。いったい、何が言いたいんだ?」

佐倉が言った。

「三人の被害者は、外国人ではないかと思います。そうなると、やはり、この三件は、連続殺人並びに死体遺棄事件と考えるべきだと思います」

池谷管理官が一瞬、唖然《あぜん》とした表情になった。

「外国人……?」

宇田川は、再び名波係長を見た。彼は、挑むような表情でひな壇の幹部たちを見つめている。

「以上です」

そう言うと、佐倉は着席した。

池谷管理官が、田端課長と何事か小声で話し合っている。

そのとき宇田川は、柳井が自分を見ているのに気づいた。最初は、偶然眼が合っただけかと思った。だが、間違いなく、柳井は宇田川を見ていた。

宇田川はすぐに眼をそらした。それでも視線を感じていた。

なぜだ。宇田川は思った。なぜ、柳井は俺を見ているのだ……。

まったく理由がわからなかった。

「外国人か……」

田端課長が発言した。捜査員たちが注目する。「その点については、沖縄県警では どういう見解だね？」

沖縄県警の与那覇課長補佐が起立してこたえた。

「かなり早い段階で、そのような意見も出ました。その点では、こちらの捜査本部と、まさに同じような状況だったと言えます」

「外国人であることは否定されたのか？」

「いえ、目下捜査中ということです」

田端課長が怪訝な顔をする。

「五ヵ月も経っていて、捜査中だというのか？」

「そういう報告を受けております」

「どこからの報告だ？」

与那覇は、ちらりと柳井を見た。柳井は、それに気づいたらしく、小さく咳払いをしてから言った。

「うちで調べているのですよ」

田端課長は、眉をひそめて柳井に尋ねた。

「うち……？　それは、正確にはどこのことですか？」

「警察庁です。警備企画課に上がって来ました」

宇田川は、それを聞いても、もはや驚かなかった。

沖縄県警が指揮する殺人・死体遺棄事件の捜査に警察庁警備局が口を出したということだ。これは、普通ではあり得ないことだ。だが、公安の事案ならば不思議はない。全国の公安のトップは警察庁の警備企画課なのだ。刑事部や生活安全部などとはまったく事情が異なるのだ。

田端課長が柳井に尋ねた。

「つまり、那覇署管内で起きた事件を、公安の事案として処理しているということですか？」

柳井は、落ち着き払った態度でこたえた。

「被害者が外国人ということは、加害者もそうである可能性があります。そこで、外事二課などにある資料・情報を活用するために、部分的に我々が担当することになったというわけです」

もっともらしいが、よく考えれば、とても納得できる話ではないと、宇田川は思った。

刑事事件なのだから、刑事に任せておけばいいのだ。警視庁や沖縄県警の刑事部でも外国人犯罪には対処しているのだ。

田端課長は、それ以上柳井を追及するつもりはなさそうだった。何をしても無駄と思っているのかもしれない。

課長は、どこまで知っているのだろう。この殺人及び死体遺棄事件が、どこにつながっていくのか、彼は知っているのだろうか。

全貌を知っているわけではないだろうと、宇田川は思った。捜査一課が担う役割を説明されただけなのではないか。だからこそ、田端課長は、急にやる気をなくしたのだ。

「わかった」

田端課長は与那覇課長補佐に言った。「着席してくれ」

与那覇は、言われたとおりすぐに腰を下ろした。

柳井が言った。

「ちなみに、三鷹署管内の事案に関しても、同様の意見があったので、それもうちで引き受けることにしました」

田端課長は、苦い表情で言う。

「じゃあ、うちの事案も同じようにおたくが持っていくということですか？」

柳井が驚いたような表情を見せた。

「持っていくなんてとんでもない。被害者が外国人であるかどうかについてだけ、こちらで調べるというだけのことです」

柳井は、まるでごく些細なことのように言っている。だが、事実はその言葉のニュアンスとはまったく違う。

おそらく、三人の被害者は外国人だ。だから、その線を追わない限り真実には近づけない。柳井はそれを奪うと言っているのだ。

だが、誰も柳井には逆らえない。……というより、警察庁の警備企画課には逆らえないのだ。

そのまま、捜査会議は終わった。佐倉は、仏頂面だ。何か話しかけようと思っていると、名前を呼ばれた。

「宇田川さんとおっしゃいましたね?」

柳井がひな壇から声をかけてきたのだ。宇田川は、柳井が自分の名前を覚えていることにまず、驚いた。

「ちょっと、お話ししたいことがあるのです。お付き合いいただけますか?」

その言葉に、また驚いていた。

警備企画課が、俺に何の用だ……。

宇田川は、訝った。

佐倉、植松、名波係長が、何事かと、宇田川のほうを見ていた。

20

柳井は、捜査本部を出てエレベーターに乗った。宇田川は、ただ黙ってついていくしかなかった。エレベーターは警備課のある階で止まった。

小さな会議室に連れて行かれた。部屋の中央にテーブルが置かれている。そのテーブルが部屋のほとんどを占めているため、椅子に座ると、背もたれが壁にぶつかりそうだ。

柳井がまず一番奥の席に腰を下ろし、言った。

「かけてください」

宇田川は出入り口に近い席に座った。

この部屋は、あらかじめ誰かに用意させていたようだ。柳井は殺人・死体遺棄事件の捜査にやってきているはずなのに、こういう手配はやはり警備課にやらせるのだ。

「玉川署の事案で、人質の身代わりとして連れ去られた女性警察官は、あなたと同期だそうですね」

「はい。大石陽子といいます」

「さぞ、心配のことでしょうね」

「心配です」

「捜査に身が入らないのも無理はないですね」

皮肉かと思った。だが、柳井の態度からも言葉の調子からも、そんな感じはしない。

「捜査をおろそかにしているつもりはありません」

「蘇我に会ったようですね」

そう言われても、宇田川は別に驚かなかった。公安の元締めである警察庁警備局警備企画課の柳井が知っていても不思議はない。

「会いました」

「蘇我とも同期だそうですね？」

「蘇我と大石とは、同期の中でも特に親しくしていました」

「蘇我から、大石君のことは、何か聞いていますか？」

蘇我と会ったという事実は知っていても、何を話したのかまでは知らないようだ。

「心配ない。蘇我はそう言いました。しかし、具体的に大石がどういう状況にあるのかは、話してくれませんでした」

柳井は、しばらく無言でいた。蘇我と会ったことが問題なのだろうか。佐倉の説によれば、蘇我のほうが会うことを望んでいたようなのだが、柳井はそれについてどう考えているのだろう。

この長い沈黙が何を意味しているのか気になった。落ち着かない気分で、柳井の言葉を待った。やがて、彼は言った。

「以前もあなたは、蘇我が担当していた事案に関わったことがあったということですね？」

「蘇我が急に懲戒免職になったので、その理由を知ろうとしただけです」

「そのときのことを、門前《もんぜん》課長がよく覚えていましてね……」

警備企画課長だ。彼と話をしたときのことは、今でもはっきりと覚えている。

「門前課長が……？」

「課長は、そのときに蘇我の立場について、あなたに説明したそうですね？」

「形式上は懲戒免職になっているが、今でも公安の仕事をしているという話は聞きました」

柳井は、ゆっくりとうなずいた。

彼は、なぜ自分一人を呼び出したのだろう。その理由がわからず、宇田川は苛立っていた。

「門前課長が言っていました。あなたは、なかなか強情な人だと……。長く警察官をやっていると、その経歴にしがみつきたくなるものです。だが、あなたは若くて恐れるものがない。クビになることさえも恐れなかったと、課長が言っていました」

「蘇我が本当に懲戒免職になったのだと思っていましたから……。自分もクビになってもいいと思っていました」

「名波係長や、先ほど会議で質問をした佐倉という捜査員は、この捜査本部の役割について気づいているのでしょうね？」

「捜査本部の役割ですか？　もちろん、殺人・死体遺棄の捜査をすることだと思っておりますが」

　柳井が、初めて不愉快そうに眉をひそめた。

「つまらないたてまえはやめてください。そんな話をするために、あなたをここに呼んだわけではありません。どの程度のことを知っているのですか？」

　これまで慎重に振る舞ってきたが、いいかげんうんざりしてきた。宇田川は、開き直りたくなった。

「公安が秘《ひ》密裡《みつり》に作戦を進めるための、陽動をやらされていると思っています」

「けっこう。公安のオペレーションの内容は知らないのですね？」

「知りません。ただ、我々が今調べている殺人・死体遺棄事件と、玉川署に指揮本部がある連れ去り事件とは、関連があるのではないかという気がしています」

柳井はまた口をつぐんだが、今度の沈黙はそれほど長くはなかった。

「誰がそれを知っているのですか？」

「知っているわけではありません。状況から推察しているに過ぎません」

「そう考えているのは、誰ですか？」

「名波係長、植松、佐倉、新谷の四人と、そのことについて話し合いました」

「門前課長に言われたのですよ。あなたの扱いを間違えると、面倒なことになる、と
……」

その言葉に、宇田川は驚いた。

「自分は危険人物と見られているということですか？」

「逆ですね。課長があなたを買っている、という話ですよ。課長が気にするだけあって、あなたは着実に事実に近づいています」

「では、やはり二つの事件は関係があるのですね？」

「そう。しかも、那覇署と三鷹署の事案、そして今回の殺人・死体遺棄事件は間違いなくシリアルケースです」

シリアルケース、つまり連続殺人・死体遺棄事件ということだ。

「質問してよろしいですか？」

「何だね？」

「大石は、行きがかり上、オペレーションに参加していると、蘇我が言っていました。それは、どういう意味なのでしょう？」

柳井は、両手の指を組んで、わずかに身を乗り出した。

「そのこたえを聞くと、あなたはもう後戻りできなくなりますよ」

「どういうことですか？」

「我々と秘密を共有することになるのです」

宇田川は覚悟を決めて言った。

「後戻りするつもりなどありません。事実を知りたいと思います」

「やはり、あなたは門前課長が言ったとおりの人ですね。捨て身ほど怖いものはない……」

「大石は無事なのですね？」

「そのこたえは、蘇我から聞いたほうがいいでしょう」

「それを聞いた後、自分はどういうことになるのでしょう？」

「この捜査本部は、陽動作戦として存続しなければなりません。しかし、あなたたち五人はもうそれに甘んじることはないでしょう。だったら、我々は方針を変えて、あなたたちを活用すべきだ……。私は、課長からあなたの話を聞いてから、そう考えるようになりました」

買いかぶりだ……。そう思ったが、それについては何も言わないことにした。

宇田川は、さらに質問した。

「活用とおっしゃいましたが、それは我々を利用するということですか？」

「適材適所の運用をするということです」

キャリアが言うことは、やはり官僚の臭いがする。

「具体的には……？」

「蘇我と連絡を取ってください。彼には今、手助けが必要なはずです」

その一言は、宇田川にとっては殺し文句だ。

「自分一人では、援軍としては心許ないと思いますが……」

「あなたと情報共有をしている四人と協力してください」

「それは特命と受け取ってよろしいのですか？」

「おおげさですね……。捜査本部の中で、五人ほどはみ出し者が出たというだけのことです」

宇田川は血が熱くなるのを感じていた。ようやく本質に近づける。大石の安否も確認できるだろう。

「差し出がましいことを申しますが、今のままでは、捜査員たちの不満が募り、彼らは疲弊《ひへい》していくだけです。陽動作戦であることを、ちゃんとお話しになったほうがよろしいかと思います」

「本当に差し出がましいことですね」

柳井はかすかな笑みを浮かべた。「もとよりそのつもりです。方針を転換したと言ったでしょう」

「申し訳ありません」

「一つ言っておくことがあります」

「はい」

「我々は、最終的な救済措置の段階まで、蘇我に手を差し伸べることはできません。蘇我と行動を共にするということは、あなたも同じ扱いを受けるということです」

「最終的な救済措置の意味がよくわからないのですが……」

「名前を変えて、別の人生を歩んでもらうとか、海外に逃亡させるとか、そういったことです」

公安というのは、本気でそんなことを考えているのだろうか。宇田川には想像もできない世界だった。

だが、今その世界に足を踏み入れようとしている。

「わかりました」

宇田川は言った。「その点については、よく考えてみることにします」

柳井はうなずいた。

「話は以上です。先に捜査本部に戻ってください」

宇田川は立ち上がり、礼をすると小会議室を出た。

名波係長、植松、佐倉、新谷の四人が、宇田川を待ち構えていた。

名波係長が宇田川に尋ねた。

「何の話だった？」

そのときになって、ようやく宇田川は自分がひどく緊張していたことに気づいた。膝がかすかに震えている。

「とても、ここでできる話じゃありません」

名波係長は、周囲を見回してから言った。

「廊下に出よう」

周囲に人目がないことを確かめると、名波係長が再び尋ねた。

「何を言われた？」

「蘇我と連絡を取れ、と……。彼は助けを必要としているという話です。情報を共有しているみんなと事に当たれと言われました」

「やっぱりな」

佐倉が言った。「だから、向こうから会うように仕向けてきたんだ」

植松が尋ねる。

「つまり、公安の片棒を俺たちに担《かつ》げというわけか？」

宇田川はこたえた。

「本当の捜査をやれということですよ」

「待て」

名波係長が言った。「本当の捜査というのは、具体的にはどういうことなんだ？」

「まず、柳井さんは、この捜査本部は陽動作戦だと認めました。殺人と死体遺棄の捜査にマスコミや世間の眼を引き付けておいて、秘密裡に公安がオペレーションを進めるのです」

「世間の眼を引き付けるだけじゃないな」

佐倉が言った。「事案にいちおうのけりをつけなければならない。事実上お宮入りにするにせよ、捜査したという事実は残さなければならない。それをやらされているんだ」

宇田川はさらに説明した。

「彼は那覇署の事案、三鷹署の事案、そして今回の事案は、シリアルケースだと認めました。そして、大石の連れ去り事件とも関連があることも認めました」

植松がうなった。

「またボンの言ったとおりだったということだな」

「でも……」

新谷が言った。「どうして、宇田川さんが呼ばれたんです？　普通なら係長が呼ばれそうなものですが……」

名波係長が言った。

「こいつには、前例があるんだ」

「前例……？」

「公安を相手に突っ走った前例がな……」

宇田川は言った。

「警備企画課の門前課長が、自分のことを覚えていたということです」

植松が言った。

「警備企画課長に名前を覚えられただって？　気をつけたほうがいいぞ。そのうち、公安に引っぱられるぞ」

「自分は、ずっと刑事でいたいですね」

「拠点を移したほうがいい」

佐倉が言った。「この捜査本部では、満足に動きがとれない」

名波係長が思案顔になった。

「俺は立場上、捜査本部を離れるわけにはいかない」

植松が名波に言った。

「逐一連絡を入れます。蘇我に協力するということは、俺たちも隠密行動を取るということです。俺たちは、しばらく姿を消すことになると思います」

「わかった。管理官や課長には、うまく話しておく」

植松が言った。

「ボン、蘇我と連絡を取るんだ。俺は、車両を何とか手配してみる」

佐倉が植松に言った。

「車なら所轄の俺に任せろ」


蘇我の携帯電話にかけると、前回と同じく呼び出し音五回でつながった。

「どうした？」

「警備企画課の柳井というやつに呼び出された」

「柳井さんか……。優秀だが、現場の経験はあまりないな。組織内での立ち回りのうまさは天下一品だが……。それで、何を言われた？」

「おまえと連絡を取れと言われた。おまえは、手助けがいるそうだな？」

「手助けなんていらないよ」

「強がっている場合か？　俺と連絡を取りたがっていたのが何よりの証拠じゃないか」

「連絡を取りたがっただって？　何の話だ？」

「まあいい。今はそんな話をしているときじゃない」

「強がっているわけじゃない。俺が助けを求めていると言ったのは、きっと柳井さんの方便《ほうべん》だ。そう言えば、おまえが喜んで働くと思ったんだろう」

「じゃあ、柳井の思惑通り動いてやるさ。植松さんたちもいっしょだ」

「いっしょ？　おまえと行動を共にするということか？」

「そうだ。捜査本部から五人ほど、はみ出し者が出ただけのことだと、柳井は言っていた」

「おまえが、おとなしく捜査する振りを続けるはずはないと思っていたよ」

「大石のことが心配だ」

「電話では詳しいことは話せない」

「どこに行けばいい？」

「赤坂のスペイン料理レストランだ。午前十一時からランチをやっている」

時計を見た。十時半になろうとしている。

「一時間ほどで行けると思う」

「では、そこで待っている」

「俺を含めて、四人で行く」

「同時にぞろぞろと入ってくるなよ。どこで誰が見ているかわからない」

「わかった。二人ずつに分かれて、時間をおいて入って行く」

「女性がいっしょだと怪しまれずに済むんだがな……」

「無茶言うな」

電話が切れた。

先に捜査本部の室内に戻っていた植松たちに、今の電話の内容を告げた。佐倉が言った。

「捜査車両を一台手配できた。所轄では、これは贅沢《ぜいたく》な話だぞ」

植松が言った。

「すぐに出かけよう」

新谷が不安そうな顔をしている。

「ええと……。自分たち、これからいったい、何をしようとしているんですかね……？」

佐倉がこたえた。

「本当の仕事だ」

柳井がひな壇に戻って来た。警備課で何かに手間取っていたようだ。門前課長に報告したり指示を仰いだりしていたのかもしれない。

宇田川は、部屋を出るとき、もう一度柳井を見た。彼は、宇田川たちにはまったく関心がないような顔をして、管理官席のほうを向いていた。

21

新谷がハンドルを握っていた。彼の運転はなかなか荒っぽい。高速を飛ばし、五十分ほどで赤坂に到着した。

「ベテランと若手の組み合わせだと、いかにも刑事という感じだな……」

佐倉が言った。初めて会ったときとは別人のように口数が多くなった。ようやく本来の彼に戻ったのかもしれない。

宇田川は気づいた。彼は探求者なのだ。正しい目標が設定されない限り、彼はまったくやる気を起こさないのだ。そして、形だけの熱意を嫌うのだ。

俺のことをじっと観察していたに違いないと宇田川は思った。信頼できるかどうか、推し量っていたのだ。

佐倉の言葉に、植松がこたえた。

「そこまで考える必要があるのかい？」

「あるんだよ」

佐倉が言う。「蘇我ってやつは、そういう世界で仕事をしているんだ」

「じゃあ、自分と新谷が先に入ります」

佐倉が新谷に指示した。

「車は、店から離れた場所に停めるんだ。俺たちは、回り道しておまえたち二人と別の方向から店に向かう」

なんだか、スパイごっこをしているような気分だった。だが、これは現実なのだ。用心を怠ると、誰かが危険な目にあう。それが、蘇我や大石かもしれないし、自分かもしれないと、宇田川は思った。

新谷は、レストランから百メートルほど離れた場所にある有料駐車場に車を入れた。そこで二手に分かれてレストランに向かった。

新谷は、明らかに緊張していた。宇田川も緊張している。蘇我に会った瞬間から、局面が大きく変わる。今まで断片でしかなかった事件の全貌が見えてくるはずだ。

「もっと、リラックスしろよ。不自然だぞ」

宇田川は新谷に言った。そう声をかけることで、自分の緊張を解こうとしていた。

新谷がこたえた。

「警察って、たいへんな仕事だったんだなって、改めて思いますよ」

こいつは、案外大物かもしれない。

宇田川が店に入ったのは、十一時三十五分だった。店内は、まだそれほど混み合っていない。十二時を過ぎると、一気に混み始めるはずだ。

すでに顔馴染みのフロアマネージャーが、にこやかに言った。

「宇田川様、いらっしゃいませ。蘇我様がお待ちです」

案内されたのは、店の奥にある個室だった。宇田川は言った。

「こんな部屋があったんだな……」

フロアマネージャーはほほえんだ。

「お忍びのお客様もいらっしゃいますので……」

個室の中で、蘇我はくつろいでいた。今の宇田川の気分とは対照的な態度だった。

「よう、待ってたぞ」

宇田川は、新谷を紹介すると、蘇我の向かい側に座った。室内にはテーブルが二つあり、それぞれに四脚の椅子がある。つまり、八人分の席があった。

新谷は、一番出入り口に近い席に座った。

「あと二人来ることになっている」

宇田川が言うと、蘇我がこたえた。

「まあ、ゆっくり待つさ。せっかくだから、ワインでも飲むか？」

「冗談だろう」

「本気だったんだがな……」

「一つ質問していいか？」

「こたえられる質問ならな」

「この店のフロアマネージャーは、ひょっとして公安なのか？」

「まさか……。警察官が飲食店で働いているわけないだろう」

「公安の職員数は公表されている三倍はいるという噂を聞いたことがある。商社なんかで社員として働いていることがあるというじゃないか」

「そんなの都市伝説だよ」

まともにこたえるはずはないか……。間違いなく、この店は一種のセーフハウスだ。あのフロアマネージャーが、蘇我だけではなく、公安捜査員の便宜《べんぎ》を図っているはずだ。

彼は、公安捜査員ではないとしても、協力者には違いない。公安は、いろいろな形の協力者を作り、それを警備企画課に登録して運用しているのだそうだ。

そのフロアマネージャーが、植松と佐倉を案内してきた。

植松が宇田川の隣に座り、佐倉が新谷の向かいに座った。

「植松さんは知っているな？」

宇田川が言うと、蘇我は植松に言った。

「ご無沙汰してます」

「こちらは、調布署の佐倉さんだ」

「蘇我です。よろしく」

植松が蘇我に言った。

「さっそく話を聞かせてもらおう。いったい、公安は何をやろうとしているんだ？」

「スパイの摘発です」

身も蓋《ふた》もない言い方だと、宇田川は感じた。もともと、蘇我にはもったいぶったところがまったくない。

「どこのスパイだ？」

「大雑把に言うと中国です」

植松がさらに尋ねる。

「大雑把じゃなく、細かく言うとどういうことになるんだ？」

「ええと……。まず、食事を注文しませんか？　せっかく昼時にレストランにいるんだし……」

宇田川は言った。

「飯を食う気分じゃないな」

「うまいものを食えるときに食っておいたほうがいいよ。それに、ここはレストランなんだから、何か注文しないとまずいよ」

植松が言った。

「注文はあんたに任せる」

蘇我がウエイターを呼んで、有無を言わさず全員の食べ物を注文した。ランチタイムメニューなので選択肢は限られていたようだ。

「那覇、井の頭公園、そして多摩川で見つかった女性の遺体……。あれは、中国人だったのか？」

佐倉が尋ねると、蘇我はあっさりとうなずいた。

「そうです。中国人でした」

佐倉は不快そうに言った。

「公安では身元の調べがついていたということか？」

「ある程度は……」

「それなのに、俺たちは身元の捜査をずっとやらされていたんだ。それも見当違いな捜査をな……」

「その必要があったんですよ」

蘇我が言った。「表沙汰にしないで片づけたい問題があったもんで……」

佐倉が尋ねた。

「誰がそう考えたんだ？」

「国ですよ」

ごく普通のことを話す口調だった。気負いもなければ衒《てら》いもない。

料理が運ばれてきて、話が中断した。蘇我はさっそく食べはじめた。パエリアをうまそうにほおばる。

宇田川は食欲がなかった。他の三人も同じ様子だ。だが、宇田川は、無理やりにでも食べることにした。蘇我が言ったとおり、食べられるうちに食べておいたほうがいいと思った。

植松が蘇我に尋ねた。

「それで、三人の中国人女性は、何者だったんだ？」

蘇我は、食べながらこたえる。

「ハニートラップ要員です」

「ハニートラップ……」

色仕掛けのスパイ活動のことだ。

「なぜ殺されたんだ？」

「簡単に言うと、裏切ったからですね」

「ハニートラップを仕掛けておいて、寝返ってしまったというわけか？」

「よくある話なんですよ。情がからんできますからね」

植松と佐倉が顔を見合っていた。宇田川は、混乱してきた。連続殺人・死体遺棄事件だと思っていたのが、実は裏切ったスパイの処刑だったということか……。

宇田川が生きてきた世界とあまりにかけ離れている出来事だ。どう判断していいかわからなかった。

宇田川は、現実感を取り戻すためにも、最大の関心事について尋ねてみることにした。

「大石はどうしてるんだ？　行きがかり上、オペレーションに参加することになったというのは、具体的にはどういうことなんだ？」

「それを説明するためには、すべての出来事について順を追って説明しなければならない」

「ぜひそうしてほしいね」

蘇我は、アイスティーを一口飲んでから話しはじめた。

「まず、三件の殺人と死体遺棄についてだ。被害者は、中国国家安全部第十局のエージェントだった。国家安全部は知ってるよな？」

「中国の諜報機関だろう。だが、詳しいことはよく知らない」

「十七の局に分かれていて、問題の第十局は、対外保防偵察局とも呼ばれている。要するに外国に対する諜報活動を行っている。国外にいる反体制分子なども監視対象にしている。沖縄で殺害された女性の名は、李英華《りえいか》。年齢は三十歳。彼女は、米軍の将校と親密になり、ピロートークで情報を引き出していた。井の頭公園の被害者は、陳《ちん》青梛《せいな》、三十四歳。彼女は、ある有名大学の中国文学の教授と関係を持って情報を得ていた。その教授は、中国政府に対する批判をしたり、中国の民主化運動をしている活動家を支援したりで、ずっと中国当局にマークされていた。多摩川の被害者は、劉《りゅう》明《めい》、三十五歳。彼女は、外務省のチャイナスクールの官僚と関係を持っていた」

宇田川は確認するために言った。

「情報を得るために関係を結んだが、いつしか情報を洩らすようになってしまったということだな？」

「そう。特に陳青梛は、大学教授の身の安全のために、国家安全部の動きを伝えていた。李英華の場合は、米軍情報部も勘づいたようだったので、身柄を取られる前に始末する必要があったんだ」

「国家安全部がそれを察知して、始末したということか？」

「あの組織は、情け容赦ないからな。まあ、諜報機関はどの国でも似たり寄ったりだが、裏切ったエージェントを始末することなど平気だ。特に人権意識の低い中国やロシアは非情だね」

宇田川は、現実感の糸口だけでも見つけようと、質問を続けた。

「国家安全部は、どうやってそれを知ったんだ?」

「エージェントは、定期的にチェックされる。本人が知らない場面でね。それにひっかかったわけだ」

「おまえは、何をやっていたんだ?」

「俺は、劉明への接触を試みていた。消される前に、アメリカに亡命させるなどの措置が取れるかもしれないと考えていた」

「何のためにそんなことを……」

「そうして恩を売っておけば、立派な情報源になり得る。だが……」

「失敗したというわけだな……」

「やつらの対応は、俺が思っていたよりもずっと早かった。甘かったよ」

「なるほどな……」

佐倉が言った。「ただの潜入捜査官じゃなくて、懲戒免職を装う必要があるなんて、相手はどんな組織かと思っていたが……。中国の諜報機関だったわけだ」

「懲戒免職を装ったわけではありません」

蘇我が佐倉に言った。「俺は本当に警察をクビになったんです。今は手帳もなければ拳銃を持つこともできません」

宇田川は言った。

「いつかは、警察に戻れるのか？」

「どうかね……」

植松が言った。

「教員や市役所職員といった地方公務員が、一度懲戒免職になり、それが取り消されて復職したという例もある。そういう措置が取られるんだろう？」

蘇我がかすかに笑った。

「実は、俺もそれを期待しているんですが、なにせキャリアはすぐに異動してしまうので、どうなることやら……」

宇田川はさらに尋ねた。

「世田谷区上野毛の人質事件は、どう関係しているんだ？」

「工作には支援が必要だ。中国人女性が、いきなりターゲットと知り合いになれるわけじゃない。それなりの準備と段取りがいるんだ。そういう役割の人物に、俺たちの仲間が接触を試みた」

「俺たちの仲間というのは、潜入捜査官のことか？」

「そう呼んでいいだろう。身分を消した捜査員だ」

「話がよく見えないんだが……」

「ハニートラップの支援をしていた人物の名前は城田《しろた》慶子《けいこ》」

「どこかで聞いたことのある名前だな」

それまで無言で話を聞いていた新谷が言った。

「それ、人質の名前ですよね……」

宇田川は、はっと新谷のほうを見た。植松と佐倉も、そちらを見ていた。

「そう」

蘇我が言うと、宇田川たち四人は蘇我に目を戻した。「城田慶子、五十一歳。彼女は、結婚して姓が変わり、日本国籍を取得したのを機に名前も変えた。もともとの名前は、徐慶鈴《じょけいれい》。彼女も、国家安全部第十局のエージェントだ」

宇田川は、自分がさぞかし間抜けな顔をしているだろうと思った。ますます現実から遠のいていくような気がする。

「待ってくれ」

宇田川は言った。「潜入捜査官が接触を図ったと言ったな？　つまり、それは……」

「城田慶子の自宅に立てこもったとされているのは、その潜入捜査官だ」

「どうしてあんなことになったんだ？」

「その潜入捜査官を仮にAとしよう。Aは、城田慶子こと徐慶鈴に、慎重に近づいた。彼女は、あるボランティア団体で人道的活動をしている。もちろん、カムフラージュだし、その団体でいろいろな人と知り合うことが目的だ。その活動を通じて女性工作員とターゲットを引き合わせる仕事をしていたんだが、Aはそのボランティア団体を利用して彼女に接触した。彼女から、ハニートラップの実態について情報を得ようと考えていたんだ。そして、事はAの計画通り進んでいるかに見えた。城田慶子は、Aに自宅に来るように言ったのだ。そこで、突っこんだ話がしたいと……」

植松が、じっと蘇我を見ながら言った。

「罠《わな》だったというわけか？」

「Aが、世田谷区上野毛にある城田慶子の自宅を訪ねて行ったら、男に監禁されていると通報されてしまったんだ」

植松が話をしているときに、相手の顔を見つめるのは、頭を働かせている証拠だ。

「警察がやってきたっていいじゃないか。Aは自分も警察官だと名乗ることができたはずだ。どうせ、城田慶子には正体がばれていたということなんだろう？」

「城田慶子は試したんですよ」

「試した……？」

「Aが公安だという百パーセントの確信があったわけじゃないんです。だから、警察に通報した。そのときのAの行動を見れば、彼の正体がはっきりする」

「Aは犯人の振りをして逃げるしかなかったということか？」

「Aとしては、警察に捕まるわけにはいきませんからね。それだけじゃありません。今後も、活動を続けてもらうためには、Aに、本当の犯人になってもらわなければならないんです。しかし、逮捕させるわけにはいかない」

「なるほど……」

植松が言う。「それで、玉川署の指揮本部の動きが鈍かったんだな……。やはり、公安が捜査にブレーキをかけていたということだ」

「他に選択肢はありませんでした」

宇田川は尋ねた。

「じゃあ、大石は本当に犯罪者に連れ去られたわけじゃないんだな？」

「Aの逃走を助けている。彼女は、携帯電話で公安と連絡を取り合っている」

宇田川は、安心していいのか腹を立てていいのかわからなくなった。彼女の身の安全は確認できた。だが、どうして公安はこっそりと彼女と連絡を取り合う必要があるのだろう。大石は、SIT所属だ。自分の部署の上司や先輩と連絡を取りたいに違いない。

植松が言った。

「お嬢は連絡係をやらされているということか……。着替えさせたのは、指揮本部に服装が知られているからだな？」

「そういうことですね。とにかく、Aは逃げ切らなければなりません。彼が捕まったら、オペレーション全体にとって大きな痛手となります。マスコミが、オペレーションのことを嗅ぎつけるかもしれません。それだけは絶対に避けなければなりません」

「指揮本部のSITは、何も知らず、大石を助けようと必死の捜査を続けているんだな？」

「そうだよ」

「よくそんな涼しい顔をしていられるな」

宇田川は、つい声を荒らげてしまった。「俺たち刑事は虚仮《こけ》にされているわけだ。玉川署の指揮本部でも、調布署の捜査本部でも、刑事たちは何も知らずに捜査を続けている。なぜなんだ？　なぜ公安は、ちゃんとすべてを話して俺たちの協力を得ようとしないんだ？」

「リスクを最小限に止《とど》めておかなければならないんだよ」

蘇我がちょっと顔をしかめた。「秘密は知っている者が少なければ少ないほどいい。指揮本部や捜査本部にオペレーションのことを洩らすなんて、公安にとっては言う。そして、どんなに口止めしたところで、外に洩れてしまうだろう。刑事たちの周囲には、常に記者がうろうろしている」

「やりようはあるだろう」

「だから、こうやって、おまえたちに会っているんじゃないか」

宇田川は、まだ文句を言い足りない気分だった。だが、それを制するように、植松が言った。

「しかし、妙だな。指揮本部では当然お嬢のケータイを追尾しているだろう。ケータイを使用すれば居場所がわかってしまう」

「そういうところを公安がコントロールしています」

「そういうところ……？」

「警視庁の公安総務課には、携帯電話やパソコンなどの電子通信機器の調査・追跡を行うエキスパートチームがあります。そこに大石のケータイの追尾を任せるということにしてあるのです」

宇田川が言った。

「沖縄県警から、被害者の身元捜査を取り上げたように、か……？」

「そう突っかかるなよ」

蘇我が苦笑した。「俺の方針じゃない。あくまで、警察庁の警備企画課の方針だ」

宇田川は、そう言われて少しばかり反省した。たしかに蘇我の言うとおりだ。蘇我がオペレーションを計画したわけではない。

責めるために蘇我に会いに来たわけではない。手助けするために来たのだ。

「話はだいたいわかった」

佐倉が言った。「……と、いっても、実感が持てたわけじゃないがな……」

宇田川も同感だった。

佐倉が続けた。

「それで、これから俺たちは何をするんだ？」

「この国の中でふざけたことをしている連中をやっつけるんですよ」

宇田川は驚いた。犯罪捜査とは次元の違う話だ。

「具体的には、何をすればいいんだ？」

宇田川が尋ねると、蘇我は笑みを浮かべて言った。

「逃走しているAと大石の支援だよ」

大石の支援。それを聞いて、宇田川はようやくやる気が湧いてくるのを意識していた。

22

「これから、俺たちはどうすればいいんだ？」

宇田川は蘇我に尋ねた。

「二つの事柄に対処しなければならない。まず、第一は、大石と潜入捜査官Aの逃走を助けることだ」

「その逃走は、いつまで続くんだ？」

「俺にはわからない。刑事部長と公安部長で、幕引きの方法を考えているはずだ。うまい落としどころが見つかったら、その時点でAの犯人役は終わりだ」

宇田川は、割り切れない気分だった。犯罪捜査というのは、もっとわかりやすいものだ。容疑をかけ、真犯人を割り出し、身柄を確保して送検する。

それが、宇田川が考える警察だ。

蘇我の話を聞いていると、それが根底から覆されていくような気がする。単純に刑法で裁くことができない。捜査すらねじ曲げられる。

宇田川は、思わず言っていた。

「刑事部長と公安部長が話し合って落としどころを決めるだって？　そんなの警察の

やることじゃない」

蘇我はかぶりを振った。

「残念ながら、そういう事例は驚くほど多いんだよ」

宇田川は、なんだか自分がひどく子供じみているように、そして、蘇我が遠くの世界に行ってしまったように感じた。酒を飲んでばかを言い合っていた同期の蘇我とは思えない。

植松がたしなめた。

「ボン、今はそんなことを言っているときじゃない。今、こうしている間にも、指揮本部の連中が、潜入捜査官とお嬢を見つけるかもしれないんだ」

蘇我がうなずいた。

「そういうことです」

宇田川は再び蘇我に尋ねた。

「それで、二つ目の役割というのは？」

「城田慶子こと徐慶鈴の身柄を確保することだ」

「身柄確保の後はどうする？」

「公安の専門チームが尋問する。処遇は、その後に決まる」

「取り引きすることもあり得るというわけだな？」

「もちろんだ。彼女から情報を引き出せれば、それに越したことはない。ただ……」

「ただ何だ？」

「情報漏洩を恐れた中国国家安全部が、彼女を消そうとするかもしれない。その前に身柄を確保しなければならない」

「俺を担いでいるわけじゃないよな？」

「もう、隠し事をしたり、おまえを騙したりする必要なんかないよ」

「話がものすごく現実離れしているんで、荒唐無稽《こうとうむけい》な話で俺を煙に巻こうとしているようにも思える」

蘇我は肩をすくめた。

「俺にとっては荒唐無稽でも何でもない。現実的な話なんだがな……」

なんとか心の整理をつけなければならないと、宇田川は思った。刑事の感覚のままでいると、この仕事は失敗する。単なる犯罪捜査ではない。敵対する組織が存在する。そして、それは手強い中国の諜報機関なのだ。

植松が言った。

「つまり、俺たちは二手に分かれたほうがいいということか？」

蘇我がこたえた。

「自分は立場上、他の潜入捜査官と接触することができません。ですから、必然的に城田慶子のほうを担当することになります。みなさんは、大石たちの逃走を手助けするほうをお願いします」

宇田川は蘇我に言った。

「お前一人と俺たち四人に分かれるということか？　それは効率が悪いんじゃないのか？」

「城田慶子については、すでに公安のチームが動いている。へたに手を出したら、彼らの邪魔をすることになる」

「俺たちは素人《しろうと》だから手を出すなと言っているように聞こえるぞ」

「そのとおりだよ。公安の事案に関してはおまえは素人だ」

「そうはっきり言われると、逆に腹も立たないな」

植松が蘇我に尋ねた。

「どうやってお嬢たちを助ければいいんだ？」

「大石が宇田川からの電話に出るように、手を回してあります。その後のことはお任せします」

植松がうなずいた。

「わかった」

蘇我は、一同の顔を見回してから言った。

「では、俺はこれで失礼します」

「待てよ」

宇田川は言った。「確認しておきたいことがある」

「何だ？」

「今後は、おまえと普通に連絡を取り合えるんだな？」

「このオペレーションが終わるまでは、今使っている携帯電話で連絡がつく」

その後はどうなるんだ。そう訊こうとしたが、なぜか言葉にならなかった。

蘇我は、立ち上がり部屋を出て行った。


「ボン、お嬢に電話してみろ」

植松にそう言われてかけてみた。

呼び出し音が鳴る。三回でつながった。宇田川は呼びかけた。

「大石か？　宇田川だ」

沈黙の間がある。また返事がないのだろうか。宇田川は、もう一度呼びかけようとした。そのとき、大石の声が聞こえてきた。

「この前は、電話に出られなくてごめん」

「今どこにいるんだ？」

大石は、その質問にはこたえずに言った。

「宇田川君たちが私たちの逃走を支援してくれると聞いたんだけど、間違いない？」

「そのとおりだ」

「指揮本部に情報が洩れることはないわね？」

「指揮本部は俺たちのことを知らない」

「ＳＩＴの動きに充分注意してほしい。得意の隠密行動で、私たちのすぐ近くまで迫っているかもしれない」

「わかった。注意する」

「ちょっと待って。電話を代わるわ」

ややあって、知らない男の声が聞こえてきた。

「山田《やまだ》一郎《いちろう》だ」

「それ、本名ですか？」

「とりあえずそう呼んでくれ」

「わかりました、山田さん。今、どこにいるんですか？」

「恵比寿《えびす》のホテルだ」

「ラブホテルですか？」

ＪＲ恵比寿駅西口の近くには、小規模だがラブホテル街がある。山田と名乗る潜入捜査官が大石とそんな場所に潜伏している。そう思うと、少しばかり心が騒いだ。

「そうだが、俺たちは交代で眠っているだけだ」

「恵比寿とは驚きました」

羽田方面に逃走したと見せかけて、都心に戻ってきていたのだ。

「車は用意できるか？」

「調布署の捜査車両に乗っています」

「無線があれば好都合だな。指揮本部からの指令が聞ける」

「迎えに行きます。どこで合流しますか？」

「恵比寿駅西口のロータリーまで来られるか？」

「十五分で行けます」

「では、十五分後に……」

電話が切れた。

宇田川は、今の電話の内容を植松たち三人に伝えた。

植松が言った。

「俺たちは、土岐と連絡を取ってみる。指揮本部の動きを知りたい」

佐倉が植松に言った。

「指揮本部にもぐり込めるといいんだがな……」

「そいつは難しいな。だが、土岐に伝えておくよ」

宇田川は植松に尋ねた。

「ここでまた二手に分かれるということですね？」

「車に全員は乗れない。おまえと佐倉さんで行ってくれ」

佐倉が植松に言う。

「律儀に捜査本部の班分けにこだわることもあるまい」

植松がにっと笑って言った。

「この際、ボンをしっかり仕込んでやってください。ボンにはいい経験になります」

恵比寿まで十五分弱で到着した。ロータリーに停車してハザードランプを点灯し、接触を待った。

裏通りのほうから、男女二人組がやってくるのが見えた。地味な服装だ。男は、黒い革のハーフコートを着ている。女性はジーパンにフライトジャケットだ。

宇田川はルームミラーでその二人を見ていたが、女性は間違いなく大石だった。宇田川は、運転席から下りた。二人のほうは見なかった。彼らに姿を見せることが目的だった。

二人は、近づいてくる。足取りは落ち着いている。

宇田川は運転席に乗り込んだ。助手席の佐倉が尋ねた。

「あの二人なんだな？」

「ええ、間違いありません」

大石と男が車の助手席側に立った。佐倉が窓を開けた。

男が言った。

「俺が助手席に座る。無線を聞きたいんだ」

佐倉は黙って助手席を下りた。男がそこに滑り込んでくる。その間に、大石は後部座席に座っていた。佐倉がその隣に収まる。

宇田川は、何を言っていいのかわからなかった。複雑な気分だった。大石が無事でいてほっとした。だが、彼女は、身内であるＳＩＴを欺《あざむ》かなければならないのだ。

「来てくれて助かったわ」

大石が宇田川に言った。いつもと変わらない、あっけらかんとした口調だ。彼女からは、それほど緊張は伝わってこない。

宇田川は、大石にうなずいてから、男に尋ねた。

「あなたが、山田一郎さんですね？」

彼は、無線機の周波数を変えながら言った。

「そうだ」

「これからどこに行けばいいですか？」

「とりあえず車を出してくれ。捕まらないためには、じっとしていないことが重要だ」

宇田川は車を出した。駒沢通りを都心に向けて進んだ。

山田は無線に耳を傾けている。

しばらく沈黙が続いた。ルームミラーで佐倉をちらりと見ると、彼は腕を組んでじっとしている。

宇田川は、大石に言った。

「犯人に連れ去られたと思って、ずっと心配していたんだ」

これは、山田にも聞かせたい言葉だった。公安に怨《うら》み言《ごと》の一つも言いたくなる。

「私だって慌てたわよ」

「とにかく、無事でよかった」

「まだ、無事とは言い切れない。私たちは指揮本部に追われているんだから……」

「今、植松さんたちが土岐さんと連絡を取っているはずだ。土岐さんが指揮本部の情報を流してくれた」

山田が反応した。

「その土岐というのは……？」

「特命捜査対策室の捜査員です。大石のことを心配して指揮本部の様子を探ってくれていました」

「それは、役に立ちそうだな」

「一つ質問していいですか?」

「何だ?」

「城田慶子に通報されて、人質・立てこもり犯にされて逃走しているんですよね?」

「そうだ」

「警察に出頭して事情を説明すれば、すべては解決するんじゃないですか?」

「そう簡単じゃないんだ」

「公安には事実を知っている人だっているわけでしょう?」

「俺がやっていたことを知っているのは、ごく一部だ。実はあんたたちにも会いたくはなかった。だが、逃走を続けるには車も必要だし、情報も必要だった」

「そう簡単じゃないと言いましたが、それはどうしてなんです?」

「俺がやっていることは、厳しく秘匿されなければならない。でないと、俺と同じ立場の人間たちが危険にさらされることになる。たてまえ上は、日本の警察は潜入捜査などしていないことになっている」

「警察に出頭したからといって、秘密が外に洩れるとは限りません」

「問題が処理されるどこかの段階で、必ず洩れる。今回は、人質を取って立てこもった事件が大きく報道されてしまった。マスコミはまだ事件に注目している」

「刑事部長と公安部長が落としどころを相談しているらしいですね」

「その結論を待つしかない。それまで、俺は捕まるわけにはいかない」

「ばかばかしいとは思いませんか？　同じ警察官同士なんです」

「そうだな」

山田はちらりと宇田川のほうを見た。「ばかばかしいが、どうしようもない。どこかで歯車が狂ってしまった。城田慶子にまんまとしてやられたというところかな……」

宇田川は、六本木通りをまっすぐに渡り、南青山を通過した。山田が言った。

「おい、本部庁舎に向かっているわけじゃないだろうな」

このまままっすぐ行くと赤坂通りに出る。赤坂を通過して内堀通りに出ると桜田門はすぐ近くだ。

「とりあえず車を出せと言われたので、適当に走っているだけです」

「尾行はないな？」

「自分で確かめたらどうです？」

「尾行の有無は継続的に観察していなければわからない」

「尾行などされていないと思います」

「じゃあ、しばらくこのまま都内を走り回ってくれ」

「郊外に出たほうがいいんじゃないですか？」

「人や車が密集している場所のほうが潜伏しやすいんだ」

「なるほど、そういうもんですかね」

そのとき、ずっと黙っていた佐倉が言った。

「一週間、こうやってただ移動し続けていたのか？」

山田が前を見たままこたえた。

「それしかなかったんだ。指揮本部の捜査員たちは、本気で俺たちを捜しているし、徐慶鈴の仲間にも注意する必要があった」

警察では長幼の序を大切にする。相手が目上であれば、敬語を使うのが普通だ。だが、公安の捜査員はそうではないようだ。

「徐慶鈴というのは、城田慶子のことだったな。彼女の仲間というのは、中国の国家安全部のことか？」

「三人の女性工作員を始末したやつらがいるんだ」

佐倉の口調が厳しくなった。

「つまり、三件の殺人・死体遺棄事件の実行犯ということか？」

「そういうことになる」

「公安は、実行犯までつかんでいたのか。それなのに、捜査本部の俺たちに茶番をやらせていたんだ」

「実行犯が何者かはわかる。国家安全部の工作員だ。だが、本人を特定できているわけではない。それに、俺が考えた筋書きじゃない。上のほうでシナリオを書いたんだ」

「だが、通報されたとき、咄嗟に犯人になりきったのは、あんた自身の判断だろう？」

「それしか思いつかなかった」

「言い訳に聞こえるな」

「五ヵ月前に那覇で女性工作員の遺体が発見された。今回の事案はそこから始まったんだ。さらに二人の女性工作員が殺害された。中国国家安全部による粛清《しゅくせい》が始まったのだと、我々は読んでいる」

「粛清だか何だか知らないが、殺人や死体遺棄を許すわけにはいかない」

「公安も同じ考えだ。徐慶鈴は、以前からマークしていたが、彼女との接触は急務だった。マスコミが立てこもり事件に注目したことで、徐慶鈴も安穏《あんのん》としてはいられなくなった。結果的に、これ以上の粛清を防ぐことができるということだ。その意味で、オペレーションは成功したわけだ」

「殺人の実行犯を教えろ。そいつを挙げるのが俺たち刑事の仕事だ」

「その連中を特定できているわけではないと言っただろう。顔のない連中による作戦行動だ」

多摩川の件での目撃情報でも、犯人は複数だということだった。

「だが、ある程度の情報はあるはずだ」

「三人で行動しているという情報を得ている。そして、三人の女性工作員はいずれも、同一の三人組によって始末された」

「その情報を捜査本部に伝えていいか？」

「その判断は、俺にはできない。必要だと思ったら捜査幹部に伝えるはずだ」

「そういう持って回った言い方は好きじゃないんだ。俺が電話をかければ済むことだ」

「かけてみればいい」

なるほど、そのために公安の元締めである警備企画課の柳井が捜査本部に詰めているのだ。

佐倉は、溜め息をついた。たぶん、彼も柳井のことを考えたのだろう。結局、佐倉が捜査本部に電話することはなかった。

23

「ただ、こうして都内を走り回っているだけなんですか?」

宇田川は山田に尋ねた。「なんだか、タクシーの運転手になった気分です」

「せめて交通課と言ったらどうだ?」

ワイシャツの胸ポケットで、携帯電話が振動した。左手でハンドルを持ち、右手で携帯電話を取りだした。

植松からの着信だ。

山田が言った。

「運転しながら電話に出たら交通違反だぞ」

軽口を叩く余裕が出てきたようだ。宇田川は車を道の端に寄せて停めた。

植松にかけ直した。

「宇田川です」

「土岐が指揮本部にもぐり込んだようだ」

「さすがですね」

「指揮本部に顔を出したら、向こうから手伝えと言ってきたそうだ」

「今、指揮本部を牛耳っているのは公安だ。おそらく、蘇我が手を回したんじゃないかと思う」

「どういうことです?」

「土岐が指揮本部の情報を知らせてくれる。そっちはどうだ?」

「なるほど、それなら話はわかりますね」

「お嬢は元気なんだな?」

「二人と合流しました」

「感動の対面だったか?」

「元気です」

「山田とやらは、何か話したか?」

「そういう感じはまったくなかったですね。今も、逃走の真っ最中ですから」

「三人の女性工作員を殺害したのは、三人組の工作員だということです。中国国家安全部による粛清だとか……」

「その三人の氏名や人着はわかっているのか?」

「公安でも特定できていないということです」

「そうか。何かあったらすぐに知らせる。じゃあな」

宇田川が電話をポケットにしまうと、山田が怪訝な顔で尋ねた。

「誰と話をしていた？」

「捜査本部からはみ出した、我々の仲間です。植松といいます」

大石がうれしそうな声を出した。

「植松さんなら頼りになるわね」

宇田川は、大石を見て言った。

「土岐さんが、指揮本部にもぐり込んだということだ」

それに反応したのは、山田だった。

「そいつはいい。指揮本部の様子が探れるな」

宇田川は、山田に言った。

「この先も、都内を車で走り続けるのですか？　どこかにセーフハウスなんかは持っていないんですか？」

セーフハウスというのは、スパイが使う秘密のアジトだ。皮肉のつもりで言ったのだが、山田は真剣な表情でこたえた。

「ないことはないが、そこに長い間とどまるのは危険だ」

「じゃあ、今日もラブホテルか何かに宿泊するのですか？」

「安全だと思えるところなら、どこでもいい」

佐倉が言った。

だろう」

「浅草《あさくさ》に、知り合いがやっている旅館がある。俺が予約すれば怪しまれることはない

　山田が言う。

「二人じゃなく四人で予約すれば、指揮本部のチェックにひっかかることもないな」

　宇田川は言った。

「四人じゃなくて、六人です」

　山田が尋ねる。

「なぜだ？」

「植松さん。それに、彼と組んでいる新谷という刑事も合流するはずです」

「団体さんだな。まさか、指揮本部でも逃走犯と人質が、旅館の団体客に紛れ込んでいるとは思わないだろうな」

　佐倉が携帯電話を取りだして言った。

「すぐに予約しよう」

「部屋が取れたら、久しぶりにゆっくり眠れるかもしれない」

　山田が言った。宇田川は大石に尋ねた。

「あまりよく眠れていないのか？」

「山田さんが言ったでしょう？　警戒するために交代で寝ていたって」

「もう少しの辛抱だ。じきにすべて解決する」

「そう信じたいわね」

佐倉が言った。

「予約が取れた」

山田がうなずいて言った。

「では、そこに向かおう」


内堀通りから靖国《やすくに》通りに出て、浅草方面に向かおうとしたとき、再び宇田川の電話が振動した。また植松からだ。

いちいち車を停めるのが面倒だったので、電話を後部座席に差し出した。

「植松さんからです。すいません。佐倉さん、出てもらえますか？」

佐倉は何も言わずに電話を受け取った。

「佐倉だ。ボンは運転している」

それから、しばらく相手の話に耳を傾けていた。

突然、佐倉が言った。

「あんたのケータイをすぐに捨てるんだ」

大石に言っているようだ。

宇田川は驚いて、ルームミラーで佐倉の顔を見た。真剣な表情だった。

山田が尋ねた。

「どうしたんだ？」

「指揮本部で、彼女の電話をトラッキングしている」

「なんだって……？　この電話は安全なはずだ」

「とにかく、すぐに捨てるんだ」

大石はいつまでも躊躇《ちゅうちょ》してはいなかった。後部座席の窓を開けると、そこから携帯電話を投げ捨てた。

場所は、九段下《くだんした》と神保町《じんぼうちょう》の間くらいだ。

その直後、前方から反対車線をパトカーと紺色のマイクロバスがやってきて、宇田川が運転する車とすれ違った。

「今のパトカーと捜査車両は……」

宇田川が言うと、山田が言葉を続けた。

「指揮本部から連絡を受けて急行したんだろうな。サイレンを鳴らしていないところが、いかにもＳＩＴのやり口だ」

宇田川は佐倉に尋ねた。

「指揮本部で大石の電話をトラッキングしているって、どういうことですか？　公安が管理していたんじゃないんですか？」

「公安の情報を探り出したやつがいるらしい。指揮本部の捜査員の誰かだ。公安がケータイの位置情報を教えないんで、業《ごう》を煮やしたんだろう」

大石が言った。

「同じ係の人は、私の電話番号を知っていますからね。やろうと思えば、信号の追跡はできるはずです」

佐倉が言った。

「だんだん公安の押さえがきかなくなってきたな。おそらく早晩、殺人・死体遺棄の捜査本部のほうでも同じことが起きるぞ」

山田は落ち着いた口調で言った。

「俺たちが捕まる前に、城田慶子こと徐慶鈴の身柄を確保できればいい。それだけのことだ」

「やっぱり、どうしても納得できないんですが……」

宇田川は山田に言った。

「蘇我は警察官の身分をなくしましたが、山田さんは警察官なのでしょう？　逮捕されても、検察官に事情を説明すれば起訴されることなんてないんじゃないですか？」

「俺たちは、潜入捜査をやるときに、何かやばいことがあったら自力で片を付けろと言われるんだ。救済措置は最終手段だ」

「柳井さんから聞きました。救済措置というのは、海外に逃亡させるとか、別の身分を与えるようなことなんだそうですね。でも……」

宇田川の言葉を遮るように、山田が言った。

「検察官は潜入捜査や囮《おとり》捜査を認めない。そういう事実はないことになっているんだ。それにな、マスコミや世間をどう納得させるんだ？　上のほうでうまい落としどころを見つけるまで、俺は逃げ続けるしかないんだ」

佐倉が尋ねた。

「どうして城田慶子の身柄を確保したいんだ？　今さら何かを聞き出せるというわけじゃないだろう」

山田が淡々とした口調で言った。

「彼女の身が危険だからだ。敵は、彼女が警察に何かしゃべる前に、口封じをしようとするだろう」

蘇我も同じようなことを言っていた。宇田川はそれを思い出した。

山田は、中国国家安全部のことを「敵」と言った。彼らは、そういう感覚で仕事をしているのだろう。

警察官の感覚ではない。宇田川はそう感じた。いや、同じ警察官の中にもそういう任務に就いている者がいるということだろうか。

蘇我もおそらくそうなのだ。

佐倉が言った。

「城田慶子が殺されるということか？　まさか、そんな……」

「事実、三人の女性工作員が殺されているんだ。やつらに情けなどない」

その後、しばらく誰も口を開かなかった。


佐倉が言った旅館は、浅草の裏通りにあった。彼の案内がなければ、とてもたどり着けなかっただろうと、宇田川は思った。それくらいに入り組んだ路地の一角にある小さな旅館だった。

駐車場に車を入れて、すぐに部屋に案内してもらった。部屋は三つ押さえてあった。一部屋を大石が使う。あとの二つに男たちが分かれて入ることにした。

とりあえず、一つの部屋に四人が集まり、座卓を囲んだ。昔ながらの旅館で、座卓の上には急須や茶碗が載った盆があった。

宇田川は、まず植松に電話してみた。

「植松だ」

「宇田川です。その後、大石の携帯電話の件はどうなりました？」

「土岐によると、捜査員たちは破損した電話を発見したそうだ。神保町のあたりだ」

「そこでケータイを捨てましたから……」

「都心にいるということがわかり、指揮本部のＳＩＴは高揚しているそうだ」

「公安が仕切っているんでしょう？」

「露骨に捜査を妨害できるわけじゃない。犯人と人質が近くにいるとわかったんだ。勢いづいた捜査員たちを止めるわけにもいかない。それで、今、どこにいるんだ？」

宇田川は、旅館の名前と住所を言った。

「犯人役の潜入捜査官も大石もかなり疲労している様子なので、とりあえずここに一泊しようと思います」

「わかった。俺たちも後で合流する」

電話が切れた。

宇田川は、今の植松の言葉をみんなに伝えてから言った。

「蘇我と連絡を取ってみようと思います。経過を知らせないと……」

大石が言った。

「蘇我君と話せるの？」

少し声が弾んだ。

俺と会えたときより、蘇我と話ができると聞いたときのほうがうれしそうだ。だが、そんなことは気にしないことにした。

「しばらくは携帯電話がつながると言っていた」

宇田川はかけた。呼び出し音三回で蘇我が出た。

「よう、どうした？」

相変わらず緊張感のない口調だ。

「大石や山田さんという潜入捜査官と合流した。今、都内のある旅館にいる」

「山田……？」

「本人がそう呼べと言っている」

「わかった」

何も質問しようとしない。

「土岐さんが指揮本部に参加することになった」

「そうか」

「おまえが手を回したのか？」

小さく息が洩れる音がした。おそらく笑ったのだろう。

「使えるものは、何でも利用しないとな……」

「やっぱりそうだったのか。おまえはどこにいて何をしてるんだ？」

「どこにいるかは言えないな。城田慶子の件に関わっている」

「おい、俺たちはおまえの手助けをしているんだ。居場所を言えないってのは、どういうことだ？」

「もし、おまえが中国のやつらにつかまって拷問《ごうもん》されても、知らなければ俺の居場所をしゃべらなくて済む」

「拷問だって……？」

今度ははっきりと笑い声が聞こえた。

「冗談だよ。けど、俺がどこで何をしているかは、誰にも知られたくないんだ」

昔からとらえどころのないやつだったが、ますます秘密めいてきた。

「まあ、連絡が取れるだけいいか……」

「じゃあな。大石によろしく伝えてくれ」

「待てよ。直接話したがっているんだ」

宇田川は電話を大石に差し出した。大石がそれを受け取り蘇我に言った。

「懲戒免職になったと聞いて驚いたけど、まだ公安の仕事をしていたのね？」

それからしばらく蘇我の言葉を聞いていた。

「わかったわ。いつかまた会えるといいわね」

それから、電話を宇田川に返した。電話はすでに切れていた。

蘇我が大石に何を言ったのか訊きたかった。だが、それは訊いてはいけないことのように感じた。

植松と新谷も旅館にやってきて、しばらくすると食事の時間だった。広間に夕食の用意ができていた。

一杯やりながら、ゆっくりと食事をしたくなるような献立《こんだて》だが、全員ほとんど口をきかずに黙々と平らげた。

宇田川は大石の様子をうかがった。食欲はあるようなので安心した。

再び全員で一つの部屋に集まった。今後の対応を考えようとしたのだが、指揮本部の出方次第でこちらの動きも変わってくる。土岐の情報が頼りという結論になった。

植松が山田と大石に言った。

「とにかく、二人は眠れるうちに眠っておいてくれ」

夕食後の二人は、すでに眠そうな顔をしている。

山田が言った。

「そうさせてもらう」

二人はそれぞれ自分の部屋に向かった。彼らが出て行くと、また植松が言った。

「俺たちはこの部屋に詰めて、交代で眠ることにしよう。何があってもすぐに対応できるようにな……」

新谷が不安そうな表情で言った。

「何があってもって、いったい何があるんです？」

佐倉がこたえる。

「ＳＩＴは優秀だよ。神保町で携帯を拾ったとしたら、俺たちの足取りをつかむまでにそう時間はかからないだろう」

「ここに捜査員が踏み込んでくるということですか？」

「人質がいるんだから、突然踏み込んではこないだろう。だが、包囲される恐れはあるな。それまでに、ここを離れる必要がある」

宇田川は気になっていることを言った。

「ＳＩＴが大石のケータイを入手したら、通話の履歴《りれき》などをすべて調べられてしまいますね」

植松がうなずく。

「どの程度破損しているかにもよるがな……。まあ、データを抽出《ちゅうしゅつ》するくらいのことはやるかもしれない。だが、当然公安だってそのことを考えるはずだ。手を打つだろうよ」

「そうですね……」

そう言うしかなかった。

「さて、俺たちは先に横になっている。時間になったら、起こしてくれ」

まず、宇田川と佐倉が当番だった。夕食の間に、すでに部屋には布団が敷かれていた。植松が服を着たまま布団にもぐり込んだ。新谷もそれにならった。

宇田川と佐倉は、窓際の応接セットに移動してソファに腰を下ろした。

佐倉はむっつりと考え込んでいる。宇田川も何もしゃべることが思いつかず、黙っていた。

しばらく沈黙が続いた。ニュースを見ようとテレビをつけていたが、どこの局も似たようなバラエティーばかりでちっとも面白くない。だが、他にすることがないので、画面をぼんやりと眺めていた。

携帯電話が振動した。蘇我からだった。宇田川はすぐに出た。

「何かあったか?」

「城田慶子が自宅で襲撃された」

「城田慶子が……?」

その言葉に、佐倉が反応した。植松と新谷もむっくりと起き上がった。二人ともまだ眠っていなかったようだ。

宇田川は蘇我に尋ねた。

「それで、彼女は……?」

「張り込んでいた公安の係員が踏み込んで、何とか彼女を救った」

「襲撃したのは、中国の工作員か？」

「そうらしいが、現行犯逮捕はできなかった」

「それで、城田慶子は？」

「身柄を確保した」

「この先はどうなるんだ？」

「俺にはわからん」

「城田慶子の身柄確保は、朗報だろう」

「それも、まだわからない。とにかく、知らせておかなけりゃと思ってな……」

「わかった」

「まだ、気を抜くな。城田慶子の身柄は公安が引っぱった。形式上は保護という形だ。指揮本部は、まだ人質犯を追っている」

「伝えておく」

電話を切ると、宇田川は、佐倉、植松、新谷の三人に、今の電話の内容を伝えた。

佐倉が低い声で言った。

「公安の当面の目的は、城田慶子の身柄確保だったんだろう？　これで、一件落着なんじゃないのか？」

宇田川は言った。

「とにかく、山田さんと大石に知らせないと……」

佐倉が言った。

「寝かせておいたほうがいいかもしれない」

「いや」

植松が言った。「大きな展開だ。すぐに知らせたほうがいい」

「自分が行ってきます」

新谷が部屋を出て行った。

彼は、山田と大石を連れて戻ってきた。山田が言った。

「徐慶鈴の身柄確保というのは本当か？」

宇田川がこたえた。

「蘇我が知らせてきました。襲撃犯は取り逃がしたようです」

「彼女を救えただけでもめっけもんだ」

佐倉が山田に尋ねた。

「公安の目的は、ほぼ達成できたんだろう？　日本国内での粛清の再発を防ぎ、城田慶子の身柄を確保できた。これから、どうなるんだ？」

「公安にとっては目的達成と言っていい」

山田が考え込んだ。「だが、俺にとってこのことが吉と出るか凶と出るか。俺にもちょっと読めないな……」

凶と出る。それはどういうことなのだろう。宇田川は疑問に思った。

24

午前零時を過ぎた頃、植松の携帯電話が振動した。

「はい、植松……」

電話に出た植松の表情が、みるみる険《けわ》しくなる。悪い知らせに違いないと、宇田川は思った。

電話を切った植松が言った。

「土岐からだ。どうやら、指揮本部は、この旅館を特定したらしい」

「やるもんだな……」

佐倉が大石を見て言う。「さすがにSITだ」

「どうしますか？」

宇田川は、山田に尋ねた。「おそらく日の出を待って踏み込んできますよ」

新谷が青い顔で言う。

「SITに踏み込まれたら、自分らの立場はどうなるんです？　今のうちに逃げ出したほうが……」

佐倉がかぶりを振った。

「この旅館を特定したということは、すでに捜査員が張り付いているということだ。逃げても追跡される」

新谷が佐倉に言う。

「でも、何もしないでここにいるよりはいいでしょう？」

「うろたえるな。逃げれば捜査員たちは追ってくる。こういうときは、じたばたするのが一番いけないんだ」

「じゃあ、どうするんです？」

山田がつぶやくように言った。

「何も踏み込まれるまで、みんなでここにじっとしていることはない。指揮本部のターゲットは俺だ。あんたらは、手帳を持ってるんだろう？　万が一、捜査員に拘束されそうになっても、どうにでも言い訳ができるだろう」

宇田川は言った。

「今まで逃げ続けたのに、ここで諦めるというんですか？」

山田がこたえる。

「俺の目的は徐慶鈴と接触し、あわよくば彼女をこちらの陣営に引き込むことだった。彼女の身柄が確保された今、俺の役割は終わった」

「だから、どうなってもいいと……」

「そりゃ、無事に逃げおおせて、今後も同じように仕事が続けられれば言うことはない。だが、世の中、なかなか思い通りにはいかない」

大石が言った。

「人質の私の立場はどうなるんです？　今さらのこのこ旅館から出て行けませんよ」

山田がかすかな笑みを浮かべた。

「そうだ。あんたらが、彼女を救出したというシナリオはどうだ？　救出劇で騒ぎになっている隙に、俺はなんとか逃げ出す」

佐倉が顔をしかめた。

「どうして、連れ去り事件の人質を、連続殺人・死体遺棄事件捜査本部の俺たちが救出するんだ？　そんなシナリオ、誰も納得しないぞ」

山田が佐倉に言った。

「少しは頭を使えよ。人質は本物なんだ。そして、あんたらも本物の警察官だ。あとは、それなりのストーリーを作ればいいんだ」

植松がかぶりを振った。

「嘘をつくのは、あんたらに任せるよ」

宇田川は言った。

「こうしている間にも、応援が駆けつけるでしょう。行動するなら今しかありませんよ」

新谷が腰を上げた。

「ちょっと様子を見てきます」

新谷が出て行くと、佐倉が舌打ちをした。

「落ち着きのないやつだ……」

植松が言う。

「しょうがないさ。こんなこと、生まれて初めてだろうからな」

佐倉がぶっきらぼうに言った。

「俺だって初めてだよ」

大石が言う。

「ここまで支援してきたんです。今さら放り出しては行けません」

山田は大石に言った。

「感謝しているよ。だが、もうこれ以上付き合ってもらうわけにはいかない」

大石が何か言おうとしたとき、新谷が戻ってきて告げた。

「すでに、応援が駆けつけているようです。あちらこちらに人影が見えます」

「対応が早いな」

植松が言う。「携帯電話を発見した段階で、捜査員を動員していたな……」

「だが、日の出までは踏み込めない」

佐倉が言った。「それまでに対応を考えないと……」

さらに植松が言った。

「宿の従業員と連絡を取っているはずだ。すでに俺たちの部屋は特定されているだろう」

「やめておけ」

宇田川は窓から外の様子を見ようとした。

植松が言った。「指揮本部が何をするかはわかりきっているはずだ」

宇田川は、再び腰を下ろして言った。

「周りを固めて、逃げ出したらその場で確保。それまで、こちらと交渉を続けながら様子を見て、夜明けに踏み込む……」

植松がうなずいた。

「そんなところだ。もうじき部屋に電話がかかってくるはずだ」

この言葉どおり、床の間にある電話が鳴った。

新谷がそちらに行こうとした。

「出るなよ」

山田が言った。「こちらの様子を探られるだけだ」

「でも、踏み込まれたらおしまいですよ」

新谷の言葉に山田がこたえる。

「SITは慎重だ。まず、犯人との交渉を第一に考える。こちらと連絡が取れないのに、いきなり踏み込むことはないだろう」

「どうかな……」

佐倉が言った。「それは、SITの考え一つだな……」

電話が鳴りやんだ。誰も口を開かない。誰もが対応に苦慮しているのだ。

いきなり、窓の外が明るくなった。

「投光器か……」

植松が言う。「本格的に包囲されたな……」

佐倉が舌打ちした。

「まさか、俺が警官隊に包囲される立場になろうとはな……」

植松が不敵な笑みを浮かべて言う。

「まったく、公安と関わるとろくなことがない」

「おい」

山田が言う。「こっちが頼んだわけじゃないぞ」

「たしかにな……」

佐倉が言う。「何もかも、ボンのせいだ」

宇田川は慌てた。

「自分はただ、大石のことが心配で……」

佐倉がにやりと笑った。

「冗談だよ。俺だってカムフラージュで捜査の真似事をやらされるなんて、真っ平《まっぴら》だった。本当のことがわかった今のほうがずっといい」

新谷が言った。

「こんなことになっても、ですか？」

佐倉が新谷に言う。

「情けない声を出すな。問題は、俺たちじゃなくて、山田だ」

宇田川が山田に尋ねた。

「もう一度訊きますが、身柄確保されたあと、公安が守ってくれることはないんですか？」

「ない」

山田は、きっぱりと言った。「そういう任務なんだ。俺は、あくまで立てこもり犯として逮捕されることになる」

再び電話が鳴りはじめた。耳障りな電子音が部屋の中に響きつづける。

「つい電話を取りたくなる犯人の気持ちがよくわかるな……」

佐倉が独り言のように言った。

電話が鳴り止むと、ほっとした。

窓の外からは、投光器の光が差し込んでくる。時折その光を遮る影がある。警察官たちが配置について、包囲を固めているのだ。

また電話が鳴り出した。

「これを朝まで続けるつもりだな……」

佐倉が言った。

「ふん……」

植松がそれに応じる。「やらせておくさ」

「私が電話に出て、突入しないように言ってはどうでしょう？」

大石が言った。「人質の自分の身が危険だと……」

植松がかぶりを振った。

「向こうの対応がより厳しくなるだけだ。それに、これ以上嘘をつくのは得策じゃない」

　しばらくして、また電話が鳴り止む。

「電話線を引っこ抜きましょうか」

　宇田川が言うと、植松、佐倉、山田の三人が互いに顔を見合った。それから、山田が言った。

「いや、何もしないほうがいい。こちらが動きを見せると、向こうもすぐにそれに対応してくる」

「同じことの繰り返しですよ」

　宇田川が言うと、山田は押し黙った。彼にも策があるわけではないのだ。誰にもどうすることもできない。

　ＳＩＴの対応は万全だ。そのために日夜訓練を続けているのだ。この包囲網から抜け出すことは不可能だ。

　かといって、今さら山田を見捨てることなどできない。

　焦燥と不安が募る。

　突然、投光器の明かりが消えた。

　部屋の中の六人は、同様にきょとんとした顔になった。

「どうしたんだ……？」

植松が言った。佐倉が用心深い仕草で窓に近づいた。しばらく外の様子を見ていたが、やがて、彼は言った。

「やつら、引きあげて行くぞ……」

「引きあげて行く？」

真っ先に反応したのは植松だった。「どういうことだ？」

窓の外を見ながら、佐倉がこたえる。

「わからん。次の対応を考えているのか……」

「次の対応なんてあるわけがない」

山田が言った。「SITは最善の態勢で臨んでいたはずだ」

電話も沈黙したきりだ。

一度包囲の陣形を築いた警官隊が、理由もなく引きあげるはずがない。

「まさか……」

大石が言った。「SATの狙撃班……」

たしかにSATが出動したとなれば、もうSITの出る幕はない。

宇田川が言った。

「冗談じゃない……」

突然誰かの携帯電話が振動した。植松が慌てた様子で出た。

「はい、植松」

それから、先ほどと同様に、しばらく相手の話に耳を傾ける。

「何だそれは……」

植松が電話の相手に言う。おそらく相手は土岐だろう。

大きく息を吸い、それを吐き出すと、植松が言った。

「わかった」

そう言うと電話を切った。

植松が山田の顔を見て言った。

「あんたはもう、犯罪者じゃなくなったよ」

「何だって？」

山田が眉をひそめる。

宇田川も訳がわからなかった。植松の次の言葉を待つことにした。他のみんなも植松を見つめている。

植松は一同を見回してから言った。

「土岐からの知らせだ。どうやら上のほうで話が決まったようだ。事件の幕引きだよ」

大石が尋ねた。

「どういう幕引きになったのですか？」

「城田慶子の狂言だ」

宇田川は一瞬、何を言われたかわからなかった。

「狂言って、どういうことですか？」

「山田は、城田慶子と付き合っていた。彼女は、一方的に別れ話を切り出したが、山田は納得せずに、自宅におしかけた。頭にきた城田慶子は、警察に電話をして山田を人質事件の犯人にしてしまったというわけだ」

宇田川が尋ねる。

「大石を連れて逃走してしまったんですよ」

「お嬢は、事情聴取のために山田を連れ出したに過ぎない」

新谷があきれたように言った。

「それでマスコミや世間が納得しますか？」

「マスコミは、城田慶子が解放されてからは、ほとんど事件について報道していない。指揮本部が情報を出さなかった」

宇田川は確認するように言った。

「連れ去られたと思われていた警察官が、逆に事情聴取のために山田さんの身柄を引っぱったのだという筋書きですね」

「そういうことだ」

「無茶な筋書きだ」佐倉が言った。「だが、現場はそれを呑んで引きあげたんだろう？　マスコミや世間にも、それで押し切るしかない」

植松が言った。

「まあ、本当のことをマスコミに発表できないという事例は、過去にいくらでもある」

「失礼します」

宿の主人がやってきた。ひどく恐縮している様子だ。出入り口近くで正座をすると、彼は言った。

「警察のほうで、何か手違いがあったとかで、たいへんお騒がせしました。申し訳ありません」

深々と頭を下げた。

謝るべきなのは、ここを包囲した警察官たちのはずだ。だが立場上、宿の従業員は、こうして客に頭を下げなければならないのだ。

山田が言った。

「勘定をしてくれ。すぐに出発する」

25

宇田川は驚いて山田を見た。宿の主人も慌てた様子で言った。

「お怒りはごもっともですが、この時刻にお発《た》ちというのは……」

「そうだよ」

植松が言った。「もう何の心配もないんだ。ゆっくり休んでいったらどうだ?」

「いや、そうじゃないんだ」

宇田川は、山田の様子がおかしいのに気づいた。警官たちに囲まれていたときよりも落ち着きをなくしている。

植松や佐倉もその様子に気づいたようだ。

山田は、宿の主人に言った。

「気を悪くしたとか、そういうことじゃないんだ。都合ですぐ発たなければならなくなった。勘定をしてくれ」

宿の主人も、訳がわからない様子だ。

「わかりました。すぐにご精算をいたします」

彼が部屋を出て行くと、植松が山田に尋ねた。

「どうしたというんだ？」

「三人組の殺し屋だ。彼らは指揮本部の動きを探っていたはずだ。そうすれば、俺と大石を発見できる」

植松の表情が厳しくなった。

「つまり、やつらはここを嗅ぎつけたということか？」

「そう考えたほうがいい。そして、警官隊が引きあげた今が襲撃のチャンスだ」

「待ってください」

宇田川が言った。「そこが納得できないんです。どうして、その三人の殺し屋が山田さんや大石を狙うんですか？」

山田が言った。

「彼らの目的は口封じだ。俺は、いろいろと事情を知っている」

「日本の警察官を、他国の諜報機関の殺し屋が殺害しようとしているわけですか？」

「インテリジェンスの世界では、驚くほどのことではない」

インテリジェンスというのは、単に知性という意味ではなく、諜報活動のことだ。

公安は、単なる犯罪捜査ではなく、諜報活動をしているのだと、山田は言明したのだ。

「大石まで狙う必要はないでしょう」

「彼女は、行きがかり上、俺を補佐することになったわけだが、敵から見ればやはり事情を知っている人間に見える。さあ、こんなことを言っている暇はない。すぐにここを出る準備を……」

突然、部屋の明かりが消えた。

今時、東京で理由もなく停電するはずがない。

闇の中で、山田の声が聞こえた。

「来たぞ……」

「無茶なやつらだな。向こうは三人、こっちは六人だ」

植松の声だ。その声に山田がこたえる。

「当然、武器を持っていると考えるべきだろうな」

「くそっ、拳銃を持ってこなかった」

佐倉の声だ。「捜査本部に応援を頼もう」

「応援だって？」

植松が言う。「何と言って頼むつもりだ？」

「やつらは、三件の殺人の実行犯だ。俺たちの獲物なんだよ」

佐倉が携帯電話を取り出して、捜査本部にかけた。

山田が言った。

「この部屋で迎え撃とう。ばらばらになったら、それだけ危険が増える」

「術科をちゃんとやっておくんだったな……」

新谷が怯《おび》えた声で言う。電話をかけ終えた佐倉がこたえる。

「今からでも遅くはないぞ」

山田が出入り口の脇に立った。

これまで、宇田川は警察官としていろいろな経験を積んできた。しかし、暗闇の中で敵の襲撃を待つなどというのは初めてのことだった。

山田の押し殺した声が聞こえてきた。

「格闘技のように、防御のために手を前に出すのはやめろ。プロが刃物を持ったときは、一番近くの動脈から切っていく。手を前に出すと、手首の動脈を切られる」

想像してぞっとした。

さらに山田の声が聞こえる。

「敵はおそらく二方向から来る。窓からも侵入してくるぞ」

「わかった」

植松の声がした。そちらに移動していく気配がする。

そのとき、窓のほうから激しい音がした。ガラスが砕け散ったのだ。ガラスを叩き割って、侵入してきた。

同時に、ドアを開け、その内側にある襖《ふすま》を蹴破るように、敵が侵入してきた。

その後は、何がどうなったのかわからなかった。

誰かとぶつかり、つかみかかり、殴られ、またつかみかかった。テーブルがひっくり返り、上に載っていた茶道具が派手な音を立てた。

闇の中で、誰かがわめいていた。

宇田川は、それが自分の声だということに気づいた。

「危ない」

後ろから衝撃が来た。宇田川は前のめりに倒れた。誰かが体当たりしてきたのだ。

闇に目が慣れてきて、それが誰かわかった。大石だった。

青白く光る刃物がすぐ近くを通り過ぎていった。

大石の体当たりがなければ、大怪我をしていたに違いない。宇田川は、すぐに起き上がり、刃物を持った相手に床に落ちていた何かを投げつけた。おそらく湯飲みだ。

一瞬ひるんだ相手につかみかかり、腰に乗せて見事に投げたのは植松だった。

「確保しろ」

植松の野太い声が聞こえた。宇田川は夢中だった。植松と二人で敵の一人を畳の上に押さえつける。

刃物を取り上げ、手錠をかけた。

あと二人いるはずだ。

宇田川がそう思ったとき、窓の外から大声が聞こえた。

「警察だ」

「確保だ。全員検挙」

捜査本部からの応援だ。

部屋に人が新たになだれ込んできた。それからさらに、訳がわからなくなった。

怒号が交錯する。新たにやってきた捜査員たちの声だ。

もみくちゃにされて、気がついたら手錠をかけられ、廊下に引きずり出されていた。

とにかく部屋の中にいた全員を検挙するしかなかったのだろう。

いつしか騒ぎは収まっていた。捜査員たちが制圧したのだ。

懐中電灯で顔を確認されて、宇田川はすぐに手錠を外された。

植松、佐倉、新谷も同様に解放された。佐倉は、手錠を外しに来た捜査員を睨んで言った。

「てめえ、俺にワッパかけやがったな」

「全員検挙の命令だったんですよ」

どうやら調布署の後輩らしい。

「それにしても、早かったじゃないか」

「都心部で聞き込みをやっていた捜査員全員に急行の命令が下ったんですよ。警察庁の柳井が迷わずにその措置を取ったとか……」

「ふん。柳井か……。おいしいところ、持っていきやがったな……」

山田と大石は、まだ手錠をされていた。佐倉が言った。

「いいんだ。その人たちは」

捜査員の一人が言った。

「身分を確認しないと……」

植松が言った。

「そのお嬢は、俺たちと同じ捜査一課だよ」

「もう一人の方は？」

山田がこたえた。

「女と別れ話がもつれて、人質犯にされた間抜けだよ」

佐倉が応援の捜査員たちに尋ねた。

「三人はどうした？」

「車に連れて行きました。捜査本部に身柄を運んでいいんですね？」

「いいとも」

佐倉が言った。「あいつらは、連続殺人および死体遺棄の実行犯たちだ」

応援部隊が、三人の殺し屋の身柄を捜査本部に運んでいった。

宇田川は、気が抜けて今にもへたり込んでしまいそうだった。植松や佐倉も同様だった。誰も口を開こうとしない。

気がつくと、あちらこちらに切り傷があった。襲撃者の刃物で傷ついたのか、ガラスの破片で傷ついたのかわからない。

みんな、どこかに傷を負っていた。それでも大怪我をした者がいなかったのは奇跡に等しいと思った。山田の注意がなければ、誰かが致命傷を負っていたのではないだろうか。それが自分だったかもしれないと思うと、あらためてぞっとした。

その場に残った捜査員が、現場の保存をしなければならない。本来ならば、宇田川たちもそれを手伝わなければならないのだが、まったくその気が起きない。

やがて、鑑識係や所轄の地域課の係員がやってきた。彼らに任せることにした。

「あいつらは、ヘマをやらかしたもんだな……」

佐倉が言った。植松が佐倉を見た。

「あいつら……？」

「中国の諜報機関だか何だか知らないが、今まで捕まらなかったのに、どうしてこんなところで、現行犯逮捕されちまったんだ？」

　山田がこたえた。

「あんたらのことが、計算外だったんだ」

　佐倉が聞き返す。

「計算外？」

「やつらは、たしかに玉川署の指揮本部と公安の動向についてはよくつかんでいた。けどね、調布署の捜査本部のことは眼中になかったんだと思う」

「ここに刑事がいるなんて思ってもいなかったってことか？」

「警官隊と指揮本部のＳＩＴが引きあげるのを見ていたはずだ。刑事が残っているなんて思っていなかったんだろう。簡単に仕事を終えられると考えたんだ。やつらは、自分たちの実力を過信していたのさ」

「あの……」

　声がしてその場にいた全員が振り向いた。宿の主人が立っていた。

「これ、どうしましょう」

　彼は勘定書きを手にしていた。

　山田が笑った。

「空いている部屋があったら用意してくれないか」

「部屋はありますが……」

「急いで発つ必要がなくなった。一眠りさせてもらう」

佐倉が言った。

「俺たちは捜査本部に引きあげるよ。幹部と警察庁の柳井に経緯を説明しなけりゃならない」

佐倉の言うとおりだ。捜査本部では、いきなり三人の身柄を受け取って、目を白黒させているだろう。

すでに植松が電話で、名波係長に事情を説明した。だが、名波係長も捜査幹部に、込み入った事情を説明することはできないだろう。

宇田川は、大石に言った。

「大石はどうするんだ？」

「私は指揮本部に戻る」

「そうか」

「蘇我君とはまだ連絡がつくかしら？」

「電話してみる」

宇田川は、携帯電話を取り出し、蘇我にかけてみた。

「よお、どうした？」

間の抜けた声が聞こえてくる。

「命からがらだったが、なんとか切り抜けたよ」

「何の話だ？」

「中国の殺し屋たちが、俺たちがいる部屋を襲撃したんだ」

「へえ……、それで？」

「三人とも確保した」

「そりゃお手柄だ」

「だが、事実が発表されることはない。そうだろう？」

「俺にそんなこと、言われてもなあ……」

「とにかく、これですべて片づいたわけだ」

「そうだな。あ、そうそう、都合でこの電話番号、使えなくなるから……」

「そんなことだろうと思ってたよ。ちょっと待て、ここに大石がいる。代わるよ」

携帯電話を差し出すと、大石はそれを受け取り蘇我に言った。

「蘇我君、これからどうするの？」

それからしばらく相手の話に耳を傾けている。

「とにかく、元気でよかったわ。また、どこかで会いましょう」

蘇我が、大石の問いかけにどうこたえたかはわからない。だが、なんとなく想像がついた。

たぶん、またのらりくらりと、適当なことを言ったに違いない。

やがて、大石が電話を宇田川に差し出した。すでに電話は切れていた。

「おい、ボン、行くぞ」

植松の声がした。

宇田川は大石に言った。

「俺に体当たりをして、敵の刃物から守ってくれたな？」

「そうだったかしら」

「蘇我に同じことをされたことがある。撃たれかけたとき、彼が体当たりして助けてくれた」

大石がほほえんだ。

「同期だからね」

「そうだな」

「じゃあ、私も行くわ」

「ああ」

「そうだ。タクシー代、貸してくれる？」

宇田川は、財布の中に一枚だけ残っていた一万円札を渡した。

それから、山田に会釈をした。山田は、片手を挙げ、あくびをした。

案の定、夜明け前の捜査本部は混乱していた。三人の中国人の身柄が運ばれてきたが、誰も詳しい経緯を知らない。

宇田川たち四人が捜査本部に戻ると、幹部と管理官たちが取り囲んだ。

植松が言った。

「複雑な事情があるので、まず警察庁の柳井さんに事情を説明したいんですが……」

柳井がうなずいた。

植松は宇田川に言った。

「ボン、おまえさんの役目だ」

「自分がですか？」

「柳井さんは、どうやらボンがお気に入りのようだからな」

お気に入りかどうかはわからない。だが、たしかに自分の役割のような気がした。

「わかりました」

宇田川は柳井に近づき、一礼した。

「詳しい経緯を報告いたします」

柳井がうなずいて言った。

「では、別室でうかがいましょう」

前回二人で話をしたのと同じ部屋に連れて行かれた。

宇田川は、知っているすべてのことを話した。柳井は何も言わず報告を聞いている。

すべてを聞き終わった柳井は言った。

「ごくろうさまでした。あとは、われわれがうまくやります」

「一つだけ質問してよろしいですか?」

「何ですか?」

「われわれ捜査本部は、ちゃんと機能したのですね?」

柳井はほほえんだ。

「はい。私の予想以上の働きをしてくれました」

宇田川は、礼をしてから部屋を出た。

26

幹部から捜査員たちに、三人の被疑者についての説明があった。

彼らは、中国マフィアの殺し屋という説明だった。

日本国内に、中国マフィアが運営する売春組織がある。三人の被害者、すなわち、李英華、陳青梛、劉明の三人の中国人女性は、その組織に対する裏切り者だった。

三件の殺人事件は、マフィアによるみせしめだったという筋書きだ。

宇田川たちは、仮眠を取ったのちに、通常どおり送検のための書類を作成した。疎《そ》明《めい》資料を書くために丸一日かかった。仕事を終えたのは、夕刻のことだった。

捜査本部が解散になる。

宇田川は、佐倉に挨拶をした。

「いろいろとお世話になりました」

「世話なんてしてないよ」

ぶっきらぼうな佐倉に戻っていた。

「いえ、勉強させてもらいました」

佐倉は、一瞬戸惑いを見せた後に言った。

「俺も勉強させてもらったよ。いくつになっても、白けている場合じゃないってな」

彼は白けてなどいない。そういう振りをしているうちに、それがいつのまにか習い性《しょう》になってしまっただけだ。宇田川はそう思った。

ここにも熱い心を持った刑事がいる。

「ありがとうございました。失礼します」

「ああ」

佐倉が言った。「またいつか、どこかで会おう」

宇田川は深く礼をした。


「いろいろとたいへんだったらしいね」

水曜日に本部に登庁すると、土岐が声をかけてきた。

「土岐さんのおかげで助かりました」

「俺は、お嬢のことが気になっていただけだよ」

隣の席の植松が言った。

「いつの間にか指揮本部にもぐり込むなんて、こいつにしかできない芸当だよ」

土岐が言った。

「後から聞いたが、それについては蘇我が手回ししたんだろう?」

「そうらしいな。だが、誰にでもできることじゃない。このタヌキめが」

「そのタヌキが、ちょっとした段取りをつけて来たんだがね……」

植松が聞き返す。

「何の段取りだ?」

「お嬢が、無事に任務を果たしたお祝いをやろうと思ってね」

「ほう……」

植松が言った。「そいつは悪くないな」

「日時場所は、追って連絡する。その日は事件が起きないことを願うな」

「それは言いっこなしだ」

警察官の飲み会は、いつも条件付きだ。楽しく飲んでいても、何かあれば携帯電話が鳴り、飛んで行かねばならない。

幹部になるともっとたいへんで、酒を飲んでいたこと自体が、後で問題にされることがある。

それでも息抜きは必要だ。植松も土岐も、それをよく心得ているのだ。

飲み会は、二日後の金曜日と決まり、紅一点の大石と四人ででかけた。場所を聞いてちょっと驚いた。

赤坂のスペイン料理レストランだ。

店に着くと、宇田川は土岐に言った。

「なにも、わざわざこの店にしなくても……」

土岐がこたえる。

「いいじゃないか。この店なら安心できる」

「なんだか、仕事の続きみたいで……」

「そんなことは忘れて、料理と酒を楽しむんだよ」

大石が言った。

「おしゃれな店じゃない。雰囲気は最高よ」

「そうか」

宇田川は言った。「大石は初めてだったな」

「お嬢」

植松が言った。「一つ訊いていいかい?」

「何です?」

「事案は片づいたが、おまえさんの立場は微妙だったはずだ。SITでは、どういう扱いになったんだ?」

それは、宇田川も心配していたことだった。大石がこたえた。

「係長から事情を詳しく聞かれました」

植松が尋ねる。

「それだけか? 始末書もなしか?」

「それだけです」

「まあ、考えてみれば、始末書なんぞ残せる事案じゃなかったよな……」

植松の言葉に大石がほほえんだ。

「SITは、一つの事案が終結した瞬間に、次の事案に向けて待機に入ります。待機と訓練。もう、次のことを考えなければならないんです」

植松がうなずいた。

そこに、顔馴染みのフロアマネージャーがやってきた。

「いらっしゃいませ。メニューをお持ちしましたが、ご注文は、みなさんおそろいになってからにしますか？」

宇田川がこたえた。

「これで全員ですが……」

「いえ、今しがた、お電話がありまして、今向かってらっしゃると……」

「向かっている？　誰が？」

「蘇我様です」

宇田川はびっくりして、土岐に尋ねた。

「蘇我にも声をかけていたんですか？」

「まさか……」

土岐がこたえる。「連絡も取れないのに……」

植松が言った。

「まったく、どこで嗅ぎつけたのか……。あいつは油断がならない」

「取りあえず、ビールをくれ」

土岐がフロアマネージャーに言った。「喉が渇いた」

全員がそれにならった。

「かしこまりました」

フロアマネージャーが立ち去る。

大石が宇田川に言った。

「蘇我君と飲むなんて、本当に久しぶり」

「あまり期待しちゃいけない。本当に来るかどうかわからないんだから……」

「どうして？」

「あいつは、そういうやつなんだよ。期待させておいて、あっさりと裏切る」

ビールがやってきて、乾杯しようとした矢先、のんびりとした声が聞こえた。

「よう、おまたせ」

蘇我だった。

宇田川は、なんだか信じられない気持ちで、彼を見ていた。

蘇我が、ごく日常的な口調で従業員に言った。

「あ、俺もビールね」

その一言で、宇田川は初任科研修が終わったばかりの頃の気分に戻っていた。

蘇我のビールがやってきて、改めて乾杯をした。
蘇我と大石と宇田川のグラスが触れ合い、かすかな音を立てた。

# 解説

西上心太（文芸評論家）

同期採用された二人の警察官の活躍を描いたシリーズ一作目の『同期』（講談社↓講談社ノベルス↓講談社文庫）が刊行されたのは二〇〇九年だった。本書『欠落』は同じ二人が再登場するシリーズ二作目にあたる。単行本が二〇一三年、その翌年にノベルス版、そしてこのたび（二〇一五年）刊行されたのがこの文庫版である。

二〇一三年は本書の作者、今野敏にとって作家デビュー三十五周年にあたる年だった。それを記念して実行されたのが、一月から六月にかけて四作品をあいついで刊行するという出版社を横断した大型企画だった。その皮切りとなったのが本書なのである。

続いて二月には東京湾臨海署の安積班の面々が登場する《安積《あづみ》警部補》シリーズの『晩夏』（角川春樹事務所）が第二弾として刊行された。「ハンチョウ」というタイトルでテレビ化され、人気を博したことも記憶に新しい。今野敏が手がけた警察小説の中でも特に歴史も古く作品数も多い、もはやライフワークといってもよい人気シリーズだ。

五月には、民放テレビ局の報道局遊軍記者と、未解決事件を担当する警視庁捜査一課の刑事という、職業の垣根を超えた二人がタッグを組む《スクープ》シリーズの三作目『クローズアップ』（集英社→集英社文庫）が出た。そして吉川英治文学新人賞（『隠蔽捜査』）や日本推理作家協会賞（『果断　隠蔽捜査2』）など大きな文学賞を受賞し、今野敏作品の一大ブームを生んだ原動力の一つとなった、《隠蔽捜査》シリーズの第五弾『宰領　隠蔽捜査5』（新潮社）が六月に刊行され、大型企画の掉尾《とうび》を飾ったのだ。

《スクープ》シリーズは純粋な警察小説とはいえないが、この三つのシリーズのほかにも、《ST　警視庁科学特捜班》、《横浜みなとみらい署》、《TOKAGE　特殊遊撃捜査隊》、《倉島警部補》、《渋谷署強行犯係》などの警察小説シリーズがある。また《警視庁強行犯係・樋口顕《ひぐちあきら》》も二〇一四年に十四年ぶりとなる新作『廉恥』（幻冬舎）が登場し、現役のシリーズとして復活を果たした。

日本のミステリー界は、警察小説花盛りであるが、そのトップを走る今野敏は手を替え品を替え、様々なタイプの警察小説シリーズを数多く書き続けている。中でも

《同期》シリーズは一味違う狙いを持っている。それは一つの物語の中で、警察の刑事部門と公安部門のせめぎ合いを描こうとしているのではないかということだ。その狙いをご説明する前に、まずは前作のおさらいをしておこう。

宇田川亮太《うだがわりようた》巡査部長は警視庁捜査一課第五係に配属されて一年、三十二歳の若手刑事だ。ある日、暴力団事務所の大がかりな家宅捜査に宇田川も助っ人として加わった。別の暴力団員が殺された事件に、この組が関わっていると思われたからだ。その際、一人の組員が事務所から逃亡する。組員を追う宇田川。しかし追いつめられた組員は宇田川に銃を向けて発砲した。その瞬間、宇田川を突き飛ばして彼の命を救ったのが、警視庁の公安総務課に所属する蘇我和彦《そがかずひこ》だった。宇田川と蘇我は同期の間柄で、ライバルでもあり、もっとも気の合う友人でもあった。

その数日後、蘇我に突然懲戒免職という処分が下され、行方もわからなくなってしまう。さらに銃を発砲して逃走した組員が殺される。宇田川が所属する五係は、二件の暴力団員殺しのために設置された特捜本部に加わるが、なぜか捜査の方向がねじ曲げられていく。また宇田川が蘇我の行方を探そうとする行動にも圧力がかけられる。宇田川は二件の殺人事件と蘇我の免職の背後に、公安部の思惑が潜んでいることに気づく。

　これが前作のストーリーの概略だ。刑事部門と公安部門は水と油の関係であることはよく知られており、警察小説においてもその対立をメインテーマにしたり、あるいはその交じりあわない関係について言及される作品は多い。そもそも公安部門は国家体制を脅かす組織への監視や情報収集を一義的な目的にしている。そのために徹底した秘密主義が貫かれている。たとえば情報収集の過程で刑法違反の事例に遭遇しても、大局的な見地から個々の犯罪を見逃したり、刑事部門に情報を知らせないことも起こり得る。そのため個別の犯罪に対応し、事件の解決を目的とする刑事部門と対立することが多々あるのではないかと想像できるのだ。逆にいえば公安部門のその秘密主義こそが、ミステリー作家の想像力を刺激して、刑事と公安両者の対立を図式化した物語を書かせているのではないだろうか。

『同期』において、刑事部門と公安部門の対立をいたずらに煽《あお》ったり、一方が善で一方が悪という単純な二分法でお茶を濁すこともなく、両者の方向性の違いを十分に考慮した上で、互いの倫理観やプロとしての矜持《きょうじ》を見事に描き出すことに成功した。それが前述したこのシリーズにおける作者の狙いであり、作品のもっとも重要なテーマでもあるのだ。そしてそのことは本書を読むことでいっそう明確に示されていることがわかるのだ。

シリーズ第二作である本書は、警視庁の捜査一課に宇田川や蘇我と親しかった同期がやってくるところから始まる。特殊犯捜査第一係に配属された大石陽子《おおいしようこ》である。特殊犯捜査係——通称SIT は、誘拐や人質事件などに対処するエキスパートである。配属からしばらくして、SIT の出番がやってきた。世田谷区の住宅地のマンションで、主婦を人質に取った立てこもり事件が発生したのだ。逃走用の車を用意する代わりに、女性警察官が人質になることが犯人との交渉で決定した。しかし犯人確保に失敗し、立てこもり犯は人質の女性警察官とともに行方をくらませてしまう。同時に宇田川はその女性警察官が大石陽子だったことを知る。

陽子の身を案じる宇田川だったが、翌日にさっそく新たな事件が起きる。多摩川《たまがわ》の河川敷で女性の絞殺死体が発見されたのだ。宇田川の殺人犯捜査第五係は調布《ちょうふ》署に設置された捜査本部で捜査に携わる。宇田川は調布署のベテラン刑事佐倉《さくら》と組み、被害者の人間関係を中心に調査する敷鑑捜査を割り振られる。しかし被害者の身元は杳《よう》として知れなかった。やがて身元不明の女性の絞殺事件という事例が、沖縄県那覇《なは》市や三鷹《みたか》署管内であったことが判明する。そして事件の目撃者の話などから、複数の犯人による計画的な犯行ということがわかってくるが……。

身元不明の女性殺人事件と、女性警察官を人質に取ったまま行方知れずとなった立てこもり犯、本書ではこの二つの事案が描かれる。宇田川は大石陽子の身を案じながら、結果が一向に出ない地道な捜査に携わる。このシリーズは宇田川の視点で描かれているため、同期の安否を気遣いつつ、進展のない自分のヤマにも向き合わなければならない。その状況からもたらされるジレンマによる焦燥感は格別で、読者は宇田川と寄り添うように同じ思いを共有することになる。このあたりの筆さばきはベテランの味であろう。

　殺人事件の捜査が開始されて間もなく、宇田川のもとに蘇我から電話がかかってくる。表向きは人質が大石陽子ではないかと心配する内容だったが、宇田川はその裏に蘇我が従事している極秘任務があるのではないかと想像する。連続女性絞殺事件から、蘇我のミッションと関わるどのような事案が飛び出るのか、またＳＩＴの捜査もむなしく、立てこもり犯の逃走を許していることにはなにか理由があるのか。宇田川、蘇我、そして人質になっている大石陽子。三者それぞれの事件がどのような形で結びつくのか。その意外性が本書最大の読みどころであり、前述したテーマを巧妙に浮かび上がらせる仕掛けにもなっている。

　『同期』の解説にも書いたが、もう一つの魅力が脇役キャラクターの造形が出色である点だ。捜査一課で宇田川を鍛えるベテラン刑事の植松《うえまつ》義彦《よしひこ》警部補。前回の事件で宇田川とコンビを組んだ所轄署の土岐達朗《ときたつろう》巡査部長。土岐は植松と同期であり、本作では警部補に出世し未解決事件（コールドケース）を扱う特命捜査対策室に異動し、同じ本庁勤務となり、持ち前の顔の広さでＳＩＴの動きを宇田川に知らせる重要な役割を受け持っている。さらに第五係の名波《ななみ》係長や捜査一課の田端守雄《たばたもりお》課長も骨のあるところを見せる。

その中でも助演男優賞候補が、宇田川と捜査本部でコンビを組む調布署の五十五歳になるベテラン刑事の佐倉友道《ともみち》巡査部長だろう。被害者の身元を割り出すために、膨大な失踪者届けを仕分けし、足を使って可能性を一つ一つつぶしていく。捜査の方針に疑問があろうがルーティーンの業務から逸脱することなく、命じられたことだけを淡々と——しかし完璧に——こなしていく。想像力を働かせようとしないその姿勢は、宇田川からすれば物足りなく思える。しかし以前の事件で土岐の本質を見損なったように、また一人独自の刑事気質を持ったベテランの姿から、宇田川は蒙《もう》を啓《ひら》かれていく。捜査一課に引っ張られたとはいえ、宇田川はまだまだ経験の浅い若手である。事件のたびにコンビを組んだ所轄署のベテランから、刑事の心得を教えられる。このシリーズのもう一つのテーマとして、宇田川の成長を描くことがあるのだ。

刑事部門と公安部門のせめぎ合い、若手刑事の成長、そして立場が異なりつつも関係を深めていく三人の同期たち。この三つがこのシリーズのテーマであり読みどころである。特に最後の同期三人の人間関係は、このシリーズが続くにつれ、変化し深化していくことだろう。

難易度が高いテーマを持ったシリーズであるが、その高いハードルを今野敏がどのように越えていくのか。シリーズ第三作がいまから待ちきれない。

●本書は二〇一三年一月、単行本として、二〇一四年十月、ノベルスとして、小社より刊行されました。

(この作品はフィクションですので、登場する人物、団体は、実在するいかなる個人、団体とも関係ありません。)

|著者|今野 敏　1955年北海道三笠市生まれ。上智大学在学中の1978年「怪物が街にやってくる」（現在、同名の朝日文庫に収録）で問題小説新人賞受賞。卒業後、レコード会社勤務を経て作家となる。2006年『隠蔽捜査』（新潮社）で吉川英治文学新人賞受賞。2008年『果断　隠蔽捜査２』（新潮社）で山本周五郎賞、日本推理作家協会賞受賞。「空手道今野塾」を主宰し、空手、棒術を指導。主な近刊に『プロフェッション』（講談社）、『寮生――一九七一年、函館。――』（集英社）、『豹変』（KADOKAWA）、『精鋭』（朝日新聞出版）、『自覚　隠蔽捜査5.5』（新潮社）、『潮流　東京湾臨海署安積班』（角川春樹事務所）、『虎の尾　渋谷署強行犯係』（徳間書店）、『マインド』（中央公論新社）、『マル暴甘糟』（実業之日本社）、『廉恥』（幻冬舎）などがある。

欠落《けつらく》

今野《こんの》 敏《びん》




講談社文庫
定価はカバーに
表示してあります

2015年11月13日第１刷発行

発行者――鈴木　哲
発行所――株式会社　講談社
東京都文京区音羽2-12-21　〒112-8001
電話　出版（03）5395-3510
　　　販売（03）5395-5817
　　　業務（03）5395-3615

デザイン―菊地信義
本文データ制作―講談社デジタル製作部
印刷―――凸版印刷株式会社
製本―――株式会社若林製本工場

Printed in Japan



ISBN978-4-06-293235-6

# 講談社文庫刊行の辞

二十一世紀の到来を目睫に望みながら、われわれはいま、人類史上かつて例を見ない巨大な転換期をむかえようとしている。

世界も、日本も、激動の予兆に対する期待とおののきを内に蔵して、未知の時代に歩み入ろうとしている。このときにあたり、創業の人野間清治の「ナショナル・エデュケイター」への志を現代に甦らせようと意図して、われわれはここに古今の文芸作品はいうまでもなく、ひろく人文・社会・自然の諸科学から東西の名著を網羅する、新しい綜合文庫の発刊を決意した。

激動の転換期はまた断絶の時代である。われわれは戦後二十五年間の出版文化のありかたへの深い反省をこめて、この断絶の時代にあえて人間的な持続を求めようとする。いたずらに浮薄な商業主義のあだ花を追い求めることなく、長期にわたって良書に生命をあたえようとつとめるところにしか、今後の出版文化の真の繁栄はあり得ないと信じるからである。

同時にわれわれはこの綜合文庫の刊行を通じて、人文・社会・自然の諸科学が、結局人間の学にほかならないことを立証しようと願っている。かつて知識とは、「汝自身を知る」ことにつきていた。現代社会の瑣末な情報の氾濫のなかから、力強い知識の源泉を掘り起し、技術文明のただなかに、生きた人間の姿を復活させること。それこそわれわれの切なる希求である。

われわれは権威に盲従せず、俗流に媚びることなく、渾然一体となって日本の「草の根」をかたちづくる若く新しい世代の人々に、心をこめてこの新しい綜合文庫をおくり届けたい。それは知識の泉であるとともに感受性のふるさとであり、もっとも有機的に組織され、社会に開かれた万人のための大学をめざしている。大方の支援と協力を衷心より切望してやまない。

一九七一年七月

野間省一

## 講談社文庫 最新刊

**今野 敏** **欠 落**
この捜査、何かがおかしい。苦闘する刑事たち。今野敏警察小説の集大成『同期』待望の続編。

**濱 嘉之** **ヒトイチ 画像解析**〈警視庁人事一課監察係〉
警官が署内で拳銃自殺。監察係長の榎本が謎を追う！ シリーズ第2弾。〈文庫書下ろし〉

**香月日輪** **地獄堂霊界通信③**
フランスから来た美少女・流華《るか》は魔女だった!? 三人悪はクラスで孤立する彼女を心配するが。

**上田秀人** **梟《ふくろう》の系譜**〈宇喜多四代〉
強大な敵に囲まれ、放浪の身から家名再興の期待を背に、乱世をひた走った宇喜多直家。

**西尾維新** **少女不十分**
少女はあくまで、ひとりの少女に過ぎなかった……。「少女」と「僕」の不十分な無関係。

**重松 清** **希望ヶ丘の人びと(上)(下)**
亡き妻のふるさとに子どもたちと戻った「私」。昔の妻を知る人びとが住む街に希望はあるのか。

**楡 周平** **レイク・クローバー(上)(下)**
ミャンマー奥地の天然ガス探査サイトで未知の寄生虫が発生。日本人研究者が見たものは？

**平野啓一郎** **空白を満たしなさい(上)(下)**
現代における「自己」の危機と、「幸福」の意味を追究して、大反響を呼んだ感動長編！

**真梨幸子** **カンタベリー・テイルズ**
パワースポットには良い「気」も悪意も渦巻く。人間の業《ごう》を突き詰めたイヤミスの決定版！

**あさのあつこ** **NO.6 beyond**〔ナンバーシックス・ビヨンド〕
理想都市再建はかなうのか？ 紫苑とネズミは再会できるのか？ 未来に向かう最終話。

**有川 浩** **ヒア・カムズ・ザ・サン**
触れた物に残る人の記憶が見える。特殊な能力を持つ男が見た20年ぶりの再会劇の行方。

**月村了衛** **神《み》子《こ》上《がみ》典《てん》膳《ぜん》**
一刀流の達人典膳は何故無法に泣く者を助けるのか？ 剣戟《けんげき》あり謎ありの娯楽《エンターテインメント》時代小説。

島田雅彦
## ミイラになるまで　島田雅彦初期短篇集
解説＝青山七恵　年譜＝佐藤康智
釧路湿原で、男の死体と奇妙な自死日記が発見された――表題作ほか、著者が二十代で発表した傑作短篇七作品。尖鋭な批評精神で時代を攪乱し続ける島田文学の源流。
978-4-06-290293-9　しJ2

梅崎春生
## 悪酒の時代　猫のことなど　―梅崎春生随筆集―
解説＝外岡秀俊　年譜＝編集部
多くの作家や読者に愛されながらも、戦時の記憶から逃れられず、酒に溺れた梅崎。戦後派の鋭い視線と自由な精神、底に流れるユーモアが冴える珠玉の名随筆六五篇。
978-4-06-290290-8　うB4

塚本邦雄
## 珠玉百歌仙
解説＝島内景二
斉明天皇から、兼好、森鷗外まで、約十二世紀にわたる名歌百十二首を年代順に厳選。前衛歌人であり、類稀な審美眼をもつ名アンソロジストの面目躍如たる詞華集。
978-4-06-290291-5　つE7

けらえいこ　セキララ結婚生活
玄侑宗久　慈悲をめぐる心象スケッチ
玄侑宗久　阿修羅
小峰元　アルキメデスは手を汚さない
今野敏　蓬莱
今野敏　ST　警視庁科学特捜班　エピソード1〈新装版〉
今野敏　ST　警視庁科学特捜班　毒物殺人〈新装版〉
今野敏　ST　警視庁科学特捜班〈黒いモスクワ〉
今野敏　ST　警視庁科学特捜班〈青の調査ファイル〉
今野敏　ST　警視庁科学特捜班〈赤の調査ファイル〉
今野敏　ST　警視庁科学特捜班〈黄の調査ファイル〉
今野敏　ST　警視庁科学特捜班〈緑の調査ファイル〉
今野敏　ST　警視庁科学特捜班〈黒の調査ファイル〉
今野敏　ST　為朝伝説殺人ファイル〈警視庁科学特捜班〉
今野敏　ST　桃太郎伝説殺人ファイル〈警視庁科学特捜班〉
今野敏　ST　沖ノ島伝説殺人ファイル〈警視庁科学特捜班〉
今野敏　ST　化合　エピソード0〈警視庁科学特捜班〉
今野敏　ギガース〈宇宙海兵隊〉
今野敏　ギガース2〈宇宙海兵隊〉
今野敏　ギガース3〈宇宙海兵隊〉
今野敏　ギガース4〈宇宙海兵隊〉
今野敏　ギガース5〈宇宙海兵隊〉
今野敏　ギガース6〈宇宙海兵隊〉
今野敏　特殊防諜班　連続誘拐
今野敏　特殊防諜班　組織報復
今野敏　特殊防諜班　標的反撃
今野敏　特殊防諜班　凶星降臨
今野敏　特殊防諜班　諜報潜入
今野敏　特殊防諜班　聖域炎上
今野敏　特殊防諜班　最終特命
今野敏　茶室殺人伝説
今野敏　奏者水滸伝《そうしゃすいこでん》　阿羅漢集結《あらかんしゅうけつ》
今野敏　奏者水滸伝　小さな逃亡者
今野敏　奏者水滸伝　古丹《こたん》、山へ行く
今野敏　奏者水滸伝　白の暗殺教団
今野敏　奏者水滸伝　四人、海を渡る
今野敏　奏者水滸伝　追跡者の標的
今野敏　奏者水滸伝　北の最終決戦
今野敏　フェイク〈疑惑〉
今野敏　同期
今野敏　警視庁FC
小杉健治　灰の男
小杉健治　隅田《すみだ》川《がわ》浮《うき》世桜《よのさくら》
小杉健治　母《はは》子《こ》草《ぐさ》〈どぶ板文吾義侠伝〉
小杉健治　つぐない〈どぶ板文吾義侠伝〉
小杉健治　闇《やみ》鳥《とり》〈どぶ板文吾義侠伝〉
小杉健治　境界殺人〈新装版〉
後藤正治　奪われぬもの
後藤正治　牙〈江夏豊とその時代〉
後藤正治　奇蹟の画家
小嵐九八郎　蜂起には至らず〈新左翼死人列伝〉
小嵐九八郎　真《ま》幸《さき》くあらば
幸田文　崩れ
幸田文　台所のおと
幸田文　季節のかたみ
幸田文　月の塵
小池真理子　記憶の隠れ家

講談社文庫　目録


小池真理子 美神《ミューズ》
小池真理子 冬の伽藍
小池真理子 映画は恋の教科書《テキスト》
小池真理子 恋愛映画館
小池真理子 ノスタルジア
小池真理子 夏の吐息
小池真理子 秘密〈小池真理子対談集〉
幸田真音 小説ヘッジファンド
幸田真音 マネー・ハッキング
幸田真音 日本国債(上)(下)〈改訂最新版〉
幸田真音 eの悲劇〈IT革命の光と影〉
幸田真音 凛《りん》冽《れつ》の宙《そら》
幸田真音 コイン・トス
幸田真音 あなたの余命教えます
小森健太朗 ネヌウェンラーの密室
五味太郎 大人問題
五味太郎 さらに・大人問題
鴻上尚史 あなたの魅力を演出するちょっとしたヒント鴻上尚史 表現力のレッスン あなたの思いを伝える
鴻上尚史 八月の犬は二度吠える
小林紀晴 アジアロード
小泉武夫 地球を肴に飲む男
小泉武夫 納豆の快楽
小泉武夫 小泉教授が選ぶ「食の世界遺産」日本編
小泉武夫 夕焼け小焼けで陽が昇る
五條瑛 熱氷
五條瑛 上陸
近藤史人 藤田嗣治「異邦人」の生涯
古閑万希子 美しい人〈9 Lives〉
古閑万希子 ユア・マイ・サンシャイン
小前亮 李《り》世《せい》民《みん》
小前亮 趙《ちょう》匡《きょう》胤《いん》〈宋の太祖〉
小前亮 李巌と李自成
小前亮 中国皇帝伝〈歴史を動かした28人の光と影〉
小前亮 朱元璋 皇帝の貌《かお》
小前亮 覇《は》帝《てい》フビライ〈世界支配の野望〉
香月日輪 妖怪アパートの幽雅な日常①
香月日輪 妖怪アパートの幽雅な日常②
香月日輪 妖怪アパートの幽雅な日常③
香月日輪 妖怪アパートの幽雅な日常④
香月日輪 妖怪アパートの幽雅な日常⑤
香月日輪 妖怪アパートの幽雅な日常⑥
香月日輪 妖怪アパートの幽雅な日常⑦
香月日輪 妖怪アパートの幽雅な日常⑧
香月日輪 妖怪アパートの幽雅な日常⑨
香月日輪 妖怪アパートの幽雅な日常⑩
香月日輪 大江戸妖怪かわら版①〈異界より落ち来る者あり〉
香月日輪 大江戸妖怪かわら版②〈異界より落ち来る者あり 其之二〉
香月日輪 大江戸妖怪かわら版③〈封印の娘〉
香月日輪 大江戸妖怪かわら版④〈天空の竜宮城〉
香月日輪 大江戸妖怪かわら版⑤〈雀、大浪花に行く〉
香月日輪 地獄堂霊界通信①
香月日輪 地獄堂霊界通信②
香月日輪 ファンム・アレース①
香月日輪 ファンム・アレース②
近衛龍春 直江山城守兼続(上)(下)
近衛龍春 長宗我部元親

近衛龍春　長宗我部盛親(上)(下)
小山薫堂　フィルム
小林篤　足利事件〈冤罪を証明した一冊のこの本〉
香坂直　走れ、セナ!
小林正典　英国太平記
小鶴　カンガルーのマーチ
木原音瀬　箱の中
木原音瀬　美しいこと
木原音瀬　秘密
神立尚紀　祖父たちの零戦〈Zero Fighters of Our Grandfathers〉
神立尚紀／大島隆之　零戦〈搭乗員たちが見つめた太平洋戦争〉
古賀茂明　日本中枢の崩壊
近藤史恵　薔薇《ばら》を拒む
佐藤さとる　だれも知らない小さな国〈コロボックル物語①〉
佐藤さとる　豆つぶほどの小さないぬ〈コロボックル物語②〉
佐藤さとる　星からおちた小さなひと〈コロボックル物語③〉
佐藤さとる　ふしぎな目をした男の子〈コロボックル物語④〉
佐藤さとる　小さな国のつづきの話〈コロボックル物語⑤〉
佐藤さとる　コロボックルむかしむかし〈コロボックル物語⑥〉
佐藤さとる　天狗童子
佐藤さとる／絵／村上勉　わんぱく天国
早乙女貢　沖田総司(上)(下)
早乙女貢　会津啾々記〈脱走人別帳〉
佐藤愛子　戦いすんで日が暮れて
佐木隆三　復讐するは我にあり(上)(下)
佐木隆三　成就者たち
佐木隆三　慟哭〈小説・林郁夫裁判〉
澤地久枝　時のほとりで
澤地久枝　私のかかげる小さな旗
澤地久枝　道づれは好奇心
沢田サタ編　泥まみれの死〈沢田教一ベトナム戦争写真集〉
佐高信　日本官僚白書
佐高信　孤高を恐れず〈石橋湛山の志〉
佐高信　官僚たちの志と死
佐高信　官僚国家=日本を斬る
佐高信　石原莞爾その虚飾
佐高信　日本の権力人脈《パワー・ライン》
佐高信　わたしを変えた百冊の本
佐高信　佐高信の新・筆刀両断
佐高信　佐高信の毒言毒語
佐高信　田原総一朗とメディアの罪
佐高信　新装版 逆命利君
佐高信編　男の美学〈ビジネスマンの生き方20選〉
佐高信／宮本政於　官僚に告ぐ!
さだまさし　日本が聞こえる
さだまさし　いつも君の味方
さだまさし　遙かなるクリスマス
佐藤雅美　影帳　半次捕物控
佐藤雅美　揚羽の蝶(上)(下)〈半次捕物控〉
佐藤雅美　命みょうが〈半次捕物控〉
佐藤雅美　疑惑〈半次捕物控〉
佐藤雅美　泣く子と小三郎〈半次捕物控〉
佐藤雅美　髻塚《もとどりづか》不首尾《しゅび》一件《いっけん》始末《しまつ》〈半次捕物控〉
佐藤雅美　天才絵師と幻の生首〈半次捕物控〉
佐藤雅美　御当家七代お祟り申す〈半次捕物控〉
佐藤雅美　一石二鳥の敵討ち〈半次捕物控〉
佐藤雅美　恵比寿屋喜兵衛手控え

佐藤雅美　無法者《アウトロー》
佐藤雅美　物書同心居眠り紋蔵
佐藤雅美　隼小僧異聞〈物書同心居眠り紋蔵〉
佐藤雅美　密約〈物書同心居眠り紋蔵〉
佐藤雅美　お尋者〈物書同心居眠り紋蔵〉
佐藤雅美　老博奕打ち〈物書同心居眠り紋蔵〉
佐藤雅美　四両二分の女〈物書同心居眠り紋蔵〉
佐藤雅美　白い息〈物書同心居眠り紋蔵〉
佐藤雅美　向井帯刀の発心〈物書同心居眠り紋蔵〉
佐藤雅美　一心斎不覚の筆禍〈物書同心居眠り紋蔵〉
佐藤雅美　魔物が棲む町〈物書同心居眠り紋蔵〉
佐藤雅美　ちよの負けん気、実の父親〈物書同心居眠り紋蔵〉
佐藤雅美　開国〈愚直の宰相・堀田正睦〉
佐藤雅美　手跡指南神山慎吾
佐藤雅美　樓《ろうの》岸《きし》夢《ゆめ》一《いち》定《じょう》〈蜂須賀小六〉
佐藤雅美　啓順凶状旅
佐藤雅美　啓順地獄旅
佐藤雅美　啓順純情旅
佐藤雅美　百助嘘八百物語
佐藤雅美　お白洲無情
佐藤雅美　江戸繁昌記〈寺門静軒無聊伝〉
佐藤雅美　青雲遙かに〈大内俊助の生涯〉
佐藤雅美　十五万両の代償〈十一代将軍家斉の生涯〉
佐藤雅美　千世と与一郎の関ヶ原
佐々木　譲　屈折率
柴門ふみ　マイリトルNEWS
佐江衆一　神州魔風伝
佐江衆一　江戸は廻灯籠
佐江衆一　リンゴの唄、僕らの出発
佐江衆一　江戸の商魂
佐江衆一　士魂商才〈五代友厚〉
酒井順子　結婚疲労宴
酒井順子　ホメるが勝ち！
酒井順子　少子
酒井順子　負け犬の遠吠え
酒井順子　その人、独身？
酒井順子　駆け込み、セーフ？
酒井順子　いつから、中年？
酒井順子　女も、不況？
酒井順子　儒教と負け犬
酒井順子　こんなの、はじめて？
酒井順子　金閣寺の燃やし方
酒井順子　昔は、よかった？
酒井順子　もう、忘れたの？
佐野洋子　嘘ばっか〈新釈・世界おとぎ話〉
佐野洋子　乙女ちゃん〈愛と幻想の小さな物語〉
佐野洋子　わたしいる
佐野洋子　コッコロから
佐川芳枝　寿司屋のかみさん　うまいもの暦
佐川芳枝　寿司屋のかみさん　二代目入店
桜木もえ　純情ナースの忘れられない話
斎藤貴男　東京を弄んだ男〈「空疎な小皇帝」石原慎太郎〉
佐藤賢一　二人のガスコン(上)(中)(下)
佐藤賢一　ジャンヌ・ダルクまたはロメ
笹生陽子　ぼくらのサイテーの夏
笹生陽子　きのう、火星に行った。
笹生陽子　バラ色の怪物

笹生陽子　世界がぼくを笑っても
佐伯泰英　変《へん》化《げ》〈交代寄合伊那衆異聞〉
佐伯泰英　雷鳴〈交代寄合伊那衆異聞〉
佐伯泰英　風雲〈交代寄合伊那衆異聞〉
佐伯泰英　邪宗〈交代寄合伊那衆異聞〉
佐伯泰英　阿片〈交代寄合伊那衆異聞〉
佐伯泰英　攘夷〈交代寄合伊那衆異聞〉
佐伯泰英　上海〈交代寄合伊那衆異聞〉
佐伯泰英　黙《もっ》契《けい》〈交代寄合伊那衆異聞〉
佐伯泰英　御《お》暇《いとま》〈交代寄合伊那衆異聞〉
佐伯泰英　難航〈交代寄合伊那衆異聞〉
佐伯泰英　海戦〈交代寄合伊那衆異聞〉
佐伯泰英　謁見〈交代寄合伊那衆異聞〉
佐伯泰英　交易〈交代寄合伊那衆異聞〉
佐伯泰英　朝廷〈交代寄合伊那衆異聞〉
佐伯泰英　混《こん》沌《とん》〈交代寄合伊那衆異聞〉
佐伯泰英　断絶〈交代寄合伊那衆異聞〉
佐伯泰英　散《ざん》斬《ぎり》〈交代寄合伊那衆異聞〉
佐伯泰英　再会〈交代寄合伊那衆異聞〉

佐伯泰英　茶葉〈交代寄合伊那衆異聞〉
佐伯泰英　開港〈交代寄合伊那衆異聞〉
佐伯泰英　暗殺〈交代寄合伊那衆異聞〉
佐伯泰英　血脈〈交代寄合伊那衆異聞〉
佐伯泰英　飛躍〈交代寄合伊那衆異聞〉
沢木耕太郎　一号線を北上せよ〈ヴェトナム街道編〉
坂元　純　ぼくのフェラーリ
里見　蘭　三田紀房／原作　小説　ドラゴン桜〈カリスマ教師集結篇〉
里見　蘭　三田紀房／原作　小説　ドラゴン桜〈挑戦！　東大模試篇〉
佐藤友哉　フリッカー式〈鏡公彦にうってつけの殺人〉
佐藤友哉　エナメルを塗った魂の比重〈鏡稜子ときせかえ密室〉
佐藤友哉　水没ピアノ〈鏡創士がひきもどす犯罪〉
佐藤友哉　クリスマス・テロル〈invisible×inventor〉
桜井亜美　チェルシー
桜井亜美　Frozen《フローズン》 Ecstasy《エクスタシー》 Shake《シェイク》
サンプラザ中野　〈小説〉大きな玉ネギの下で
櫻田大造　「優」をあげたくなる答案・レポートの作成術
桜井潮実　「うちの子は『算数』ができない」と思う前に読む本
佐川光晴　縮んだ愛

沢村　凜　カタブツ
沢村　凜　あやまち
沢村　凜　さざなみ
沢村　凜　タソガレ
佐野眞一　誰も書けなかった石原慎太郎
佐野眞一　津波と原発
佐藤多佳子　一瞬の風になれ　第一部／第二部／第三部
笹本稜平　駐在刑事
佐藤亜紀　鏡の影
佐藤亜紀　ミノタウロス
佐藤亜紀　醜聞の作法
佐藤千歳　インターネットと中国共産党〈「人民網」体験記〉
samo　きみにあいたい〈あかりが生きた239日、そして12時間〉
斎樹真琴　地獄番　鬼蜘蛛日誌
桜庭一樹　ファミリーポートレイト
佐々木則夫　なでしこ力〈さあ、一緒に世界一になろう！〉
沢里裕二　淫府再興
沢里裕二　淫果応報
佐藤あつ子　昭《あき》　田中角栄と生きた女

西條奈加　世直し小町りんりん
司馬遼太郎　新装版　播磨灘物語　全四冊
司馬遼太郎　新装版　箱根の坂　(上)(中)(下)
司馬遼太郎　新装版　アームストロング砲
司馬遼太郎　新装版　歳　月　(上)(下)
司馬遼太郎　新装版　おれは権現
司馬遼太郎　新装版　大　坂　侍
司馬遼太郎　新装版　北斗の人　(上)(下)
司馬遼太郎　新装版　軍師二人
司馬遼太郎　新装版　真説宮本武蔵
司馬遼太郎　新装版　戦雲の夢
司馬遼太郎　新装版　最後の伊賀者
司馬遼太郎　新装版　俄　(上)(下)
司馬遼太郎　新装版　尻啖え孫市　(上)(下)
司馬遼太郎　新装版　王城の護衛者
司馬遼太郎　新装版　妖　怪　(上)(下)
司馬遼太郎　新装版　風の武士　(上)(下)
司馬遼太郎・海音寺潮五郎　新装版　日本歴史を点検する
司馬遼太郎・井上ひさし　新装版　国家・宗教・日本人
司馬遼太郎・陳舜臣・金達寿　新装版　歴史の交差路にて〈日本・中国・朝鮮〉
柴田錬三郎　岡っ引どぶ　正・続〈柴錬捕物帖〉
柴田錬三郎　お江戸日本橋　(上)(下)
柴田錬三郎　三　国　志〈柴錬痛快文庫〉
柴田錬三郎　江戸っ子侍　(上)(下)
柴田錬三郎　貧乏同心御用帳
柴田錬三郎　新装版　岡っ引どぶ〈柴錬捕物帖〉
柴田錬三郎　新装版　顔十郎罷り通る　(上)(下)
柴田錬三郎　新装版　岡っ引どぶ(続)〈柴錬捕物帖〉
城山三郎　ビッグボーイの生涯〈五島昇その人〉
城山三郎　この命、何をあくせく
城山三郎　黄　金　峡
城山三郎・平岩外四　人生に二度読む本
城山三郎・高山文彦　日本人への遺言
白石一郎　火　炎　城
白石一郎　鷹ノ羽の城
白石一郎　銭　の　城
白石一郎　びいどろの城
白石一郎　庖丁ざむらい〈十時半睡事件帖〉
白石一郎　観音妖女〈十時半睡事件帖〉
白石一郎　刀〈十時半睡事件帖〉
白石一郎　犬を飼う武士〈十時半睡事件帖〉
白石一郎　出世長屋〈十時半睡事件帖〉
白石一郎　おんな舟〈十時半睡事件帖〉
白石一郎　東海道をゆく〈十時半睡事件帖〉
白石一郎　海よ島よ〈歴史紀行〉
白石一郎　乱世を斬る〈歴史エッセイ〉
白石一郎　海　将　(上)(下)
白石一郎　蒙古襲来〈海から見た歴史〉
志茂田景樹　真・甲陽軍鑑〈武田信玄の秘密〉
志茂田景樹　独眼竜政宗　最後の野望
志茂田景樹　南海の首領クニマツ
志水辰夫　帰りなん、いざ
志水辰夫　花ならアザミ
志水辰夫　負　け　犬
新宮正春　抜打ち庄五郎
島田荘司　殺人ダイヤルを捜せ
島田荘司　火　刑　都　市

島田荘司　網走発遙かなり
島田荘司　御手洗潔の挨拶
島田荘司　死者が飲む水
島田荘司　斜め屋敷の犯罪
島田荘司　ポルシェ911《ナインイレブン》の誘惑
島田荘司　御手洗潔のダンス
島田荘司　本格ミステリー宣言
島田荘司　本格ミステリー宣言II〈ハイブリッド・ヴィーナス論〉
島田荘司　暗闇坂の人喰いの木
島田荘司　水晶のピラミッド
島田荘司　自動車社会学のすすめ
島田荘司　眩（めまい）暈
島田荘司　アトポス
島田荘司　異邦の騎士
島田荘司　改訂完全版　異邦の騎士
島田荘司　島田荘司読本
島田荘司　御手洗潔のメロディ
島田荘司　Pの密室
島田荘司　ネジ式ザゼツキー
島田荘司　都市のトパーズ2007
島田荘司　21世紀本格宣言
島田荘司　帝都衛星軌道
島田荘司　UFO大通り
島田荘司　リベルタスの寓話
島田荘司　透明人間の納屋
島田荘司　〈改訂完全版〉占星術殺人事件
塩田　潮　郵政最終戦争
清水義範　蕎麦《そば》ときしめん
清水義範　国語入試問題必勝法
清水義範　永遠のジャック&ベティ
清水義範　深夜の弁明
清水義範　ビビンパ
清水義範　お金物語
清水義範　単位物語
清水義範　神々の午睡(上)(下)
清水義範　私は作中の人物である
清水義範　春高楼の
清水義範　イエスタデイ
清水義範　青二才の頃〈回想の'70年代〉
清水義範　日本ジジババ列伝
清水義範　日本語必笑講座
清水義範　ゴミの定理
清水義範　目からウロコの教育を考えるヒント
清水義範　世にも珍妙な物語集
清水義範　ザ・勝負
清水義範　清水義範ができるまで
清水義範　いい奴じゃん
清水義範　愛と日本語の惑乱
清水義範・西原理恵子・え　おもしろくても理科
清水義範・西原理恵子・え　もっとおもしろくても理科
清水義範・西原理恵子・え　どうころんでも社会科
清水義範・西原理恵子・え　もっとどうころんでも社会科
清水義範・西原理恵子・え　いやでも楽しめる算数
清水義範・西原理恵子・え　はじめてわかる国語
清水義範・西原理恵子・え　飛びすぎる教室
清水義範・西原理恵子・え　独断流「読書」必勝法
清水義範・西原理恵子・え　雑学のすすめ

椎名　誠　フグと低気圧
椎名　誠　犬の系譜
椎名　誠　水域
椎名　誠　にっぽん・海風魚旅〈怪し火さすらい編〉
椎名　誠　くじら雲追跡編〈にっぽん・海風魚旅2〉
椎名　誠　小魚びゅんびゅん荒波編〈にっぽん・海風魚旅3〉
椎名　誠　大漁旗ぶるぶる乱風編〈にっぽん・海風魚旅4〉
椎名　誠　南シナ海ドラゴン編〈にっぽん・海風魚旅5〉
椎名　誠　極北の狩人〈アラスカ、カナダ、ロシアの北極圏をいく〉
椎名　誠　もう少しむこうの空の下へ
椎名　誠　モヤシ
椎名　誠　アメンボ号の冒険
椎名　誠　風のまつり
椎名　誠　ニッポンありやまあお祭り紀行〈春夏編〉
椎名　誠　ニッポンありやまあお祭り紀行〈秋冬編〉
椎名　誠　新宿遊牧民
東海林さだお／椎名　誠　やぶさか対談
うえやまとち 漫画／東海林さだお 編　東海林さだお選「クッキングパパ」のこれが食べたい！
島田雅彦　フランシスコ・X
島田雅彦　食いものの恨み
島田雅彦　佳人の奇遇
島田雅彦　悪貨
真保裕一　連鎖
真保裕一　取引
真保裕一　震源
真保裕一　盗聴
真保裕一　朽ちた樹々の枝の下で
真保裕一　奪取(上)(下)
真保裕一　防壁
真保裕一　密告
真保裕一　黄金の島(上)(下)
真保裕一　発火点
真保裕一　夢の工房
真保裕一　灰色の北壁
真保裕一　覇王の番人(上)(下)
真保裕一　デパートへ行こう！
真保裕一　アマルフィ〈外交官シリーズ〉
真保裕一　ダイスをころがせ！(上)(下)
真保裕一　天魔ゆく空(上)(下)
周　大荒／渡辺精一 訳　反三国志(上)(下)
篠田節子　贋《がん》作《さく》師《し》
篠田節子　聖域
篠田節子　弥勒
篠田節子　ロズウェルなんか知らない
篠田節子　転生
笙野頼子　居場所もなかった
笙野頼子　幽界森娘異聞
下川裕治／桃井和馬　世界一周ビンボー大旅行
下川裕治／篠原　章　沖縄ナンクル読本
篠田真由美　未明の家〈建築探偵桜井京介の事件簿〉
篠田真由美　玄《く》い女神〈建築探偵桜井京介の事件簿〉
篠田真由美　翡《ひ》翠《すい》の城〈建築探偵桜井京介の事件簿〉
篠田真由美　灰色の砦〈建築探偵桜井京介の事件簿〉
篠田真由美　原罪の庭〈建築探偵桜井京介の事件簿〉
篠田真由美　美貌の帳《とばり》〈建築探偵桜井京介の事件簿〉
篠田真由美　桜闇〈建築探偵桜井京介の事件簿〉
篠田真由美　仮面の島〈建築探偵桜井京介の事件簿〉

篠田真由美　センティメンタル・ブルー〈蒼の四つの冒険〉
篠田真由美　月蝕の窓〈建築探偵桜井京介の事件簿〉
篠田真由美　綺羅の柩〈建築探偵桜井京介の事件簿〉
篠田真由美　失楽の街〈建築探偵桜井京介の事件簿〉
篠田真由美　胡蝶の鏡〈建築探偵桜井京介の事件簿〉
篠田真由美　聖女の塔〈建築探偵桜井京介の事件簿〉
篠田真由美　一角獣《ユニコーン》の繭《まゆ》〈建築探偵桜井京介の事件簿〉
篠田真由美　黒《か》影《げ》の館〈建築探偵桜井京介の事件簿〉
篠田真由美　angels《エンジェルス》―天使たちの長い夜
篠田真由美　Ave《アヴェ》 Maria《マリア》
篠田真由美　加藤俊章 絵　レディMの物語
重松　清　定年ゴジラ
重松　清　半パン・デイズ
重松　清　世紀末の隣人
重松　清　流星ワゴン
重松　清　ニッポンの単身赴任
重松　清　ニッポンの課長
重松　清　愛妻日記
重松　清　オヤジの細道
重松　清　青春夜明け前
重松　清　カシオペアの丘で(上)(下)
重松　清　永遠《とわ》を旅する者〈ロストオデッセイ 千年の夢〉
重松　清　かあちゃん
重松　清　星をつくった男〈阿久悠と、その時代〉
重松　清　十字架
重松　清　あすなろ三三七拍子(上)(下)
重松　清　峠うどん物語(上)(下)
重松　清　渡辺　考　最後の言葉〈戦場に遺された二十四万字の届かなかった手紙〉
新堂冬樹　血塗られた神話
新堂冬樹　闇の貴族
柴田よしき　フォー・ディア・ライフ
柴田よしき　フォー・ユア・プレジャー
柴田よしき　シーセッド・ヒーセッド
柴田よしき　ア・ソング・フォー・ユー
新野剛志　八月のマルクス
新野剛志　もう君を探さない
新野剛志　どしゃ降りでダンス
殊能将之　ハサミ男
殊能将之　美《み》濃《の》牛《ぎゅう》
殊能将之　黒い仏
殊能将之　鏡の中は日曜日
殊能将之　キマイラの新しい城
嶋田昭浩　解剖・石原慎太郎
首藤瓜於　脳男
首藤瓜於　指し手の顔〈脳男II〉(上)(下)
首藤瓜於　事故係生稲昇太の多感
首藤瓜於　刑事の墓場
首藤瓜於　刑事のはらわた
首藤瓜於　大幽霊烏賊〈名探偵 面鏡《いじか》真澄〉(上)(下)
島村洋子　家族善哉
島村洋子　恋って恥ずかしい〈家族善哉2〉
島本理生　シルエット
島本理生　リトル・バイ・リトル
島本理生　生まれる森
白川　道　十二月のひまわり
子母澤　寛　新装版 父子鷹(上)(下)
不知火京介　マッチメイク

不知火京介　女《おんな》形《がた》
小路幸也　空を見上げる古い歌を口ずさむ
小路幸也　高く遠く空へ歌ううた
小路幸也　空へ向かう花
島村英紀　私はなぜ逮捕され、そこで何を見たか。
島村英紀　「地震予知」はウソだらけ
島田律子　私はもう逃げない〈自閉症の弟から教えられたこと〉
荘司雅彦　小説 離婚裁判〈モラル・ハラスメントからの脱出〉
志村季世恵　いのちのバトン
志村季世恵　さよならの先
辛酸なめ子　女修行
辛酸なめ子　妙齢美容修業
島谷泰彦　人間 井深大
清水康之 上田紀行　「自殺社会」から「生き心地の良い社会」へ
柴崎友香　主題歌
柴崎友香　ドリーマーズ
清水保俊　最後のフライト〈ジャンボ機JA8162号機の場合〉
翔田寛　誘拐児
翔田寛　逃亡戦犯
翔田寛　築地ファントムホテル
白石一文　この胸に深々と突き刺さる矢を抜け(上)(下)
島村菜津　エクソシストとの対話
小説現代編 石田衣良他著　10分間の官能小説集
小説現代編 勝目梓他著　10分間の官能小説集2
小説現代編 乾くるみ他著　10分間の官能小説集3
下川博　弩《ど》
原案 山田洋次 平松恵美子 白石まみ　東京家族
白河三兎　プールの底に眠る
白河三兎　ケシゴムは嘘を消せない
朱川湊人　オルゴォル
朱川湊人　満月ケチャップライス
柴村仁　夜宵
柴村仁　プシュケの涙
柴村仁　ノクチルカ笑う
篠原勝之　走れUMI
柴田哲孝　異聞太平洋戦記
柴田哲孝　チャイナ インベイジョン〈中国日本侵蝕〉
塩田武士　盤上のアルファ
塩田武士　女神のタクト
芝村涼也　鬼《き》溜《だ》まりの闇〈素浪人半四郎百鬼夜行(一)〉
芝村涼也　鬼心の刺客〈素浪人半四郎百鬼夜行(二)〉
芝村涼也　蛇変化の淫〈素浪人半四郎百鬼夜行(三)〉
芝村涼也　狐嫁の列〈素浪人半四郎百鬼夜行(零)〉
芝村涼也　怨《おん》鬼《き》の執《しゅう》〈素浪人半四郎百鬼夜行(四)〉
芝村涼也　夢告の訣れ〈素浪人半四郎百鬼夜行(五)〉
真藤順丈　畦と銃
芝豪　朝鮮戦争(上)(下)
信濃毎日新聞取材班　不妊治療と出生前診断〈温かな手で〉
杉本苑子　孤愁の岸(上)(下)
杉本苑子　引越し大名の笑い
杉本苑子　汚名
杉本苑子　女人古寺巡礼
杉本苑子　利休破調の悲劇
杉本苑子　江戸を生きる
杉田望　金融夜光虫
杉田望　特別検査〈金融アベンジャー〉
杉田望　破産執行人

杉田　望　不正会計
杉浦日向子　新装版 東京イワシ頭
杉浦日向子　新装版 呑々草子
杉浦日向子　新装版 入浴の女王
鈴木輝一郎　美男忠臣蔵
鈴木輝一郎　お市の方 戦国の凰《おおとり》
鈴木光司　神々のプロムナード
鈴木英治　闇の目〈下っ引夏兵衛〉
鈴木英治　関所破り〈下っ引夏兵衛〉
鈴木英治　かどわかし〈下っ引夏兵衛〉
鈴木敦秋　小児救急
鈴木敦秋　明香ちゃんの心臓〈東京女子医大病院事件〉
杉本章子　お狂言師歌吉うきよ暦
杉本章子　大奥二人道成寺〈お狂言師歌吉うきよ暦〉
杉本章子　精姫《あきひめ》様一条〈お狂言師歌吉うきよ暦〉
杉本章子　東京影同心
鈴木陽子 金澤 治　発達障害〈うちの子が「ヘン」と言われたら〉
杉山文野　ダブルハッピネス
諏訪哲史　アサッテの人
諏訪哲史　りすん
諏訪哲史　ロンバルディア遠景
管 洋志　ぶらりニッポンの島旅
末浦広海　訣別の森
末浦広海　捜査官
須藤靖貴　抱きしめたい
須藤靖貴　池波正太郎を歩く
須藤靖貴　どまんなか(1)
須藤靖貴　どまんなか(2)
須藤靖貴　どまんなか(3)
鈴木仁志　司法占領
須藤元気　レボリューション
菅野雪虫　天山の巫女《みこ》ソニン(1) 黄金の燕
菅野雪虫　天山の巫女《みこ》ソニン(2) 海の孔雀
菅野雪虫　天山の巫女《みこ》ソニン(3) 朱鳥《あけがらす》の星
菅野雪虫　天山の巫女《みこ》ソニン(4) 夢の白鷺
鈴木大介　ギャングース・ファイル〈家のない少年たち〉
瀬戸内晴美　かの子撩乱
瀬戸内晴美　京まんだら(上)(下)
瀬戸内晴美　彼女の夫たち(上)(下)
瀬戸内晴美　蜜と毒
瀬戸内寂聴　寂庵説法
瀬戸内寂聴　新寂庵説法 愛なくば
瀬戸内晴美　家族物語(上)(下)
瀬戸内寂聴　生きるよろこび〈寂聴随想〉
瀬戸内寂聴　寂聴天台寺好日
瀬戸内寂聴　人が好き［私の履歴書］
瀬戸内寂聴　渇く
瀬戸内寂聴　白道
瀬戸内寂聴　いのち発見
瀬戸内寂聴　無常を生きる〈寂聴随想〉
瀬戸内寂聴　わかれば『源氏』はおもしろい〈寂聴対談集〉
瀬戸内寂聴　寂聴相談室人生道しるべ
瀬戸内寂聴　花芯
瀬戸内寂聴　瀬戸内寂聴の源氏物語
瀬戸内寂聴　愛する能力
瀬戸内寂聴　藤壺
瀬戸内寂聴　生きることは愛すること

講談社文庫　目録


瀬戸内寂聴　寂聴と読む源氏物語
瀬戸内晴美編　人類愛に捧げた生涯〈人物近代女性史〉
瀬戸内寂聴・訳　源氏物語　巻《まき》一《いち》
瀬戸内寂聴・訳　源氏物語　巻《まき》二《に》
瀬戸内寂聴・訳　源氏物語　巻《まき》三《さん》
瀬戸内寂聴・訳　源氏物語　巻《まき》四《し》
瀬戸内寂聴・訳　源氏物語　巻《まき》五《ご》
瀬戸内寂聴・訳　源氏物語　巻《まき》六《ろく》
瀬戸内寂聴・訳　源氏物語　巻《まき》七《しち》
瀬戸内寂聴・訳　源氏物語　巻《まき》八《はち》
瀬戸内寂聴・訳　源氏物語　巻《まき》九《く》
瀬戸内寂聴・訳　源氏物語　巻《まき》十《じゅう》
梅原猛／瀬戸内寂聴　寂聴・猛の強く生きる心
関川夏央　よい病院とはなにか〈病むことと老いること〉
関川夏央　水の中の八月
関川夏央　やむにやまれず
関川夏央　子規、最後の八年
先崎学　フフフの歩
先崎学　先崎学の実況！盤外戦

妹尾河童　少年H(上)(下)
妹尾河童　河童が覗いたインド
妹尾河童　河童が覗いたヨーロッパ
妹尾河童　河童が覗いたニッポン
妹尾河童　河童の手のうち幕の内
妹尾河童／野坂昭如　少年Hと少年A
清涼院流水　コズミック流
清涼院流水　ジョーカー清
清涼院流水　ジョーカー涼
清涼院流水　コズミック水
清涼院流水　カーニバル一輪の花
清涼院流水　カーニバル二輪の草
清涼院流水　カーニバル三輪の層
清涼院流水　カーニバル四輪の牛
清涼院流水　カーニバル五輪の書
清涼院流水　秘密屋文庫　知ってる怪
清涼院流水　秘密室《ボン》〈QUIZ SHOW〉
清涼院流水　彩紋家事件(I)(II)(III)
瀬尾まいこ　幸福な食卓

関原健夫　がん六回　人生全快
瀬川晶司　泣き虫しょったんの奇跡　完全版〈サラリーマンから将棋のプロへ〉
曽野綾子　幸福という名の不幸(上)(下)
曽野綾子　私を変えた聖書の言葉
曽野綾子　自分の顔、相手の顔〈自分流を貫く生き方のすすめ〉
曽野綾子　それぞれの山頂物語　今こそ主体性のある生き方をしたい
曽野綾子　安逸と危険の魅力
曽野綾子　至福の境地
曽野綾子　なぜ人は恐ろしいことをするのか
曽野綾子　透明な歳月の光
蘇部健一　六枚のとんかつ
蘇部健一　六とん2
蘇部健一　長野・上越新幹線四時間三十分の壁
蘇部健一　動かぬ証拠
蘇部健一　木乃伊《ミイラ》男
蘇部健一　届かぬ想い
瀬木慎一　名画はなぜ心を打つか
宗田理　13歳の黙示録
宗田理　天路TENRO

曽我部 司　北海道警察の冷たい夏
曽根圭介　沈底魚
曽根圭介　本ボシ
曽根圭介　藁《わら》にもすがる獣たち
田辺聖子　女が愛に生きるとき
田辺聖子　古川柳おちぼひろい
田辺聖子　川柳でんでん太鼓
田辺聖子　おかあさん疲れたよ(上)(下)
田辺聖子　ひねくれ一茶
田辺聖子　「おくのほそ道」を旅しよう〈古典を歩く11〉
田辺聖子　薄荷草の恋《ペパーミント・ラヴ》
田辺聖子　愛の幻滅(上)(下)
田辺聖子　うたかた
田辺聖子　春情蛸の足
田辺聖子　不倫は家庭の常備薬 新装版
田辺聖子　蝶花嬉遊図
田辺聖子　言い寄る
田辺聖子　私的生活
田辺聖子　苺をつぶしながら

田辺聖子　不機嫌な恋人
田辺聖子　どんぐりのリボン
田辺聖子　女の日時計
立原正秋　春のいそぎ
立原正秋　雪のなか
谷川俊太郎訳 和田誠絵　マザー・グース全四冊
立花隆　中核VS革マル(上)(下)
立花隆　日本共産党の研究全三冊
立花隆　青春漂流
立花隆　同時代を撃つ〈情報ウォッチング〉I～III
立花隆　生、死、神秘体験
滝口康彦　一命
高杉良　労働貴族
高杉良　広報室沈黙す(上)(下)
高杉良　会社蘇生
高杉良　炎の経営者(上)(下)
高杉良　小説日本興業銀行全五冊
高杉良　社長の器
高杉良　祖国へ、熱き心を〈東京にオリンピックを呼んだ男〉

高杉良　その人事に異議あり〈女性広報主任のジレンマ〉
高杉良　人事権！
高杉良　小説消費者金融〈クレジット社会の罠〉
高杉良　小説新巨大証券(上)(下)
高杉良　局長罷免―小説通産省
高杉良　首魁《しゅかい》の宴《うたげ》〈政官財腐敗の構図〉
高杉良　指名解雇
高杉良　燃ゆるとき
高杉良　挑戦つきることなし〈小説ヤマト運輸〉
高杉良　辞表撤回
高杉良　銀行大合併〈短編小説全集(上)〉
高杉良　エリートの反乱〈短編小説全集(中)〉
高杉良　金融腐蝕列島(上)(下)
高杉良　小説ザ・外資
高杉良　銀行大統合〈小説みずほFG〉
高杉良　勇気凜々
高杉良　混沌《こんとん》新・金融腐蝕列島(上)(下)
高杉良　乱気流(上)(下)
高杉良　小説会社再建

高杉　良　小説 ザ・ゼネコン
高杉　良　新装版 懲戒解雇
高杉　良　新装版 虚構の城
高杉　良　新装版 大逆転！〈小説 三菱・第一銀行合併事件〉
高杉　良　新装版 バンダルの塔
高杉　良　新・燃ゆるとき
高杉　良　管理職の本分
高杉　良　挑戦巨大外資(上)(下)
高杉　良　破戒者たち〈小説・新銀行崩壊〉
高杉　良　第四権力〈巨大メディアの罪〉
高橋源一郎　日本文学盛衰史
高橋源一郎・山田詠美　顰蹙文学カフェ
高橋克彦　写楽殺人事件
高橋克彦　悪魔のトリル
高橋克彦　総門谷
高橋克彦　北斎殺人事件
高橋克彦　歌麿殺贋《さつがん》事件
高橋克彦　バンドネオンの豹《ジャガー》
高橋克彦　蒼《あお》夜《や》叉《しゃ》
高橋克彦　広重殺人事件
高橋克彦　北斎の罪
高橋克彦　総門谷R 阿黒篇
高橋克彦　総門谷R 鵺(ぬえ)篇
高橋克彦　総門谷R 小町変妖篇
高橋克彦　総門谷R 白骨篇
高橋克彦　1999年〈対談集〉
高橋克彦　星封陣
高橋克彦　炎立《ほむら》つ 壱 北の埋み火
高橋克彦　炎立つ 弐 燃える北天
高橋克彦　炎立つ 参 空への炎
高橋克彦　炎立つ 四 冥き稲妻
高橋克彦　炎立つ 伍 光彩楽土〈全五巻〉
高橋克彦　白妖鬼
高橋克彦　書斎からの空飛ぶ円盤
高橋克彦　降魔王
高橋克彦　鬼
高橋克彦　火怨〈北の燿星アテルイ〉(上)(下)
高橋克彦　時宗 壱 乱星
高橋克彦　時宗 弐 連星
高橋克彦　時宗 参 震星
高橋克彦　時宗 四 戦星〈全四巻〉
高橋克彦　京伝怪異帖 巻の上 巻の下
高橋克彦　天を衝く(1)〜(3)
高橋克彦　ゴッホ殺人事件(上)(下)
高橋克彦　竜の柩(1)〜(6)
高橋克彦　刻謎宮(1)〜(4)
高橋克彦　高橋克彦自選短編集〈1 ミステリー編〉
高橋克彦　高橋克彦自選短編集〈2 恐怖小説編〉
高橋克彦　高橋克彦自選短編集〈3 時代小説編〉
高橋　治　男波女波(上)(下)〈放浪一本釣り〉
高橋　治　星の衣
高樹のぶ子　妖しい風景
高樹のぶ子　エフェソス白恋
高樹のぶ子　満水子(上)(下)
高樹のぶ子　飛水
田中芳樹　創竜伝1〈超能力四兄弟《ドラゴン》〉
田中芳樹　創竜伝2〈摩天楼の四兄弟《ドラゴン》〉

## 講談社文庫　目録

田中芳樹　創竜伝3〈逆襲の四兄弟《ドラゴン》〉
田中芳樹　創竜伝4〈四兄弟《ドラゴン》脱出行〉
田中芳樹　創竜伝5〈蜃気楼都市《ミラージュ・シティ》〉
田中芳樹　創竜伝6〈染血の夢《ブラッディ・ドリーム》〉
田中芳樹　創竜伝7〈黄土のドラゴン〉
田中芳樹　創竜伝8〈仙境のドラゴン〉
田中芳樹　創竜伝9〈妖世紀のドラゴン〉
田中芳樹　創竜伝10〈大英帝国最後の日〉
田中芳樹　創竜伝11〈銀月王伝奇〉
田中芳樹　創竜伝12〈竜王風雲録〉
田中芳樹　創竜伝13〈噴火列島〉
田中芳樹　魔天楼〈薬師寺涼子の怪奇事件簿〉
田中芳樹　東京ナイトメア〈薬師寺涼子の怪奇事件簿〉
田中芳樹　巴里《パリ》・妖都変〈薬師寺涼子の怪奇事件簿〉
田中芳樹　クレオパトラの葬送〈薬師寺涼子の怪奇事件簿〉
田中芳樹　黒蜘蛛島《ブラックスパイダー・アイランド》〈薬師寺涼子の怪奇事件簿〉
田中芳樹　夜光曲〈薬師寺涼子の怪奇事件簿〉
田中芳樹　霧の訪問者〈薬師寺涼子の怪奇事件簿〉
田中芳樹　水妖日にご用心〈薬師寺涼子の怪奇事件簿〉

田中芳樹　魔境の女王陛下〈薬師寺涼子の怪奇事件簿〉
田中芳樹　西風の戦記《ゼピュロシア・サーガ》
田中芳樹　夏の魔術
田中芳樹　窓辺には夜の歌
田中芳樹　書物の森でつまずいて……
田中芳樹　白い迷宮
田中芳樹　春の魔術
田中芳樹　タイタニア1〈疾風篇〉
田中芳樹　タイタニア2〈暴風篇〉
田中芳樹　タイタニア3〈旋風篇〉
田中芳樹　幸田露伴 原作　運命〈二人の皇帝〉
田中芳樹　土屋守　「イギリス病」のすすめ
田中芳樹ほか 文　皇名月 画・文　中国帝王図
田中芳樹　赤城毅　中欧怪奇紀行
田中芳樹 編訳　岳飛伝〈青雲篇〉(一)
田中芳樹 編訳　岳飛伝〈烽火篇〉(二)
田中芳樹 編訳　岳飛伝〈風塵篇〉(三)
田中芳樹 編訳　岳飛伝〈悲曲篇〉(四)
田中芳樹 編訳　岳飛伝〈凱歌篇〉(五)

高任和夫　架空取引
高任和夫　粉飾決算
高任和夫　告発倒産
高任和夫　商社審査部25時〈知られざる戦士たち〉
高任和夫　起業前夜(上)(下)
高任和夫　燃える氷(上)(下)
高任和夫　債権奪還
高任和夫　生き方の流儀〈28人の達人たちに訊く〉
高任和夫　敗者復活戦
高任和夫　江戸幕府最後の改革
高任和夫　貨幣の鬼〈勘定奉行 荻原重秀〉
谷村志穂　十四歳のエンゲージ
谷村志穂　十六歳たちの夜
谷村志穂　レッスンズ
谷村志穂　黒髪
高村薫　李歐《りおう》
高村薫　マークスの山(上)(下)
高村薫　照柿(上)(下)
多和田葉子　犬婿入り

多和田葉子　旅をする裸の眼
多和田葉子　尼僧とキューピッドの弓
岳　宏一郎　蓮如夏の嵐(上)(下)
岳　宏一郎　御家の狗
武　豊　この馬に聞いた! フランス激闘編
武　豊　この馬に聞いた! 炎の復活凱旋編
武　豊　この馬に聞いた! 大外強襲編
武田　圭　南海楽園〈タヒチ、バリ、モルジブ……サーフィン一人旅〉
武田　圭　波を求めて世界の海へ〈南海楽園２〉
高橋直樹　湖賊の風
橘　蓮二　監修・高田文夫　大増補版おあとがよろしいようで〈東京寄席往来〉
多田容子　柳影
多田容子　女剣士・一子相伝の影
田島優子　女検事ほど面白い仕事はない
高田崇史　QED〈百人一首の呪〉
高田崇史　QED〈六歌仙の暗号〉
高田崇史　QED〈ベイカー街の問題〉
高田崇史　QED〈東照宮の怨〉
高田崇史　QED〈式の密室〉
高田崇史　QED〈竹取伝説〉
高田崇史　QED〈龍馬暗殺〉
高田崇史　QED～ventus～〈鎌倉の闇〉
高田崇史　QED〈鬼の城伝説〉
高田崇史　QED～ventus～〈熊野の残照〉
高田崇史　QED〈神器封殺〉
高田崇史　QED～ventus～〈御霊将門〉
高田崇史　QED〈河童伝説〉
高田崇史　QED～flumen～〈九段坂の春〉
高田崇史　QED〈諏訪の神霊〉
高田崇史　QED〈出雲神伝説〉
高田崇史　QED〈伊勢の曙光《あけぼの》〉
高田崇史　毒草師〈QED Another Story〉
高田崇史　試験に出るパズル〈千葉千波の事件日記〉
高田崇史　試験に敗けない密室〈千葉千波の事件日記〉
高田崇史　試験に出ないパズル〈千葉千波の事件日記〉
高田崇史　パズル自由自在〈千葉千波の事件日記〉
高田崇史　麿の酩酊事件簿〈花に舞〉
高田崇史　麿の酩酊事件簿〈月に酔〉
高田崇史　クリスマス緊急指令〈～きよしこの夜、事件は起こる!～〉
高田崇史　カンナ　飛鳥の光臨
高田崇史　カンナ　天草の神兵
高田崇史　カンナ　吉野の暗闘
高田崇史　カンナ　奥州の覇者
高田崇史　カンナ　戸隠の殺皆
高田崇史　カンナ　鎌倉の血陣
高田崇史　カンナ　天満の葬列
高田崇史　カンナ　出雲の顕在
高田崇史　カンナ　京都の霊前
高田崇史　鬼神伝　鬼の巻
高田崇史　鬼神伝　神の巻
高田崇史　鬼神伝　龍の巻
竹内玲子　笑うニューヨーク DELUXE
竹内玲子　笑うニューヨーク DYNAMITES
竹内玲子　笑うニューヨーク DANGER
竹内玲子　踊るニューヨーク Beauty Quest
竹内玲子　爆笑ニューヨーク POWERFUL《パワフル》〈アホで使える最新情報てんこ盛り!〉
竹内玲子　永遠に生きる犬〈ニューヨーク チョビ物語〉

## 講談社文庫　目録


団 鬼六　外道の女
団 鬼六　悦楽王〈鬼プロ繁盛記〉
立石勝規　国税査察官
立石勝規　論説室の叛乱
高野和明　13階段
高野和明　グレイヴディッガー
高野和明　K・Nの悲劇
高野和明　6時間後に君は死ぬ
高里椎奈　銀の檻を溶かして〈薬屋探偵妖綺談〉
高里椎奈　黄色い目をした猫の幸せ〈薬屋探偵妖綺談〉
高里椎奈　悪魔と詐欺師〈薬屋探偵妖綺談〉
高里椎奈　金糸雀《カナリア》が啼く夜〈薬屋探偵妖綺談〉
高里椎奈　緑陰の雨 灼けた月〈薬屋探偵妖綺談〉
高里椎奈　白兎が歌った蜃気楼〈薬屋探偵妖綺談〉
高里椎奈　本当は知らない〈薬屋探偵妖綺談〉
高里椎奈　蒼い千鳥 花霞に泳ぐ〈薬屋探偵妖綺談〉
高里椎奈　双樹に赤 鴉の暗《くろ》〈薬屋探偵妖綺談〉
高里椎奈　蟬の羽〈薬屋探偵妖綺談〉
高里椎奈　ユルユルカ〈薬屋探偵妖綺談〉
高里椎奈　雪下《せっか》に咲いた日輪と〈薬屋探偵妖綺談〉
高里椎奈　海紡《つむ》ぐ螺旋《らせん》 空の回廊〈薬屋探偵妖綺談〉
高里椎奈　深山木薬店説話集〈薬屋探偵妖綺談〉
高里椎奈　孤狼と月〈フェンネル大陸 偽王伝1〉
高里椎奈　騎士の系譜〈フェンネル大陸 偽王伝2〉
高里椎奈　虚空の王者〈フェンネル大陸 偽王伝3〉
高里椎奈　闇と光の双翼〈フェンネル大陸 偽王伝4〉
高里椎奈　風牙天明〈フェンネル大陸 偽王伝5〉
高里椎奈　雲の花嫁〈フェンネル大陸 偽王伝6〉
高里椎奈　終焉の詩〈フェンネル大陸 偽王伝7〉
高里椎奈　ソラチルサクハナ〈薬屋探偵怪奇譚〉
高里椎奈　天上の羊 砂糖菓子の迷児〈薬屋探偵怪奇譚〉
高里椎奈　ダウスに堕ちた星と嘘〈薬屋探偵怪奇譚〉
高里椎奈　遠《とお》に呱々《ここ》泣く八重の繭《まゆ》〈薬屋探偵怪奇譚〉
高里椎奈　童話を失くした明時《あかとき》に〈薬屋探偵怪奇譚〉
高里椎奈　来鳴《きな》く木菟《みみずく》日知《ひし》り月《つき》〈薬屋探偵怪奇譚〉
大道珠貴　背く子
大道珠貴　ひさしぶりにさようなら
大道珠貴　傷口にはウオッカ
大道珠貴　東京居酒屋探訪
大道珠貴　ショッキングピンク
高橋和女　流棋士
高木 徹　ドキュメント 戦争広告代理店〈情報操作とボスニア紛争〉
平安寿子　グッドラックららばい
平安寿子　あなたにもできる悪いこと
高梨耕一郎　京都 風の奏葬
高梨耕一郎　京都半木の道 桜雲の殺意
日明《たちもり》 恩《めぐみ》　それでも、警官は微笑《わら》う
日明 恩　鎮火報〈Fire's Out〉
日明 恩　そして、警官は奔《はし》る
多田克己 絵・京極夏彦　百鬼解読
竹内 真　じーさん武勇伝
たつみや章　ぼくの・稲荷山戦記
たつみや章　夜の神話
たつみや章　水の伝説
橘 もも　バックダンサーズ！
橘もも／三浦天紗子／百瀬しのぶ／田浦智美　サッド・ムービー
武田葉月　ドルジ 横綱・朝青龍の素顔

# 講談社文庫　目録


高橋祥友　自殺のサインを読みとる〈改訂版〉
田中文雄　鼠《ねず》舞《まい》
立石泰則　ソニー最後の異端〈近藤哲二郎と$A^3$研究所〉
田中啓文　蓬萊洞《ほうらいどう》の研究
田中啓文　邪馬台洞の研究
田中啓文　天岩屋戸《あめのいわやど》の研究
田中啓文　猿《えん》猴《こう》
高嶋哲夫　メルトダウン
高嶋哲夫　命の遺伝子
高嶋哲夫　首都感染
高橋繁行　死出の門松〈こんな葬式がしたかった〉
田中克人　裁判員に選ばれたら
たかのてるこ　淀川でバタフライ
谷崎竜　のんびり各駅停車
高野秀行　西南シルクロードは密林に消える
高野秀行　怪獣記
高野秀行　アジア未知動物紀行ベトナム・奄美・アフガニスタン
高野秀行　イスラム飲酒紀行
高野秀行　移民の宴〈日本に移り住んだ外国人の不思議な食生活〉
竹田聡一郎　ビーサン!!〈15万円ぽっちワールドサッカー観戦旅〉
田牧大和　花合せ〈濱次お役者双六〉
田牧大和　質草破り〈濱次お役者双六　二ます目〉
田牧大和　翔ぶ梅〈濱次お役者双六　三ます目〉
田牧大和　半可心中〈濱次お役者双六〉
田牧大和　長屋狂言〈濱次お役者双六〉
田牧大和　三悪人
田牧大和　泣き菩薩
田牧大和　身をつくし〈清四郎よろづ屋始末〉
田丸公美子　シモネッタの本能三昧イタリア紀行
竹内明　秘匿捜査〈警視庁公安部スパイハンターの真実〉
高殿円　カーリー〈I．黄金の尖塔の国とあひると小公女〉
高殿円　カーリー〈II．二十一発の祝砲とプリンセスの休日〉
高殿円　カーリー〈III．孵《ふ》化《か》する恋と帝国の終焉〉
田中慎弥　犬と鴉
高野史緒　カント・アンジェリコ
高野史緒　カラマーゾフの妹
瀧本哲史　僕は君たちに武器を配りたい〈エッセンシャル版〉
竹吉優輔　襲名犯
陳舜臣　阿片戦争 全三冊
陳舜臣　中国五千年(上)(下)
陳舜臣　中国の歴史 全七冊
陳舜臣　中国の歴史 近・現代篇(一)(二)
陳舜臣　小説十八史略 全六冊
陳舜臣　琉球の風 全三冊
陳舜臣　獅子は死なず
陳舜臣　小説十八史略 傑作短篇集
陳舜臣　神戸　わがふるさと
陳舜臣　新装版 新西遊記(上)(下)
陳舜臣　新装版 阿片戦争(一)
陳舜臣　新装版 阿片戦争(二)
張《チャン》仁《イン》淑《スク》　凍れる河を超えて(上)(下)
筒井康隆　ウィークエンド・シャッフル
津島佑子　火の山――山猿記(上)(下)
津島佑子　黄金の夢の歌
津村節子　智恵子飛ぶ
津村節子　菊日和
津村節子　遍路みち

## 講談社文庫　目録


津本　陽　塚原卜伝十二番勝負
津本　陽　拳　豪　伝
津本　陽　修羅の剣 (上)(下)
津本　陽　勝つ極意　生きる極意
津本　陽　下天は夢か 全四冊
津本　陽　鎮西八郎為朝
津本　陽　幕末剣客伝
津本　陽　武田信玄 全三冊
津本　陽　乱世、夢幻の如し (上)(下)
津本　陽　前田利家 全三冊
津本　陽　加賀百万石
津本　陽　真田忍俠記 (上)(下)
津本　陽　歴史に学ぶ
津本　陽　おおとりは空に
津本　陽　本能寺の変
津本　陽　武蔵と五輪書
津本　陽　幕末御用盗
津村秀介　洞爺湖殺人事件
津村秀介　水戸の偽証 〈三島着10時31分の死者〉
津村秀介　浜名湖殺人事件 〈富士―博多間37時間30分の謎〉
津村秀介　琵琶湖殺人事件 〈ハイパー有明14号「13時45分」の死角〉
津村秀介　猪苗代湖殺人事件
津村秀介　白樺湖殺人事件 〈L特急「あずさ13号」空白の接点〉
司城志朗　恋　ゆ　う　れ　い
土屋賢二　哲学者かく笑えり
土屋賢二　ツチヤ学部長の弁明
土屋賢二　人間は考えても無駄である 〈ツチヤの変客万来〉
土屋賢二　純粋ツチヤ批判
塚本青史　呂　后
塚本青史　王　莽
塚本青史　光　武　帝 (上)(中)(下)
塚本青史　張　騫
塚本青史　凱《がい》歌《か》の後《のち》
塚本青史　始　皇　帝
塚本青史　三国志　曹操伝　上 〈落暉の洛陽〉
塚本青史　三国志　曹操伝　中 〈群雄の彷徨〉
塚本青史　三国志　曹操伝　下 〈赤壁に決す〉
辻原　登　マノンの肉体
辻原　登　円朝芝居噺　夫婦幽霊
辻村深月　冷たい校舎の時は止まる (上)(下)
辻村深月　子どもたちは夜と遊ぶ (上)(下)
辻村深月　凍りのくじら
辻村深月　ぼくのメジャースプーン
辻村深月　スロウハイツの神様 (上)(下)
辻村深月　名前探しの放課後 (上)(下)
辻村深月　ロードムービー
辻村深月　ゼロ、ハチ、ゼロ、ナナ。
辻村深月　V.　T.　R.
辻村深月　光待つ場所へ
新川直司 漫画 辻村深月 原作　コミック 冷たい校舎の時は止まる (上)(下)
常光　徹　学校の怪談 〈K峠のうわさ〉
常光　徹　学校の怪談 〈百円のビデオ〉
坪内祐三　ストリートワイズ
津村記久子　ポトスライムの舟
津村記久子　カソウスキの行方
恒川光太郎　竜が最後に帰る場所
出久根達郎　佃島ふたり書房

## 講談社文庫　目録


出久根達郎　たとえばの楽しみ
出久根達郎　おんな飛脚人
出久根達郎　世直し大明神〈おんな飛脚人〉
出久根達郎　御書物同心日記
出久根達郎　続　御書物同心日記
出久根達郎　御書物同心日記　虫姫
出久根達郎　土龍《もぐら》
出久根達郎　俥《くるま》宿《やど》
出久根達郎　二十歳のあとさき
出久根達郎　逢わばや見ばや　完結編
出久根達郎　作家の値段
フランソワ・デュボワ　太極拳が教えてくれた人生の宝物〈中国・武当山90日間修行の記〉
戸川昌子　新装版　猟人日記
土居良一　海翁伝
土居良一　修徳記〈直参松前八兵衛〉
土居良一　京都花暦〈直参松前八兵衛〉
ドウス昌代　イサム・ノグチ(上)(下)〈宿命の越境者〉
童門冬二　戦国武将の宣伝術〈隠された名将のコミュニケーション戦略〉
童門冬二　日本の復興者たち
童門冬二　夜明け前の女たち
童門冬二　改革者に学ぶ人生論〈江戸グローカルの偉人たち〉
童門冬二　佐久間象山〈幕末の明星〉
童門冬二　項羽と劉邦〈知と情の組織術〉
鳥井架南子　風の鍵《キー》
鳥羽亮　警視庁捜査一課南平《なんぺい》班
鳥羽亮　三鬼の剣
鳥羽亮　広域指定127号事件〈警視庁捜査一課南平班〉
鳥羽亮　刑事《デカ》魂〈警視庁捜査一課南平班〉
鳥羽亮　隠《おぬ》猿《ざる》の剣
鳥羽亮　鱗光の剣〈深川群狼伝〉
鳥羽亮　蛮骨の剣
鳥羽亮　妖鬼の剣
鳥羽亮　秘剣鬼の骨
鳥羽亮　浮舟の剣
鳥羽亮　青江鬼丸夢想剣
鳥羽亮　双つ龍〈青江鬼丸夢想剣〉
鳥羽亮　吉宗謀殺〈青江鬼丸夢想剣〉
鳥羽亮　風来の剣
鳥羽亮　影笛の剣
鳥羽亮　波之助推理日記
鳥羽亮　からくり小僧〈波之助推理日記〉
鳥羽亮　天狗の塒《ねぐら》〈波之助推理日記〉
鳥羽亮　遠山桜〈影与力嵐八九郎〉
鳥羽亮　浮世の果て〈影与力嵐八九郎〉
鳥羽亮　鬼剣〈影与力嵐八九郎〉
鳥羽亮　疾風《はやて》剣《けん》谺《こだま》返し〈深川狼虎伝〉
鳥羽亮　修羅剣雷《いかずち》斬り〈深川狼虎伝〉
鳥羽亮　狼《ろう》虎《こ》血《けっ》闘《とう》〈深川狼虎伝〉
鳥羽亮　御隠居剣法〈駆込み宿　影始末(一)〉
鳥羽亮　ねむり鬼《き》剣《けん》〈駆込み宿　影始末〉
鳥越碧　一葉
鳥越碧　漱石の妻
鳥越碧　兄いもうと〈子規庵日記〉
鳥越碧　花筏　谷崎潤一郎・松子　たゆたう記
東郷隆　御町見役うずら伝右衛門(上)(下)
東郷隆　御町見役うずら伝右衛門・町あるき
東郷隆　銃士伝

東郷　隆　センゴク兄弟
東郷　隆　南　天
東郷　隆　蛇の王〈ナーガ・ラージ〉(上)(下)
東郷　隆　定吉七番《セブン》の復活
東郷　隆
上田　信　絵　【絵解き】戦国武士の合戦心得〈歴史・時代小説ファン必携〉
東郷　隆
上田　信　絵　【絵解き】雑兵足軽たちの戦い〈歴史・時代小説ファン必携〉
戸田郁子　ソウルは今日も快晴〈日韓結婚物語〉
とみなが貴和　EDGE《エッジ》
とみなが貴和　EDGE2〈三月の誘拐者〉
東嶋和子　メロンパンの真実
戸梶圭太　アウトオブチャンバラ
徳本栄一郎　メタル・トレーダー
東良美季　猫の神様
堂場瞬一　八月からの手紙
堂場瞬一　壊れる心〈警視庁犯罪被害者支援課〉
土橋章宏　超高速！参勤交代
夏樹静子　そして誰かいなくなった
夏樹静子　新装版　二人の夫をもつ女
中井英夫　新装版　虚無への供物(上)(下)
中井英夫　新装版　とらんぷ譚I　幻想博物館
中井英夫　新装版　とらんぷ譚II　悪夢の骨牌《かるた》
中井英夫　新装版　とらんぷ譚III　人外境《にんがいきょう》通信
中井英夫　新装版　とらんぷ譚IV　真珠母《しんじゅも》の匣《はこ》
長井　彬　新装版　原子炉の蟹
長尾三郎　人は50歳で何をなすべきか
長尾三郎　週刊誌血風録
南里征典　軽井沢絶頂夫人
南里征典　情事の契約
南里征典　寝室の蜜猟者
南里征典　魔性の淑女牝
南里征典　秘宴の紋章
中島らも　しりとりえっせい
中島らも　今夜、すべてのバーで
中島らも　白いメリーさん
中島らも　寝ずの番
中島らも　さかだち日記
中島らも　バンド・オブ・ザ・ナイト
中島らも　休みの国
中島らも　異人伝　中島らものやり口
中島らも　空からぎろちん
中島らも　僕にはわからない
中島らも　中島らものたまらん人々
中島らも　エキゾティカ
中島らも　あの娘《こ》は石ころ
中島らも　ロバに耳打ち
中島らも　ロカ
中島らも 編著　なにわのアホぢから
中島らもほか　輝きの一瞬〈短くて心に残る30編〉
中島らも
チチ松村　らもチチ　わたしの半生〈青春篇〉〈中年篇〉
鳴海　章　ニューナンブ
鳴海　章　街角の犬
鳴海　章　えれじい
鳴海　章　マルス・ブルー
鳴海　章　中《なか》継《つぎ》刑《デ》事《カ》〈捜査五係申し送りファイル〉
鳴海　章　フェイスブレイカー
中嶋博行　違法弁護
中嶋博行　司法戦争

中嶋博行　第一級殺人弁護
中嶋博行　ホカベン ボクたちの正義
中嶋博行　新装版 検察捜査
中村天風　運命を拓く〈天風瞑想録〉
夏坂　健　ナイス・ボギー
中場利一　岸和田のカオルちゃん
中場利一　バラガキ〈土方歳三青春譜〉
中場利一　岸和田少年愚連隊
中場利一　岸和田少年愚連隊 血煙り純情篇
中場利一　岸和田少年愚連隊 望郷篇
中場利一　岸和田少年愚連隊 外伝
中場利一　岸和田少年愚連隊 完結篇
中場利一　純情ぴかれすく〈その後の岸和田少年愚連隊〉
中場利一　スケバンのいた頃
中山可穂　感情教育
中山可穂　マラケシュ心中
中村うさぎ 倉田真由美　うさたまのいい女になるっ!〈暗夜行路対談〉
中山康樹　リッスン〈ジャズとロックと青春の日々〉
中山康樹　ビートルズから始まるロック名盤
中山康樹　ジョン・レノンから始まるロック名盤
中山康樹　伝説のロック・ライヴ名盤50
永井するみ　防風林
永井するみ　ソナタの夜
永井するみ　年に一度、の二人
永井するみ　涙のドロップス
永井　隆　ドキュメント 敗れざるサラリーマンたち
中島誠之助　ニセモノ師たち
梨屋アリエ　でりばりぃAge
梨屋アリエ　ピアニッシシモ
梨屋アリエ　プラネタリウム
梨屋アリエ　プラネタリウムのあとで
梨屋アリエ　スリースターズ
中原まこと　いつかゴルフ日和に
中原まこと　笑うなら日曜の午後に
中島京子　FUTON
中島京子　イトウの恋
中島京子　均ちゃんの失踪
中島京子　エルニーニョ
奈須きのこ　空の境界(上)(中)(下)
中島かずき　髑髏《どくろ》城の七人
内藤みか 尾谷幸憲　LOVE※〈ラブコメ〉
永田俊也　落語娘
中村彰彦　名将がいて、愚者がいた
中村彰彦　義に生きるか裏切るか〈名将がいて、愚者がいた〉
中村彰彦　知恵伊豆と呼ばれた男〈老中松平信綱の生涯〉
中村彰彦　幕末維新史の定説を斬る
長野まゆみ　簞笥のなか
長野まゆみ　となりの姉妹
長野まゆみ　レモンタルト
長嶋　有　夕子ちゃんの近道
長嶋　有　電化文学列伝
永嶋恵美　転落
永嶋恵美　災厄
永嶋恵美　擬態
中川一徳　メディアの支配者(上)(下)
永井 均 内田かずひろ 絵　子どものための哲学対話
なかにし礼　戦場のニーナ

## 講談社文庫　目録


なかにし礼　生きる力〈心でがんに克《か》つ〉
中路啓太　火ノ児の剣
中路啓太　裏切り涼山
中路啓太　己惚れの記
中島たい子　建てて、いい？
中村文則　最後の命
中村文則　悪と仮面のルール
中田整一　トレイシー〈日本兵捕虜秘密尋問所〉
中田整一 編／解説　真珠湾攻撃総隊長の回想〈淵田美津雄自叙伝〉
中村江里子　女四世代、ひとつ屋根の下
南淵明宏　異端のメス〈心臓外科医が教える病院のウソを見抜く方法！〉
中野美代子　カスティリオーネの庭
中野孝次　すらすら読める方丈記
中野孝次　すらすら読める徒然草
中山七里　贖罪の奏鳴曲《ソナタ》
長島有里枝　背中の記憶
西村京太郎　名探偵が多すぎる
西村京太郎　ある朝海に
西村京太郎　脱出
西村京太郎　四つの終止符
西村京太郎　おれたちはブルースしか歌わない
西村京太郎　名探偵も楽じゃない
西村京太郎　悪への招待
西村京太郎　七人の証人
西村京太郎　ハイビスカス殺人事件
西村京太郎　炎の墓標
西村京太郎　特急さくら殺人事件
西村京太郎　変身願望
西村京太郎　四国連絡特急殺人事件
西村京太郎　午後の脅迫者
西村京太郎　太陽と砂
西村京太郎　寝台特急あかつき殺人事件
西村京太郎　日本シリーズ殺人事件
西村京太郎　L特急踊り子号殺人事件
西村京太郎　寝台特急「北陸」殺人事件
西村京太郎　オホーツク殺人ルート
西村京太郎　行楽特急《ロマンスカー》殺人事件
西村京太郎　南紀殺人ルート
西村京太郎　特急「おき3号」殺人事件
西村京太郎　阿蘇殺人ルート
西村京太郎　日本海殺人ルート
西村京太郎　寝台特急六分間の殺意
西村京太郎　釧路・網走殺人ルート
西村京太郎　アルプス誘拐ルート
西村京太郎　特急「にちりん」の殺意
西村京太郎　青函特急殺人ルート
西村京太郎　山陽・東海道殺人ルート
西村京太郎　十津川警部の対決
西村京太郎　南神威島
西村京太郎　最終ひかり号の女
西村京太郎　富士・箱根殺人ルート
西村京太郎　十津川警部の困惑
西村京太郎　津軽・陸中殺人ルート
西村京太郎　十津川警部C11を追う
西村京太郎　越後・会津殺人ルート〈追いつめられた十津川警部〉
西村京太郎　華麗なる誘拐
西村京太郎　五能線誘拐ルート


2015年9月15日現在